无名盛宴

糖匪 著

江苏凤凰文艺出版社
JIANGSU PHOENIX LITERATURE AND ART PUBLISHING, LTD

图书在版编目（CIP）数据

无名盛宴 / 糖匪著. — 南京：江苏凤凰文艺出版社，2019.1

ISBN 978-7-5399-9853-4

Ⅰ. ①无… Ⅱ. ①糖… Ⅲ. ①长篇小说－中国－当代 Ⅳ. ①I247.5

中国版本图书馆 CIP 数据核字(2018)第 237441 号

书　　名	无名盛宴
著　　者	糖　匪
责任编辑	梁雪波　黄孝阳
出版发行	江苏凤凰文艺出版社
出版社地址	南京市中央路 165 号，邮编：210009
出版社网址	http://www.jswenyi.com
印　　刷	江苏凤凰通达印刷有限公司
开　　本	880×1230 毫米　1/32
印　　张	9.875
字　　数	226 千字
版　　次	2019 年 1 月第 1 版　2019 年 1 月第 1 次印刷
标准书号	ISBN 978–7–5399–9853–4
定　　价	42.00 元

(江苏文艺版图书凡印刷、装订错误可随时向承印厂调换)

我的身体里有一道口子，
我出生时就带着它。
我成了我，它成了深渊。

CONTENTS　　目录

序　马戏团

一

那天马戏团来到小镇，决定在这里继续他们的巡演。从彩条大篷车上源源不绝地涌下马、猩猩、熊、大象，甚至鲸鱼，最后是人类，侏儒巨人彩服小丑六条手臂的黑皮肤小孩，美艳半裸的女郎，还有——那些闪亮耀眼以至于一时无法辨别是什么的生物。

彩色三角飘旗从枝头到旗杆，到路灯，到居民二楼的阳台，被细绳牵引，占据了小镇的天空，仿佛所有鲜艳的颜色被炸飞到半空中，并且以三角形的形状永远凝固在人们头上。圆顶帐篷跳过所有繁琐的步骤，砰地一下像隆起的小山般，以红白条纹的面貌一下铺满整个广场。

滑稽，吵闹，又庄严，并且不可阻挡。

一旦马戏团团长决定了，事情就会按照他的意愿发展。没有人怀疑这点。马戏团成员如此，镇上的人——在他们察觉这点之前——也已经如此。在强大意志的光照下，他们像梦游者般安详顺从。镇上的居民忘了手头上正在或将要做的事，围绕在马戏团周围，忘情地注视着他们搭建起他们的王国，那个属于手风琴、圆鼓、长号、短笛，以及吹卷口哨的王国。

马戏团的表演空前成功。

少年几乎是在帐篷搭好的同时出现的。人群在他两边退开。一条清晰的路径将他直接带到了马戏团团长面前。他朝团长鞠躬。额前的一绺卷发垂落下来。

“为什么要对我鞠躬?”团长问。

“因为你是这世上最美的苹果树。”

马戏团团长瞅了一眼少年鼻头安着的红色小丑鼻。

“你应该笑。”少年直视团长的眼睛。

通常，人们不会这么盯着他，尤其还是对着他的眼睛。马戏团团长决定给少年一个机会。他让少年上了他的大篷车。

“我们已经有了一个小丑。非常棒的小丑。”团长一边收拾屋子一边讲道。事实上，团长的大篷车里，整洁得像一间手术室，所有的东西都是白的，清洁的，有序地被安置在最应该在的位置。团长只是在忙于修复他们进来时造成的破坏，比如说，门把手上的指纹。

“你还需要一个小丑。”少年说。他看起来比团长还肯定。

“为什么？你会什么?”

“我会讲故事。”

“他也会。”

“我更好。”

“这么说，你能一边在钢丝上骑单轮自行车，一边抽烟斗，然后用肚子讲故事吗?"

少年摇头,但团长的话并没有说服他。他坚持自己的故事讲得更好。

"你给我讲一个故事听听。"团长说。

少年几乎是动摇了。他的目光第一次低垂。有那么一瞬间,马戏团团长觉得他们已经有了结论。

"从前有一个马戏团团长。他生来并不是一个马戏团团长。在成为团长前,他是个男人,并且他相信,他可以给别人带来幸福……"没有预兆,少年突然开口。一旦他开口,似乎就停不下来。话语从他身体喷涌而出,它们渴望被言说,渴望别人听到,渴望作为一个故事被人理解,带着沉默太久而生出的焦灼,将少年的嗓音拉扯得嘶哑甚至干涩。

尽管如此,那似乎还是个好故事。不知过了多久,当少年吐出故事最后一个字的时候,马戏团团长深深吸了口气。他们不约而同地沉默着,等待着故事从他们身边散开。

"几点了?"团长打破沉默。

少年摇摇头。

"你怎么能够?"

"我知道。事情总是这个样子的。"男孩深黑色的眼睛里跳动着星辰般的光芒。

"我们的确缺一个讲故事的小丑。你明天就来吧。"

"我现在就可以留下。"

团长打开车窗。晚风吹过他的脸庞。他希望没有人这时会经过窗前。

"明天你会讲新故事吧?"

在少年开口前，他就已经知道答案。“是的。你会的。驯兽师的车上应该还有睡觉的地方，今天晚上你也和他一起。晚安。”

“晚安。”少年对着团长背影说道。

二

少年在马戏团第一个夜晚并不平静。半夜他无故从睡梦中醒来，看见就在他身边并不完全的黑暗中有一个更稀薄的暗影一动不动地坐着。

“喂，你来了。”暗影轻声打招呼道。那声音又细又明亮。一下子，仿佛有一团橘色的火苗照亮了少年，还有说话的人。暗影从她身上褪去。少年清楚地看见她的样子。一个女孩，瘦小苍白，细细的骨头几乎要扎透皮肤，乌黑的短发乱蓬蓬向上飞起。

“我来了。”少年回答道。他应该在哪里见到过这个不起眼的小女孩。她身体那奇怪的歪斜姿势，像是一个隐晦的暗号，但是少年太困倦了，无心思考。每次他讲完一个故事都会那么困倦。他任思绪在蒙昧暗沉的倦意里飘浮。“我来了。”他重复道。

女孩走近，脸几乎贴到他的脸。那双仿佛永远睁不开的眼睛，连同里面滚动的过于巨大的瞳仁，正对着他的眼睛，直直地向里面张望。

少年立刻醒了。

“团长说你应该有一件小丑服。”小女孩说。

“你是？”

“我是针线奶奶。”

“奶奶？”少年在她脸上没有找到和这个称呼相称的痕迹。她看上去比他还小。

“针线奶奶。给你们做衣服的。”她纠正他，“你怎么找到这的？”

“走了很远的路。”

“我也是。这里的人都是。”针线奶奶把他从床上拉起来，围着他转了一圈，上下打量，最后，她点点头，向少年宣告：“你会喜欢这的。”

说完，她从她长袍底下掏出针、线、剪刀、卷尺、划粉笔，还有一件小丑服，开始工作。她让少年穿上小丑服。对少年而言，那衣服实在太大。针线奶奶看了咯咯直笑。少年也笑了。他对面这个人，其实和他一样，被裹在一件比身体大很多的衣服里，看上去又可笑又神气。

少年想知道为什么一个裁缝会穿着那么一件超大的深色长袍。他没有问。“我给你讲一个故事吧。”他说。

“嗯？”针线奶奶正忙着将线穿过针眼，“我听过你给团长讲的故事。”

“你喜欢吗？”

针线奶奶想了一会，“说实话，我不懂他为什么那么喜欢。”

少年想告诉她，因为那不是她的故事，但是这不重要。现在，他要给她讲她的故事。少年的目光落到针线奶奶身上——那个单薄的身体以奇怪姿势向一边倾斜的身体。他看着她，然后开始诉说。故事的第一句话在他发出的第一个音节里完成。

“从前有个裁缝。她觉得自己是一块石头，也总是听到一些别人听不到的声音。当她还是一个小孩的时候……”

故事在少年的口中缓慢生成，好像藤蔓在夜色下攀爬，酝酿一场花事。少年从自己的口中知道了故事，知道为什么一个小女孩被叫作针线奶奶。

他停下来，尽管不确定故事是否就在那里结束。有时候会这样。他并不是总是知道故事在哪里结束。

“真奇怪，我居然有点喜欢这个故事。”

从少年唯一的听众嘴里含含糊糊地吐出赞美。她正全力以赴地与领口、扣子、袖子上的褶皱作着斗争。

“因为那是你的故事。”

“我的故事？”

“因为是你的故事，所以你会喜欢。人们会被自己的故事打动。”

“我的故事？不，我可没有像故事里说的那样……不，你怎么能知道别人经历了什么。”

“我不知道。”少年闭上了嘴，还有眼睛。如果针线奶奶看到他的目光，就会洞穿他的念头。这个小女孩的手里正拿着针。

针线奶奶笑了。“你在怕什么？”她说着，将嘴里含着的针递给少年让他拿着，这样她就可以开口说话，告诉他一些她认为他应该在今天晚上知道的事情。

那天晚上少年被告知他是幸运的，有许多人想留在马戏团，但绝大多数人被巨人萨路拦在外面，他们甚至没有接近团长的机会；他还被告知他应当感谢许多人，比如正在连夜为他赶制演出服的针线奶奶，还有小丑服原来的主人——马戏团现任的那个小丑，想必他应该不会在意，所以针线奶奶擅自把他的小丑服拿来给少年（那明天他没有演出服怎么办？没关系，这桩倒霉事就可以是他的演出服）；少年最后被告知，他应当爱马戏团里所有的人，尤其是马戏团团长。即使这里的人都称他“恶魔”。

“为什么？”

“哪里有那么多为什么。”针线奶奶剪断线头站起来，瞥了一眼另一张床上的睡着的人,“被我们折腾了一个晚上,可怜的驯兽师,竟然还没有被吵醒。衣服好了。你收好。”

少年咽下他的追问。“谢谢,晚安。”

“不客气,晚安。”

就这样,少年在马戏团的第一个夜晚,得到了他的小丑服。他不再是一个只有小丑鼻子的小丑。

三

第二天,少年发现自己无所事事。

他们没有给他演出的机会。负责安排节目的飞刀手对少年说短期内都没有增加新节目的打算。

少年摸了摸身上的小丑服。它们那么合身,必须被人看见。

少年用他的方法说服了飞刀手。他答应会在第三天安排少年出场。“只是一场。”他强调,“要看观众喜欢不喜欢你。毕竟我们已经有了一个小丑。”

少年从道具堆里找了一条破毛毯盖在身上,然后坐在观众席上,看完了那天所有的演出。他禁不住颤栗。每一次掌声响起,或者灯光从他身上划过,少年都无法扼制身体深处神秘的冲动。少年告诉自己,等到明天,这些都会属于他。他,一个讲故事的小丑,会获得成功。

少年成功了。他的第一场表演获得了空前的成功,就像当地报纸上说的那样:“观众们像着了魔一样,沉浸在他编织的那个故事当中,难以自拔。每一个人都似乎亲身经历了故事一样,身心不仅得到了听故事的愉悦,而且还得到了亲身经历才可能有的体验。如果说马戏团是一棵枝叶茂盛果实累累的苹果树，那么这个讲故事的小丑就是这棵树上最耀眼最甜美的金苹果。看，那些张大眼睛的人们，他们甚至不在乎自己根本就没有被逗乐。”

用团长的话来说，那之后好运气一直没离开少年。他成了最受欢迎的演员。理所当然的，每场演出都加上他和他的故事。现在，除了灯光，掌声，还伴随着激动人心的鼓点，还有观众炙热的目光。少年沉浸其中，不愿离开。他知道，当他讲完最后一个字时，当他结束表演翻着跟头离开舞台之后，就只有大篷车在等待着他。

在他的表演大受欢迎之后，团长给他安排了一辆专属的大篷车。少年多少有点后悔，因为没能来得及和驯兽师说上话。那个红色卷发的中年男人有太多的动物要照顾。他把它们照顾得很好。

少年喜欢驯兽师和他的动物，喜欢针线奶奶和她制作的所有服装，喜欢马和马术女郎，喜欢魔术师和他的隐身人。他在丝绒幕帘后看他们的演出，想象和他们共同置身下一秒的危险与荣耀。

“啊，你就是那个会吹牛的小毛头。”

有一天少年正在等待表演开始，那声音凌空而至。他恍惚地觉得它来自记忆。

“我在这呢，傻瓜。”

少年抬起头。巨大的穹顶令人炫目地笼罩在他上面。炙热的人造灯光代替了众星。少年困惑地对着巨大的帆布穹窿，不明白如同第一场小雪那样沁凉微甜的笑声怎么能悬在那样的高处。

他看到了那个嘲笑他的人——一个和他差不多大的女孩倒挂在高高的秋千上，朝他做着鬼脸。她的卷发好像盛夏的藤萝花，向下垂落。

“上来吗？小毛头。”女孩化身燕子从高空的短秋千飞到最长的那根秋千上,向少年发出邀请。

几分钟后,少年和女孩坐在了同一个秋千上。当然,他是从梯子上去的。

“害怕吗?”女孩盯着少年的眼睛。

“你不会让我摔下去的。我相信。”

女孩若有所思地摇晃着双腿,“相信?”

话没说完,女孩的身子突然失衡向后翻了下去,秋千剧烈晃动把少年摔了下去。他就像一只笔直冲向水面的水鸟,毫不犹豫地投入大地的怀抱。也许在他落地的那个瞬间,坚硬的地面转眼就会变成平静的水面,等待他的不过是溅起的水花和涟漪。少年没有验证这一可能的机会。

半空中,一只手抓住了他的脚踝。

“你看,我说了,你不会让我摔下去的。”重新坐回秋千上的少年对着再次回到他身边的女孩说道。

“你相信?”

少年点点头。他的故事不会这样。但在那个时候,他更想让自己相信——他是相信身边这个女孩的。

“哈!真的。”女孩在秋千上一连翻了三个空翻,最后双手高举过头,笔直站在秋千上。“你真的一点都不害怕?”她咯咯笑着,就像树枝上找到同伴的小鸟,“你真的喜欢?”

“很喜欢。”少年由衷地回答,“就在刚刚,真的喜欢上的。”

女孩纵身飞上了前面的秋千,“我叫雪儿,你叫什么?”

少年报出团长为他起的名字。“为什么我以前从来没有见过你?”他问。自从加入马戏团,他几乎一场不落地看完了所有演出,却不记得有过空中飞人的节目。

“为什么呢?”她倒挂在栏杆上,冲少年做了个鬼脸。

你不可能见过这样一个女孩然后把她忘掉。没有人可以做到。少年模模糊糊地意识到这帐篷底下有魔法。不被公开,悄然运行,甚至大多数成员都没有察觉到。只有这样,一切才解释得通。

但现在,遮蔽少年目光的魔法已经失效。

“你总是那么高兴吗?”少年问女孩。后者正急速掠过圆顶上空。

“今天格外高兴。”

少年抓紧秋千。在讲到别人故事的时候,他曾经无数次使用过这个办法。——晕眩。在二十米的高空,少年的心轻轻作痛。

就这样,他成了除飞女孩外最喜欢待在半空的人。一天里大部分时间,他都会待在秋千上,也因此有了更好的视角可以观看帐篷里的每个人。

“我还是第一次这么近看走钢丝表演。”小丑贴在飞女孩耳边说。

“嘘。”女孩捂住他的嘴,“你这样他会分心的。”

少年攥紧绳子。即使飞女孩放下手,他仍旧一个字都说不出来。他安安静静地看完了舞者在钢丝上的所有表演。

“看,那个小丑。”少女用脚尖指出地面上的表演者。他反穿着毛衣,在台上失魂落魄地展现着他的悲惨和笨拙。少年想起自己身上的衣服原本属于他。他也想起针线奶奶那晚说过的话。的确,观众喜欢舞台上这个悲惨的人。他制造出人工的不幸,成为人们最佳的笑料。

“啊,他真……”

“努力。”飞女孩揉了揉鼻子,眨眨眼,将少年的话说完。

她总是能漫不经心地把他费力想从混沌中抓取的词语说出来。少年望着飞女孩的侧脸。她真轻盈。飞和不飞的时候都那么轻盈。

现在，她伸展身体，准备跳到另一个秋千上。她跳了。秋千高高地飞起。他的目光追随着那个她，从一个秋千到另一个秋千，越来越远，然后回来。飞女孩重新坐回到他身边的时候，整个人都在汗水中发亮。当那双深潭般的绿色转向他时，少年觉得他所说的以及所有未能及时说出口的，她都会懂。

“想听故事吗？”他问，然后开始述说。

先从驯兽师的故事讲起，那里有冒险、背叛、仙境、死亡以及奇遇。厄运与好运轮番降临在主人公身上。而他足够健壮，能够承受。尽管如此，在故事的最后，他还是选择了最突兀的结束方式。

少年用了两天，与驯兽师、飞女孩一起走过能把人眼睛染绿的雨林，会生长并且衰老的沙漠，无限生长内嵌的城市，野兽腥甜的腹腔，可怖的人心，最后抵达故事的终点。

他和飞女孩正掠过所有观众演员的头顶，而他们一无所知。

飞女孩喜欢少年的故事。即使那不是她的故事。她喜欢所有他讲的故事。少年如此认为。他带着这信念，为她讲了一个又一个故事。他们忘了时间，忘了置身于哪里，也忘了他们自己。他们一边讲故事听故事，一边像飞鸟一样在高空中饮食栖息——飞女孩甚至教会少年如何用隐蔽方式排泄。那时候唯一能把少年拉回地面的，就是他的节目。他怀着对高空隐秘热烈的思念，站在舞台中央为所有人表演。等到第一声掌声响起时就迫不及待地回到空中，继续他为飞女孩讲的故事。

终于有一天，少年停了下来。马戏团所有人的故事都讲完了。

他们沉默下来。这沉默好像是一种缓缓滑行的降落。他们落到了马戏团日常的喧哗中。原来即使高处仍旧有那么多的声音。

飞女孩的卷发被风轻轻吹起。她没有问少年他为什么停下来。

她知道他为什么会停下。

“人们会被打动,是因为你讲的是他们的故事?他们为什么会不记得发生在自己身上的事情?”

“因为他们忘了。就因为他们忘了,所以才会被感动。”

“你怎么能知道他们的故事?”

“遇到他们之后。”

“当你看到一个人的时候,你能看到他的故事?”

“不,开口之前,我不知道。我遇到他们,开始讲述,在那之后我才知道。”

“你讲的故事你之前并不知道?”

“对,听到我讲的故事,我才知道那是个什么故事。”

“在舞台上对着那么多人,可你只能用一个故事打动他们。”

“对,我讲他们共同拥有的故事。”

她点点头。她应该也知道总有人会被所有故事打动。比如她。

这并没有什么可以奇怪的。飞女孩高高跳起,在空中翻了两个跟头,笔直坠下,经过少年。

“为什么不讲一个我的故事?”她的声音从下面传来。飞女孩站在下面那个秋千上冲他做鬼脸。

少年深吸一口气跟着跳下去。飞女孩接住了他。

“为什么不讲我的故事?”借着秋千高高飞起的瞬间,她把他扔到另一个秋千上。

少年及时抓住绳索。他感到身体被拉扯着。向下。地面等待着失败者。

他翻身上秋千。飞女孩已经在上面等他。

“你怎么了?”她抓住他的肩膀,爬了上去。

少年闭上眼睛。“我害怕。”他说。

四

少年习得了最简单的空中飞行术，可以跟在飞女孩后面，在秋千之间穿行。他们像马戏团里一对被赦免的天使，摆脱了坠落的命运，在众人之上兴高采烈地无拘无束地胡闹。

然而他们也都知道，最快乐的时光已经过去。从飞女孩想要知道自己的故事那刻起，他们的眼睛就再也无法坦率地看向对方。少年没有再提，飞女孩也没有再问。他们默契地对那件事保持沉默。这份沉默生出话语里突兀的空白，笑声中间闪现的虚弱，仿佛一件无形又珍贵的易碎品，靠着他们刻意的回避，躲闪的目光，努力的迂回，保护易碎品不落在地上。

少年，飞女孩，还有他们保护着的沉默，在马戏团上空飞行着。轮到飞女孩表演时，少年就躲在阴影里，看着她和他们共同守护的缄默在坠落和飞升，翻腾。那是他最担心的时刻。迟早有一天。

“为什么只有我？”终于，那个时刻来临。沉默粉碎，“为什么你给所有人讲故事，除了我？”

飞女孩被自己吓了一跳。一直以来她都用力把这句话攥在心里，最后还是问出了这个问题。她试着像所有闯祸的孩子那样做一个鬼脸。眼泪却禁不住涌出。

少年没法回答这个问题。或者说，他已经回答过。他害怕。然而他不知道自己害怕什么。那不名之物过于巨大，巨大到他无法言说，甚至连思想都不愿意。少年坐到飞女孩身边。

这世界上他最不愿意看到的事就是让她难过。他捧起飞女孩项链上的项坠。打开。里面是一张照片。照片上一个玫瑰般的男子向他们深情微笑。

“这是别人送我的。我忘了是谁,为什么。”飞女孩察觉到那张熟悉的照片上有一种刺眼的陌生的东西在扩散,“他在笑?他在朝我笑?!”

相片上的男子微笑着,从项坠中走出,用他小小的小小的嘴唇吻了雪儿,然后又回到项坠里的照片上去。

“你看见了吗?刚才……”飞女孩叫道。

少年点点头,轻轻放下项坠“这是故事的开始。故事的开始是这样的:一个在马戏团表演空中飞人的小女孩找到了新的朋友——一个藏在相片里的小人。她很高兴,因为她再也不是一个人了。”

“就像刚才那个小人是不是?刚才那个从相片里出来的小人。”飞女孩从秋千上纵身跳到了另一个秋千,接着又是一个。她的身体和声音一同激荡在马戏团高高的穹顶下,“你不也看到了。”

“是。”少年回答道。

“所以,你说的故事都会发生,或者已经发生。”她悄悄在他耳边说道。

少年背过脸,躲开她的嘴唇和呼吸。“你安静听我讲下去。”少年说。他开始诉说,像述说别的故事那样去诉说:自从见到了相片的小人,女孩就千方百计要知道小人的来历。她四处打听,终于知道相片的小人其实是一个王子的灵魂。原来恶魔曾经趁这个王子熟睡的时候,偷走他的新娘。王子悲痛欲绝,把自己的灵魂放进相片里,然后丢进风中。他知道他的灵魂必定会紧随他的新娘而去。而事实上,也的确如此。

“我就是那个新娘吗?”飞女孩笑了,“可我还是个孩子。”

少年垂下目光。“你知道你从来都不是一个孩子。”

“这是真的吗?”飞女孩轻轻问道。

“我说过这是一个故事。”

可是飞女孩似乎并没有听见,她倏地站了起来,用一种生怕吵醒梦中人的轻柔声音自言自语道:“我亲眼看见了那个小人儿。”

“我也是。”

“那么这就是真的,不是吗?”

少年没有回答。底下,一天的演出已经结束。演员们纷纷收拾道具收工休息。

“明天你会继续讲下去吧?”

少年仍旧没有回答,但是他们都知道答案。“收工了,快早点休息吧。”下面有人喊道。他们头上的灯随即一盏盏熄灭。

“晚安。”飞女孩说道。

“晚安。”少年回答。

五

他花了三天时间讲这个故事,然而在故事结束之前,飞女孩不见了。她不是第一个从马戏团逃走的人,但人们还是觉得吃惊。她看上去那么不需要逃走。

“你知道她会走?”针线奶奶半夜出现在少年的大篷车里。自从飞女孩走后,少年就重新回归到地面生活。高空飞行让他呼吸困难。

“我不知道她会去哪里。”

“你对她说了什么? 她的故事吗?”

“你们最后一次见面,你对她说了什么?”

少年突然笑了。深黑色的眼睛闪烁着山林沼泽般的光芒。“我对她说：‘我几乎可以看到你幸福的样子。’”

那晚，这个不祥的笑容一直刻在了少年的脸上。拒绝针线奶奶给他缝补破碎的心时，他这么笑着。被告知飞女孩最后一定会回来时，他还是这么笑着。

“我们许多人都曾经离开过这里，后来又都回来了。我们没有别的地方可去。她也一样。”针线奶奶说。

“她不一样。”少年笑着。

“为什么一定要让她离开这里？”

少年眨了眨眼睛，努力回想让她离开的原因。为什么？啊，他想起来了。少年笑着说，“因为这是她想要的。”

“你知道她在做什么？”

“她应该飞行，而不是被那个该死的恶魔禁锢在这该死的彩条帐篷底下。她想要的，我给她了。”

“让我给你缝补。我的针线可以将世上任何东西都修复完好。让我缝补你的心，一切都会好起来。”

少年笑了，和他第一次拒绝时笑的样子一模一样。一个被无意中镌刻为永恒的笑容。

“你犯了个大错。对她，对你自己都是大错。”针线奶奶摇着头离开。

“我只是说了个谎。”少年对自己说。他本应该只是个容器，让故事自然发声，却为了一个女孩，以故事之名擅自去编造别人的命运。

那只是个谎言而已。也许它能够成就真的美好的结局，到那时就不再是谎言。即便无法成真，那也只是个谎言。

一个谎言能有什么错。

少年这么想道。

两天后，人们看到憔悴不堪的飞女孩重新出现在秋千上。谁也不知道她是怎么回来的。在过去的两天里在她身上发生了什么？重要的是飞女孩又回来了，一切都回到了以前。她被重新安置在高高的秋千上，穿上更多羽毛做成的霓虹羽衣。

团长严令禁止飞女孩外的其他人登上秋千，并且派巨人萨路一刻不离地守着通向秋千的梯子。可是他忘了，巨人也有巨人的故事，他也会被自己的故事打动。尽管对大多数人而言，所有巨人的故事听起来都一样。

演出开始前，少年爬上了秋千，坐到了他的飞女孩身边。

“嗨，小毛头，我想知道那个王子的新娘后来怎么样了。”

“她从恶魔的身边逃走，靠着王子灵魂的指引，找到了他的王子，过上了幸福的生活。”

“你确信是吗？当你口中的声音落地，你说的那些事就会真的发生是不是？你所说的都是真的，对不对？你说的，是我们的命运，不是吗？”

命运——少年如同被闪电击中。从飞女孩口中说出的这两个字似乎过早揭示了什么，又似乎是一个迟到的预言。而他连自己尚未明了的恐惧也在女孩的话中被暴露于光下。

他说不出话。

飞女孩转过脸，绿眼睛静静地注视着少年。一道强光从她脸上晃过。她平静的脸上没有任何变化。少年突然明白了。

“我瞎了，小毛头。离开这里后，发生了很多事呢。团长找到了我。他说这样也好，我就哪儿也去不了了。可是他错了。他错了，是吧，小毛头？我会找到我的王子。这是你亲眼看到的。”说着，飞女孩打开项坠，轻轻摩挲着里面的照片。

“是的，我亲眼看到，并且相信。”少年回答道。

“快告诉我，你看到我是怎么逃出这里的?”

“你飞身抓住一架秋千的底座，又跳上另一架秋千，秋千高高飞起，把你甩到半空，在那里总会有一架秋千在等着你。你就这样离开了这个肮脏油腻的帆布天空，来到了真正的星空下，在无垠神秘的夜的穹顶下，有无数的秋千垂落，在远处，更远处，组成一条无人知晓的秘密通径。它将通向王子的宫殿。你将带着王子的灵魂回到那儿。”

一阵密集鼓声打断了少年的话。秋千上的孩子们知道它代表的意义。

飞女孩的表演开始了。

刺日的光劈开秋千所置身的温柔阴影。底下无数的目光跟随而至，等待着，灼热地等待着。

飞女孩默默站起。

秋千飞到半空，在它到达最高点时，女孩送开手，纵身一跃迎向前面的秋千，伸手去抓住——掠过秋千的风。

烟雾升腾，气味浑浊的帐篷，在那一霎似乎获得了净化。

一朵巨大的花朵在无数仰望的面孔的上空缓缓坠落。

那一晚，少年离开混乱悲伤的人群独自来到河边。月光像用消毒剂洗过般干静。少年长时间凝视着河水里的倒影，直到团长的脚步声掺杂进河水的潺潺声中。

“现在，你可以像其他人一样，把不幸归罪于我。”

河水映出团长走近的情景，但少年并未转身。他亲眼看见的是另一幅景象。少年展露微笑，开始讲述那幅景象，那是关于一个魔鬼王国覆灭的故事。先从哪里开始?

就在这时,从帐篷那传来一阵可怕的喧闹声。紧接着,红光映红了那边的天空。大帐篷起火了,火炬般点燃天空。人们夺路而逃,事实上没有人受伤。

“你没法摧毁这里。这里,这里所有的人,在你来之前都已经被摧毁了。”团长回头瞥了一眼,又转回来。

“那不重要。我只是想要这个故事有一场大火,把一切都烧尽。”少年顿了一下,走到团长跟前。“我只是想烧一把火。”那口气近乎抱歉。

“你想恨我,的确一切就会变得简单。一个少年和恶魔的故事。”

少年渴望能极度憎恨某个人。任何人。去憎恨一个不是他自己的某个人,假装并不是他亲手促成飞女孩的死亡。

他本该像对待其他人那样对待她。诚实地对待她的故事。让故事从他的口中涌出,成为声音,被诉说,被聆听,被理解。过去的事曾经发生。未来的事必定会发生。

能够坦然面对所有人命运的少年,他能将任何人的命运等同于故事,将所有喜悦疼痛转变成字句,当作故事诉说。然而他却无法诉说飞女孩的故事。

只有她。唯有她。

他害怕诉说。害怕他并不知道的故事一旦诉说便会落实,成为不可更改的事实。可是他却比任何人都希望给她幸福。从没有那么强烈的渴望,令他口腔发苦,令他无法安然入睡。

他为她说了谎。用编造的幸福结局的故事去替代原本属于她的故事。

他想给她想要的故事,然后他惊讶地发现,他口中诉说的也能成为事实。然而他只能创造这事实，却无法预料它将带来的后果。

事情一旦发生，它的后果，这是连少年自己也无法控制和知晓的。当他明白时已经太晚。现在，他只想要一场大火，宣告所有的悔恨恐惧和苦痛以及未能言明的爱。现在，他只想要一个地狱。

当他诉说的时候，他就得到了。

团长的身子佝偻着，脑袋几乎碰到了地上。然而脚下的大地正在塌陷，地下深处的火熊熊燃烧，吐出火舌舔舐他的脸颊。他想要挪动脚步，但两腿如同陷进沼泽无法从正在塌陷的土地移开。

少年的故事还在继续。恶魔将回到地狱，并在那里成为马戏团团长。他和他的马戏团将永远永远地待在那里。

这是少年亲口说出的。

于是，这一切就真的发生了。

少年仰望月光，它像被消毒剂清洗过一样的干净。万物俯伏在白纱布似的光罩下一动不动。于是在少年的眼睛里，他看见自己用这样的月光拧成线，缝住他的双唇。它们再也不会分开，再也不会有言语从那里述说。少年眼里的世界，那个梦的世界从此以后再也不会被吐露出来。

“它将成为秘密。只有我一个人知道就可以，只有我一个人生活在其中就可以。”

少年这样想着，用红红的胭脂在被缝合的嘴唇上画出永不凋谢的微笑。

一　被打断的婚礼(上)

他　说

戴上面具,悲伤便消失在没有记忆的狂欢生涯里
在那个时候,与之一同消失的,不仅仅是悲伤。
你们见不到我,我也亦然。

一

“你不再要点羊干酪和面包吗?”莫伊扎尔问。

正如莫伊扎尔想的那样,旅人摇了摇头。这些人总是如此。他们从很远的地方来,带来那里的尘土和悲伤,在他的门口停下,向他讨一碗水,然后道谢。他们安静,彬彬有礼,却从来都不是好客人。

“那么你是否需要住宿?”出于礼貌,莫伊扎尔继续问道。

“我没有钱可以给你。”旅人笑了,“但是我可以讲一个故事来回报你的好意。”

事情总是这样,莫伊扎尔在心底叹口气。这些旅人的口袋里没有面包也没有盐,可从来不会没有故事。

“这里不缺故事。”

“啊,我以为这里是需要故事的。”旅人的目光落到了门外。高原的风掠过门前的大道。路上空无一人。

“在你之前,来过很多像你这样的客人。”莫伊扎尔嘲弄地望着旅人。他们和你一样自以为是地讲述着发生在自己身上的故事,并且沾沾自喜认为这是从未有人经历过的遭遇。也许一开始还是这样。在莫伊扎尔旅店刚开张的那些日子,他的确被旅人和他们的故事迷住了。他的世界随着旅人的脚步而不断延伸,扩展。他的时间被旅人的回忆交缠重叠最后错乱,他的生命因此丰盈,充实。在那段时间里,莫伊扎尔曾经深信他的生命将会被赋予无限的可能性。在繁星一样难以计数的新故事里获得同样丰富的人生。他贪婪欣喜地听着那些故事,直到第一次听到重复。在那之后就是不断地重复,人们遭遇着同样的事情,然后又同样地跑到这里述说,最可笑的,他们总以为经历了别人未曾经历的事。

这是个让人厌倦、痛恨、疯狂的世界。同样的事情就像天下掉下的轮子碾过一个又一个傻瓜。莫伊扎尔一想起那些人的面孔就想发疯。他们就连长相都很相似……

莫伊扎尔重新把目光移到旅人的脸上。他有那么一点不确定。因为就在刚才他把视线挪开的一刹那,就已经忘记他的模样。这一次,他屏住呼吸,全神贯注地盯着旅人要记下他的模样。这是一张普通的面孔,除了没人能记住它以外。

“你长得有些不一样。”莫伊扎尔酸胀的眼睛里充满泪水。即便这样，他还是说不出旅人眼睛的颜色。

“人们看不见我。”

莫伊扎尔点点头。他想他明白旅人的意思。人们望着他，同时又忘记他。所以，没有人能看见他。高原客栈的主人放下手里的碗，坐了下来。这不单单是因为他有些头晕。

“那好吧，陌生人，给我讲讲你的故事，在我厌倦之前。”

就这样，隔着长长的餐桌，旅人向莫伊扎尔讲起发生在他身上的故事。高原秋天的阳光斜斜照进来。这注定是一个不会被打扰的下午。

二

故事从一个女人开始。虽然她从来没有在这个我将要向你讲述的故事真正出现过。她曾经是之前的那个故事的全部，而正是那个故事的结束才宣告了这个故事的开始。

我本来可以像其他男人一样幸福或者不幸，活着然后死去。如果在婚礼那天，她没有忽然离开我的话。那天，她穿着白色的婚纱，我们相对站在神父面前。教堂很大，潮湿的空气里飘浮着百合的香气。外面在下雨。我们曾经一起生活的那个城市，阴郁多雨，尤其到了那个时候，夏天快到了。天真热，我能看到她鼻尖上的汗珠。在别人的注视下，我想象并且等待着去吮吸它们。

“你愿意吗？”

我有些走神，可还是回答了神父的提问。

“你愿意吗？”神父转而向她发问。

我盯着她。她会答应的。更何况，我的脚正踩在她的裙裾上。

“你愿意吗?”神父又问了一次。她低着头,嘴唇微微开启。就在这个时候,没有任何预兆,大地豁然开裂。不是别的大地,就是我们脚下的大地。一道巨大的口子横亘在我和我的新娘中间。不仅是我们这对新人,婚礼上的一切——花童,客人,唱诗班,布道台,鲜花,座位,甚至就连高悬在头顶的十字架都被分成了两半。情况真是乱极了。空气里充满着呛人的硫磺味道,地心深处吹来的风强劲而且滚烫,客人们惊惶失措地,一边尖叫一边着魔似地望着脚下地面那道裂口。就在这种时候,右边的那个新人,也就是我的新娘,毫不犹豫地跳进了大地深处。

我伸手抓她,可是大地却在我面前迅速合上,连一道裂缝都没有留下。周围的一切又回到了最初的样子,好像什么都没有发生。闷热的天气,宾客们穿戴整齐地站在教堂参加一场神圣的婚礼。只是百合花的花瓣有些焦黄,还有就是,我的新娘不见了。

人们看着我,但我没有过多理会他们目光里种种复杂的含义。我全部的精力都用在了研究教堂的地面。你可以认为我是在徒劳地寻找那道裂口的曾经存在过的证据,但事实上,我寻找的是一条道路,一条不为他人看见的道路。它与纵容新娘逃跑的裂口同时出现,却只有我一个人看得见。

它从我的脚下开始,蜿蜒延伸,看不见尽头,然而,毫无疑问,我将踏上这条不知通向何方的道路,寻找我的新娘。

事情一开始并不顺利。由于我认定新娘已经离开了这座城市,所以急于出城,可新娘的父亲却劝我留在城里,他认为新娘一定是在城里的某个角落。“那不过是个小玩笑。生活本身就是个大玩笑。”他举起酒杯,红润明亮的脸庞上充满善意和喜悦。新娘的母亲没有说话,她只是严厉地看着我。这目光在告诉我,我应该对发生的这一切负责——她的女儿，开裂的大地，还有烧焦的百合花。我想也许这就是我为什么要这样迫切地离开这个城市的原因之一。最后，我答应他们直到下一个月圆时，我才会放弃在城里的寻找，去更远的地方。他们对这个决定还算满意。临走的时候，他们双双拥抱我，并提醒我他们曾经像亲生父母那样爱过我，所以即使他们的女儿是被魔鬼带走，我也要尽一切可能把她平安带回来。我用同样的真情回应他们，告诉他们我会完成自己的使命，并且永远，像他们亲生的孩子那样对待他们。

就这样，我终于摆脱了我的岳父母，急匆匆地向城外走去。

我花了一段时间终于明白自己的状况——我迷路了。曾经熟悉的城市一下子变成了迷宫。我开始不得不在岔路口费尽脑汁选择是向右还是向左或者直行，尽管每一次的深思熟虑最后都被证明是错误的。我的的确确是在走，迈动双腿，一点也不敢耽误，可最后只是在原地打转。在那个下午即将结束前，我第四次经过那座布满锈迹的大桥。在那上面，我曾经背靠着栏杆把她搂在怀里。栏杆很凉，她的嘴唇更凉。

我转身走上桥。尽管这并不是出城的方向。据那个头上长角的家伙自己说，他就是在我上桥的时候出现在我身后的。但我对此毫无察觉。于是，他拍拍我的肩膀。

“为什么?”这个谦逊温和的声音追问道。

“我不知道为什么，而且我累了。”我说话的口气一定不太礼貌，问话的人有些难堪。

“我这样问你问题惹你心烦了吧。问题就是这样，它惹人心烦，谁都恨它，可人们总爱把它们挂在嘴上，就像男人离不开女人一样。”

我停下脚步，回过头。一张忧心忡忡的中年人面孔，光秃秃额头，还有上面一对螺旋卷曲的大角进入我的视野。

我认出了他。恶魔，这个在传说中无恶不作的家伙此刻就在我面前，正一脸真诚地为问了我几个问题而自责。要是我有点幽默感的话就应该开怀大笑。可我没有。我需要的是一个可以泄愤的对象，可以让我理所当然地恼怒仇恨的对象，可以把这个糟糕又莫名其妙的局面统统怪罪在他身上的对象。

他显然很适合。除了如果打起来我不是他对手这一点外。

“人们都习惯把他们的不幸算到我头上。”恶魔笑了，“可一旦我告诉他们我愿意提供帮助时，就很少人会拒绝我。你说是这样吗？”

我没有说话，我在计算代价。恶魔不会平白无故地帮忙，但我必须找到我的新娘。

“我知道你在想什么，我比你自己更了解你。只要我愿意，我会给你你真正需要的。别害怕，你不用交出自己的灵魂。这东西对我来说没有任何用处。为了证明我的诚意，我现在就揭开这座城市的秘密。上钟楼去，你会知道为什么你走不出这座城市，我在那里等你。”说完这些，他消失了。在他原先站着的那个方向，落日被烧得通红。天空在燃烧，河水在燃烧。而城市仿佛只是火焰里的一个幻影。在那个时候，我才意识到自己已经回答了他的问题。是的，我愿意接受他的帮助。

三

那天晚上，为了寻找答案，我手脚并用地顺着螺旋形楼梯一个台阶一个台阶往上爬，终于来到这座城里的最高点——钟楼楼顶。俯瞰脚下，眼前的景象——疯狂极了！

在我身下，城市一如既往的美丽闪亮。它灯火璀璨，人声鼎沸，它有一切我所熟悉的特质，却不再是我所熟悉的城市。不知从什么时候开始起，这个陌生又熟悉的城市拥有了自己的意志，并按照这意志生长膨胀。此刻，它就像盛放的花朵。外面的花瓣慢慢打开，露出里面的花瓣，里面花瓣再慢慢打开，又露出新的花瓣。在新的花瓣下面一定还藏着更多更多的花瓣等待盛开。这夜的花朵，它注定要不断绽放，在潮湿温暖的风里，绽放闪亮璀璨的花瓣。只要你认真看，就会发现每一朵花瓣都是一座城市，一座我所真正熟悉的城市。不，应该说是一座和我真正熟悉的那座城市一模一样的城市。

而这就是我为什么总是经过同一座桥，走过同一个屋顶，穿过同一条街道，甚至遇见同一个熟人的原因。

事实上，它们彼此并不相同，它们只是同一花朵上的不同花瓣而已。

在被映得通红的天空下林立着的其他钟楼，那上面是否也站着一个失魂落魄的男人，他要找回他的新娘，却总也走不出他必须离开的城市？

“现在，你应该相信我的诚意了。”

“我明白了这座城市的秘密。”我纠正了恶魔的话。

恶魔走出阴影来到我的身边，顺着我的目光望向远处。

“你在看那些高塔？”我希望那双淡灰色近乎透明的眼珠能看到一些被我遗漏掉的什么，但他的回答却让我失望。“可那上面什么也没有。你以为还存在其他的你？不，不是这样的。一个你，对这个世界来说，已经够了。”

我们忧郁地对望了一眼。我不知道恶魔为什么忧郁，他看上去总是如此。也许，这个世界已经近乎完美，完美得很快就容不下他。

“这城市以前不这样。”

“那时候才长大,你还不悲伤。悲伤会生长,城市也会生长,也许,它就是你的悲伤,谁知道呢?”恶魔苦笑着从右角角根抽出两根已经被点燃的烟。他把其中一根递给我。

我望着卷纸上的奇怪花纹有些犹豫。

“抽吧。这是十年前的东西。味道很正。”

我吸了一口,点点头。他说的没错,味道很正,一点都不像是放了十年的烟。“你说过你会帮我。我曾经带着商队穿越沙漠,我不害怕长途旅行,我……”我似乎还在说着什么,但眼皮已经重重地合上了,我听见恶魔的脚步声,它们从很远的地方走来。

四

醒过来的时候,他们正在帮我穿衣服。那是一件黑色礼服,有些过于正式,很像人们结婚时穿的衣服。一个几乎全裸的妙龄女郎正费力地抬起我的上半身,几个红鼻子矮人则使劲要把我的大腿塞进礼服的袖子。

“你确定他在这里吗?”

“是啊,是啊,你不是已经摸到他了吗?”

“不,不,他太胖了! 鼓鼓囊囊的根本塞不进去。”矮人中的一个抱怨道。

“不,不,是衣服太小了。”另一个反驳道。

“小声点,被针线奶奶听到大家都得玩完。”

“快点,我快没力气了。”女郎在求救。求救声刚传到外面,立刻有一个声音回应道,“见鬼,你们这些人到底在磨蹭什么?”几乎同时,一团火红的身影像风一样撞开大门，推开矮人和女郎，一只手扶住我，一只手夺过衣服，利索地为我穿戴好，结束了之前的混乱。

“这很难吗？你们不觉得害臊吗？”红发女郎严厉训斥起大家。当她的目光从我身上扫过的时候，我就好像是被鞭子狠狠抽了一下，不由浑身哆嗦。红发女郎一定察觉到这一点，因为她立刻就发出警报一样的欢呼：“嘿，他醒了，他醒了。我感觉他在动。”这位女大力士丝毫不顾我还很虚弱的事实，一把抱起我原地转圈。她越转越快，越转兴致越高，直至快乐漫溢她丰满的胸怀，情绪达到沸点，女力士双手一个有力的上抛。就这样，伴随着其他人的尖叫和欢呼，我四脚朝天地摔在地上，发出嘭的巨响。

谁也没动。他们纷纷用一种受了惊吓的眼神瞪着我。一直等到我踉踉跄跄从地上爬起来，他们才从震惊里走出，如梦初醒般地鼓掌喝彩。

“啊，他真的是个天才。”

“完美，无与伦比。”

“说实话，我真嫉妒他。”

“能让我摸摸你吗？”

“看来，你很受欢迎。”一个声音盖过其他赞美声传进我的耳朵。不知道什么时候起，房间里又多出一个戴礼帽穿西装的中年男人。他长相普通，中等身高，看起来有些疲惫。这样的人，你很容易把他和其他人混同，这也就是说你会觉得他眼熟。当然现在我们都知道为什么在当时我会觉得他眼熟。

“你一定有很多问题。因为你现在什么都不记得。”

我闭上嘴。既然男人已经抢先把我的问题提出来，那么我能做的就只有闭上嘴听他把话说完。

“不要紧。在这里最大的好处就是可以重新来过。你刚来这里很多情况还不熟悉,这段时间就让针线奶奶来照顾你。”

这是我第二次听见针线奶奶的名字。人们在提起她的时候都显得非常敬畏。从这点看来,她应该是一个值得尊敬的老人,但是我还是有点不放心。在没有见到她本人之前不能确定这位针线奶奶会比其他这些人更可靠,更会照顾我。也许我应该先见见她再说。

有人在拉扯我的上衣,并且发出含糊不清的指责:“你是我见过最白痴最会糟蹋东西的人!”

我低下头惊讶地看着面前的这个小女孩,一时不知道说些什么好。她是什么时候起站在我对面的椅子上的?更奇怪的是,刚刚还挤得满满当当的房间里,现在只剩下我和她两个人。其他人是怎么走的?我没有听到一点动静。

“看什么?我就是你要见的针线奶奶。”小女孩气鼓鼓地盯着我。我注意到她的眼睛似乎有点斜视,和我说话的时候总看着其他地方。对一个女孩来说,这已经够不幸的了,但更可怕的是在她的脸颊两边还长着两个大肉囊,好像两个塞满东西的大口袋,随时都会撑破。而当她说话的时候嘴两边的皮肤就会像青蛙的声囊一样向外鼓出。忽然间对着这么一个面目狰狞的小孩,的确需要一点勇气。

“可你是个小孩。”

小女孩涨红了脸。她把手伸进嘴,气冲冲地从里面掏出一系列东西:一团丝线,两圈棉线,三团金线,四团麻线,一大包珠片,一小袋子假宝石,一把铁直尺,一卷皮卷尺,三个白粉笔头,一把大剪刀,14个铜扣,28个木扣,77个玻璃珠,四张纸样。随着这些东西被一一拿了出来,针线奶奶脸颊两边的大口袋也随之慢慢缩小,最后消失。现在,她看上去再也不那么让人害怕了,如果你愿意的话,还可以当面赞美她微微上翘的嘴角，黑白分明又狡黠迷人的眼睛。是的，她的颧骨有些高，但这并不妨碍她成为一个漂亮女孩。

我张大嘴，瞪着她，一句话都说不出。

“还有一辆小纺车和一个针线包。不过不要紧，它们在里面不影响我开口说话，更不影响我好好教训你这个小混蛋。”她越说越激动。一头红发统统竖了起来。我想这应该和纺车还有针线包无关。

“你竟敢不相信我是针线奶奶！”

“可你还是个孩子。”

“所以他们叫我奶奶。”

“好吧，针线奶奶。”

“但我还是很生气。”

“我真替你难过。”

“这全是因为你，因为你弄破了裤子。这是我给你新做的！”

“不是我的错，有个红头发的女人，她把我……”

“就是你的错，你应该翻个跟头漂亮地着地，这样裤子就不会弄破。”

“我不会翻跟头。”

“这就是你在这里要学的。现在你已经上过两堂课。第一无论在何种情况一定要保持身体平衡。第二……”

“不要弄破裤子。”

“是的！”我们怒目相对，好像马上就要厮打在一起。这时，针线奶奶捧着肚子大笑起来。我呢，也毫无理由地跟着笑起来。真搞不清楚是什么让我们觉得这么好笑，但这又有什么关系。我是那么的高兴，从来没有过的高兴。我只是想笑。不，应该说我只是忍不住不去笑而已。身子是空荡荡的，可以全部用来盛满快乐，这简简单单，没有理由也不需要理由的快乐。我们笑得东倒西歪,互相抱住对方的身体拍打,用肩膀撞来撞去,脑袋直敲床板,直到最后肚皮发胀又抽筋,抽筋又发胀,膝盖软得连团棉花都支撑不起来,一屁股瘫在地上。

“这里,这里,真好玩。”我喘着气宣布道,“针线奶奶,我会一直待在这儿的。”

针线奶奶看着我,“可你连这里是什么地方都还不知道呢。”

我耸耸肩膀,“管他呢,我觉得这样就很好。足够了。”

“足够了?”她回味着我的回答,“看来你还真是来对了地方。”

在针线奶奶的帮助下,我开始熟悉环境。我了解到我们此刻正坐在一辆大篷车里。虽然感觉不到颠簸,但实际上这辆大篷车正跟着其他十二辆大篷车一起缓缓行驶在尘土滚滚的大路上。这些车以及车上的人或者其他什么的,统统属于马戏团。马戏团的团长叫作马戏团团长,就是刚才和我说话的那个中年男人。马戏团团长是个严厉的人,可他知道该去哪里演出可以获得轰动,知道怎么像调教狮子一样调教演员。这是他的特长。除此以外,这里的每个成员都有着特殊的本领。红发女郎,是个驯兽师,她的力气大得惊人;红鼻子矮人们会耍杂技,能一个人同时丢出 29 只盘子并且全部接住;半裸的姑娘懂得和马打交道,只要她愿意能让公马像母马那样发情。还有那些我没见过的也一样都身怀绝技。我留意到针线奶奶有意避开自己不谈。我觉得对此同样保持沉默是比较明智的做法。于是,我换了一个话题。“为了留在这里,我想我也应该学点什么本事。”

针线奶奶望着我,不知道是赞许还是责备,接着,她把我拉到镜子前。

我永远也忘不了那一瞬间。在以后的日子里,我曾经不停地回忆或者梦到那个瞬间。为了摆脱它,我曾经一次次要把那个瞬间转述为文字,但毫无意外地都失败了。总有一些东西被遗漏在文字之外。你无法去捕捉它们。你永远也无法去描述这样一个瞬间。当你——

“我看不见自己!”我凑近镜子去寻找自己的影像,可是除了呼出的热气外,镜子里没有任何能证明我存在的证据。蛋糕黄的沙发,黑色的紧拉着的窗帘,一束新鲜的薰衣草,针线奶奶粉红色的发带以及发带下面的脸蛋,还有正穿在我身上的那件黑色礼服,所有这些,都能在镜子里找到它们的影像。唯独没有我。我伸手摸向下巴。粗糙温暖的感觉从手指传递回来。不,我不是鬼魂。我看不见自己,但是最起码,我能摸到自己。

“我看不见自己。”当我再次重复陈述这个事实的时候,内心已经完全平静下来。变成一个看不见的人,这并不是那么难以接受的事实。考虑到因为拥有这样特殊的体质,我就可以留在马戏团,我就更没有理由觉得难过了。

“你觉得怎么样?”针线奶奶问。

“很好。”我露出没人能看见的笑容。

“见鬼,你真是太适合这里了。”她评价道。

正如针线奶奶说的那样,我对这个新环境表现出惊人的适应性。不需要过渡,不需要调试,不需要做任何一丁点的改变,我几乎是立刻就融入其中。在不到一天的时间里,我拜访了每一个成员,从我的那辆人篷车跳到另一辆人篷车,与他们谈笑风生,举杯畅饮,偶尔说那么两句粗话,然后一通狂笑,很快就让他们把我这个看不见的人接受下来,当作马戏团不可缺少的一分子。这一切来得那么顺利,以至于让我产生错觉,觉得这个马戏团仿佛是为我而存在的。当然,这只是一瞬间的傻念头。我没有和任何人提起,除了针线奶奶。

“你说得没错,这的确是个傻念头。马戏团就是马戏团,它一开始就存在。在没有任何人出现的时候,它就在那儿了。”

“我知道,我知道。那换个说法怎么样?我觉得我就是为了马戏团而生的。我适应这里的一切。”

“你只是不问问题罢了。”针线奶奶咬断线头,将这件补好的黑色礼服拎在半空,“来试试看。”

“问问题?问什么问题?”我把一只手套进袖子,“关于马戏团的情况,你还有什么没告诉我的吗?”

“没有。”针线奶奶摇摇头,把收拾完毕的针线包塞进嘴里。这意味着谈话已经结束。

于是,我开始苦苦思索,希望能想出一些问题来问,但是结果只是徒然令我苦恼。其实,在你不记得曾经拥有什么的时候,又怎么会意识到已经失去它。我决定结束对自己的折磨,不再为那些虚无的毫无实际意义的东西浪费时间。与此同时,我做出第二个决定。我脱下身上的黑礼服,小心翼翼地叠好放在桌上。这样一来,它就将永远崭新挺括和刚做好的时候一样,再也不必担心被弄脏蹭破,也就不会让针线奶奶劳神缝补。至于我呢,既然没有人能看见我,那么穿不穿衣服又有什么区别。如果一定要说有,那么就是不穿衣服会比穿上更加自在,对别人对我都是这样。

来到马戏团后的第三天,车队停下来。团长说这是个好地方,我们的表演会受到欢迎。于是,大家都下车帮忙牵牲口,搭帐篷,搬行李,除了我之外。

“喂,你搭把手。”针线奶奶冲着我的右边叫道。这很奇怪,虽然她看不见我,但是总能感觉到我在哪儿,而且大部分时间能知道我在做些什么，“别因为人家看不见你就偷懒。”

“等一会。”

“等到什么时候？”

“等帐篷搭好了。”

针线奶奶点点头又摇摇头，牵着一头骆驼走了。

她没有问为什么，所以她不会知道我有多害怕。所以，当所有人都在干活的时候，我悄悄坐在一个没有人会打扰的角落，就坐在那里。没有人看见我。

那天晚上我梦见当天发生的事情。车队停下。我从大篷车上下来打算帮忙搭帐篷，一脚踏上无尽苍穹下的土地，没有一点准备，就像踏进陷阱的猎物（我应该预料到这突如其来的一刻）。突如其来，我被头顶上的星空笼罩。稠密的星星发出刺眼的光芒，光芒纵横交错彼此相连织出一张冰冷的网。我被困在中间。透过网眼，只能望到无限的黑暗。

然而梦没有只在那里结束。我没有躲进大篷车，因为在我的后面什么都没有。我仿佛知道自己在哪里。比起对事物的熟悉，这种熟悉的感觉来得更加真切和深刻。我开始行走。行走既是原因，也是结果。我将一直行走下去，这就是我被捕获的原因。

梦境开始清晰，黑暗潮水一般淡去。城市在淡去的黑暗里显现。它的广场，它的堤坝，它的带着美丽花墙的洋房。尽管它们仍旧不过是黑暗里的一团暗影，但它们已经在那里。我必须绕过它们，沿着街道行走。我将不得不记起些什么……

我醒过来，但我并不确定我是否真的醒过来，还是在梦里睁开眼。有人在抚摸我的脸。她的手指柔软冰冷，指尖轻轻滑过，带着记忆。当我试着去看她的面容，一阵风拂过。她合上了我的眼睛。

很远的地方,有歌声传来。我沉沉睡去。这一次,再没有什么可以害怕的。

接下来的日子里,每个人都变得非常忙碌。除了保养器械,照料动物,基本练习之外,还要收拾场地,演习彩排。当然,最重要的还是演出。比起在大篷车里舒适却不免有些单调的生活,在大帐篷穹顶下的日子才让我体会到什么是真正的马戏团生涯。我不仅亲眼见识到我那些朋友们的本领,更重要的是还亲自参与了演出。

在那之前,不要说练习,我甚至不知道上台去做什么。但是,就在第一场演出前一分钟,团长下达了他的命令。"魔术师助手,"他这样称呼我道,"你准备一下,第一个节目是你们的。"

我朝四处张望。

"不要看了,说的就是你,看不见的人。"

"可他们看不见我。"我笑了。

"正因为这样,你才能帮上魔术师,充当他的助手。"

我愣在那发呆的时候,鼓声雷雨般落下。演出要开始了,不,演出已经开始。

灯光打在场地中央。魔术师孤立无援地站着,周围黑压压一片,无数充满敌意的眼睛贪婪地注视着将要发生并且已被承诺会发生的一切。无论发生什么,那都是新奇的,充满魔力的,和他们日常生活截然不同的事情。这就是他们来这里的原因。魔术师摘下帽子。他的额头开始冒汗。人们睁大眼睛等着看他会从帽子里拿出些什么,也许是兔子,也许是很多块手绢系成的绳子。

"他什么也变不出来。"团长很忧伤。他拉松领带道,"看台上的那些人会把他给生吞了。"

魔术师把手伸进帽子,然后,他好像是彻底忘了那只手,又或者准备让它一直待在帽子里。这个时候,他本该从帽子里拿出点什么,可他却只是惊恐地望着观众愤怒的脸庞,双腿直打哆嗦。

奇迹发生了。我是说我穿着黑礼服上场了。而在观众眼里看到的,是一件黑色礼服大摇大摆地走到聚光灯下,然后从魔术师手中接过帽子,戴在那并不存在的脑袋上。

可怜的魔法师和观众一样目瞪口呆,幸好乐队训练有素。他们奏起欢快的舞曲。我踩着节拍跳起来,脚步轻盈,舞姿优美。那真是段好舞蹈。观众们疯了。他们热烈地鼓掌,用可以杀死人的热情欢呼。演出成功极了。

毫无疑问,我的第一场演出确立了我在马戏团的地位。从那以后,《魔术师和会跳舞的上衣》就成为马戏团的固定节目,而且通常很受欢迎。魔术师在失去魔力之后,再次成为马戏团的明星,受到仅次于团长的待遇。不过他并没有因此感谢我,甚至还有一点讨厌我。我不知道原因,也不想知道。我还是照样喜欢他,喜欢这里的每个人,喜欢这里的每条狗,每匹马,每只狮子,老虎,大象,甚至秋千,鞭子以及匕首。

穹顶下,电灯光亮着,没有白天没有黑夜。人们嗓门洪亮,脚步轻盈,脸上画着斑斓的油彩,半裸着身体和动物们一起嬉戏,捉弄自己的同伴,做着各种难以想象的高难度动作。任何一个普通的东西,只要到了他们手中,就被赋予新的意义。盘子不再是盘子,而是来回飞舞的蝴蝶,或者是可以吃进肚子的蛋糕,再不然是猩猩的帽子,小丑脚下怎么也踩不碎的鬼东西。不止是在演出的时候,即使没有观众,他们也照样这么做。这和演出无关,这就是生活。他们吵吵嚷嚷,在秋千上打架,倒立说话,互相扔飞镖和苹果,用匪夷所思的姿式接吻做爱。他们像大天使一样单纯,易怒,充满力量。你永远看不到他们静下来。直到有一天，这一切都会结束。他们收拾行装，装卸道具，拆解帐篷，牵领动物，最后纷纷钻进大篷车，蒙头大睡。如果有人中途醒来，他就会去串门，想办法把其他人也吵醒，在有限的空间胡闹上一阵，接着回去继续大睡。这样的日子不会过上很久。很快，旅途结束了。马戏团到了另一个城市。于是一切又恢复到原来的样子。日子也重新开始。

原谅我。我说的是“他们”。我的口气好像是一个局外人在描述马戏团的生活。不，实际上，我就是他们中的一员。从一个地方到另一个地方，从一个季节到另一个季节。我是那么的轻盈，明亮，以及幸福——和他们一样。

看吧，女骑师又在给最喜爱的种马梳洗。肥皂泡到处乱飞，脏水流得满地都是。她是故意的。她一定察觉到我在旁边，同她的种马一起倾听她的甜言蜜语。这不能算作偷听。当别人在说话时，保持安静是有教养的表现。放心吧，我知道怎么分辨哪些该听，哪些不该听。

是的，我喜欢陪着女骑师梳洗她的种马，听她对它倾吐心事；还喜欢看人打牌，然后轮流告诉他们每一个人其他三个人的牌，同样也喜欢坐在观众席上，一边看演出一边分享他们的棉花糖；更喜欢参加小矮人的秘密会议，然后出其不意地踢上他们一脚。最最喜欢的是一头钻进驯马女郎的被窝里，用毛茸茸的胡子去摩擦她的身体。大多数情况下，我就是这样安于做一个本分的“旁观者”，很少会去做什么出格的事情，引起很大的骚动。只有一次是例外。

那是在台上。周围坐着五百多个观众。可怜的魔术师一定以为我是故意让他出丑。但实际上，我只是喝醉了。当时我们正在台上表演一个叫《木乃伊复活》的新节目。按计划，魔术师应该从空棺材里变出一具“活生生”的木乃伊。而那个木乃伊就是我。我起先赤身裸体地躺在棺材里，等到魔术师装模作样地关上盖子上完锁，我得立即找出藏在棺材暗格里的白布条，迅速把自己裹得密不透风。等到魔术师一打开盖子，就会有一个木乃伊突然从棺材里蹿出，冲向观众席。还有什么比这个更能让他们尖声惊叫的？可那天，表演前我喝了太多的李子酒。我醉醺醺地爬进棺材。没过多久，就打起瞌睡。要不是开棺材的声音把我吵醒，我可能会一直睡下去。我慌忙从暗格里找到布条，可要赶在棺材盖被彻底掀开前，完全把自己裹好已经不可能了。我决定开个玩笑。于是，那天的观众有幸欣赏到一次更有创意更为骇人的演出。阴森森的音乐响起，鬼火一样幽蓝的灯光落在烟雾弥漫的舞台中央。棺材盖打开，五条肥大苍白的蛆蠕动着爬出棺材。不久，连接着它们的白色手掌也出现在人们眼前。接着是前臂，最后整条胳膊。就这样，一条惨白的木乃伊手臂孤零零地重返天日，来到了外面的世界。它先是向魔术师的方向曲了一下肘关节以示感谢。然后，就立即朝观众席“跑”去。它的五条腿走得如此轻快而富有节奏感，有时还能随着音乐跳出舞步，让人恶心又充满美感。观众席上传来尖叫，然后是掌声。同时，之前一直傻忤在舞台中央的魔术师打了个榧子。说不清是前者还是后者起了作用，总之手臂顿住脚步。然后，它的绷带忽然一圈一圈地松开，最后还原成一条普通白色布条毫无生气地掉落在地上。至于那条手臂，没有人知道它去了哪里。

表演结束。

观众们纷纷站起身，伸长脖子，为了寻找原先藏在绷带下面的东西。只有一个少年例外。他坐在那，咬着嘴唇，目光落在我站着的地方，微笑。

从那天起,少年被留在了马戏团。他们让他说故事,不停地说。而他总是有说不完的故事。他用他的故事打动人们。人们都爱他。在他望着他们,开始诉说的时候,人们就爱上了他。只有一个人例外。那就是我。他看不见我,所以无法诉说我的故事。

没有人知道当他们聚在少年身边等着听故事的时候,我就在他们身旁。一直到午夜,人群散开,众人恋恋不舍地离开,只留下少年一个人。我走到他眼前。“你好。”我说。

少年没有吃惊。他从口袋里掏出一支口红。“你能帮我画吗?我总是画不出一张微笑的嘴。它要有香蕉一样的形状,鲜血一样的鲜红,还有眼泪一样的悲伤。我的手一直在抖。”

我接过口红,开始描绘一个微笑。要饱满要鲜红,并且还要悲伤。这不难。你要做的,只是忘记,忘记嘴唇,脸颊。忘记它们的存在。然后用微笑去覆盖那片空白。

“我一直都在这,听你的故事。它们像流水一样流过我的身体,什么也没带来,什么也没带走。”我向后退了几步,端详着那个完美的微笑。

“因为那些都不是你的故事。”

“我的?”这句话听起来像是邀请。我的胸口一阵发紧。

少年抬起眼睛。他的目光在空气中游弋。有那么一瞬间,他的眼睛里浮现出细碎的光亮。那光亮在他黑色的眸子里移动,就像光柱里飞舞的浮尘。

少年的嘴唇开启。鲜红的口子陡然豁开。他将要诉说……

我记得他双唇合上的样子,就像两道古老的红漆木门嘎吱一声在我面前关上。那是一个缓慢而长久的过程。左边,时间停止,右边,时间飞转。直至两扇门重新合上,时间的伤口愈合在一起,它又回到了原来的速度，而我们也回到了原来的位置。什么都没有发生。没有什么可以诉说的。

那天晚上，我在后台找到了针线奶奶。我去的时候，她正坐在化妆台前，一边哼歌一边晃着双腿打拍子，一边赶制少年的演出服。

"我听见他给你讲的故事了。"我有一些拘谨。自从我成为魔术师助理后，我们就不太说话了。

"很好的故事。"

"他也给其他人讲故事。"

"怎么？"针线奶奶瞧了我一眼。她手里的针线还在飞快地穿梭着，"他没有给你讲吗？"

"他看不见我。"

"啊，是这样的，他只有在看着你的时候才能为你讲故事，你的故事。"她说着，停下手里的针。"各人在他那里听到各人的故事。"

我思索这句话的含义，可它却像蝴蝶一样飞走。

"你记得他为我讲的那个故事吗？一个好故事，不是吗？"她盯着我的眼睛问道。

我点点头，我记得其中的片断以及结局。

"啊，我得抓紧，快来不及了。帮我个忙，这根线都缠在一起，你来理顺它。"

我接过乱七八糟纠缠在一起的线团，挨近她坐下。这情形似曾相识。可是，这样的事情以前没有发生过，今后也不会有。对，是在故事里。少年为针线奶奶讲的故事里，有一个隐形人，他和我一样，挨着一个女孩坐着，为她解开线团。不久以后，他会睡去，不久以后，女孩会离开。再后来，我不记得了。

一个接着一个线结很快占据了我全部的注意力。我全神贯注地顺着线头向上去寻找它的源头,穿过这里,绕过那里,经过复杂曲折的路径,去解开一个结,又一个结。我必须小心不要犯错,不再一个结上打上另一个结。我必须不被迷惑在线的迷宫里不断绕圈子。我必须展开这根丝线,让它回到原来的样子。它应该很长,所以才会如此纠缠在一起。

我打了个哈欠,合上眼睛。而我的目光仍然紧紧追随……

路很长,有很多岔路。在不远处,它们彼此交汇错开,然后与另一条岔路遭遇,然后分离,直到最后已经无法找到原来的道路。不用担心迷路。路两边的煤气灯始终亮着。楼房巨大的阴影横卧在街道上。我沿街走着,在阴影和昏黄的光晕中行进。空气还是那么温暖潮湿。

水汽浸透每个毛孔。于是,有了回忆。

一个男人从临街的店堂走出,带动了门口的风铃。风铃声里,楼上的灯亮了。吵闹声从印花窗帘里传出。隔壁的铸铁阳台上探出一张没有睡醒的脸。脸上的妆几乎掉去大半,而舞会还在几条街外的房间里进行。穿花衬衫的男人们正在演奏乐器。被音乐鼓动的人们跺着地板。楼下的公寓里一起谋杀案刚刚发生。凶手已经离开。死人躺在沙发上,并不介意天花板的噪音。而在楼下,几个刚刚结束工作的老男人听到飘出窗外的乐声。这勾起了他们仅有的欲望。可附近没有喝酒的地方,他们决定绕远路去河对岸的酒馆。他们经过锈迹斑斑的大桥,经过依偎栏杆的恋人。恋人们闭上眼睛。女人的嘴唇冰凉。

我记得这个城市,路径如蛛网般遍布的城市。

我也记得她。

城市还在不断复制。它复制的速度远远超过我行走的速度。

我将无数次走过熟悉的走廊，街道，墙角，暗巷，地道，桥洞，铁轨，无数次地走进记忆里的城市。我在你们以为的迷宫里行走。这是我的迷宫。我是它的主人，对它了若指掌。它不过是一条没有尽头的路。然而我必须行走，要去寻找那个嘴唇冰凉的女人。除非我能不问问题。

我不知疲倦迈动步伐，仿佛也从来没有停下来。人们从我身边走过。他们看不见我。他们理直气壮地活在他们的城市里，活在过去的将来和将来的过去里。他们如此真实，因为他们不需要去寻找谁，也不需要知道城市正在生长，更不需要知道有一个像我这样的男人存在。

也许，我真的不存在。可问题是地上的确还有我的影子。我本该不问问题。可是我还是看了自己的影子——这是一个两足站立的哺乳动物。人的身体，牛的脑袋。

“嘘。会有点疼。”在梦的外面，有人摁住我的肩膀。

我来不及反抗。疼痛像电流一般涌过身体。我本能地伸手去捂住伤口，却无法动作就被推向无意识的深渊。在那里连梦都没有。

五

恶魔靠墙坐在地上，手里夹着烟。烟上的花纹和那天晚上的一样。他应该察觉到我已经醒来，但他耷拉着的眼皮始终没有抬起，这给人他已经死去的假象。我坐起身。他仍然没有动弹。也许我应该假装没有看到他头上的两只大角，或者假装那不过是对可笑的道具。要知道这是在马戏团，什么事情都会发生。也许我应该闭上眼睛，假装从来没有醒来。

可是,我已经问了问题。

“没关系,你可以重新考虑。我说过,在这里最大的好处就是可以重新来过。”恶魔苍白的脸上浮出一丝笑意。他伸出另一只手,向我展示手里拿着的东西,“你可以重新戴上它。”

我捂住脸。

“她呢?”

“你不想看看我手里拿着的东西吗?”

“我不舒服。”

恶魔走到床边,把那样东西伸到我面前。“不舒服?以前你戴着它的时候也觉得不舒服吗?”

我别过脸。伤口在疼。我的脸在燃烧,被剥离和撕裂的疼痛再次被唤醒。他们从我脸上把它拿走,就像他们曾经悄悄帮我戴上它一样。面具,面具在恶魔手中的闪动着流水样的光泽。凭借这个,你可以把它和周围的空气区分开来,凭借这个,你可以清楚地看见面具用来显示五官的凹凸轮廓。窄而高的鼻子,薄薄的嘴唇,它是我的。没有人可以否认。

“戴着它,你就再也不会想起那些不愉快的事情。有很多人都想拥有这副面具,而我却把它无条件地送给你。我真慷慨。”

“她在哪里?”

“谁?”

“针线奶奶!”我猛地起身,撞开恶魔,离那副面具远远的。要是有点勇气,我真想夺过面具把它摔得粉碎。“她什么都知道,却什么也不告诉我。我拿她当朋友!可她却和你是同伙,她在哪?她在哪?快告诉我。”

“你那么想要知道她在哪里干什么?要质问,要声讨?可你看上去更像是害怕失去她。”

“胡扯！”

“你知道在马戏团里，大家都比较敏感。总会有人说东道西。”

“你想说什么？”

“我听到一些谣言，关于你们的，当然只是谣言。他们说你吻了她，在你睡着的时候。”

“胡扯。”我大吼，摇摇晃晃地冲向他，“告诉我，她在哪？”

“不知道。我来的时候只看见你一个人躺在床上，而这个就掉在你脚边。”恶魔耸耸肩，翻过面具按在自己脸上。

针线奶奶走了，就像少年说的那样。在她的故事里，少年一定也提到了我，只是我没能记住那一部分。在他的故事里还提到了一些东西，这些曾经被我当作梦遗忘掉的，如今被印证真的发生过。还比如她在我来这里的第一天就为我缝上面具，还比如每个夜晚的歌声：她就坐在这，轻轻哼唱，守在我身边。她能够将一切破碎的东西用针线缝补修复，让它们完好如初。她能够那样做，并且不厌其烦，为了所有人，包括我。也许，尤其是我。我要知道这一切。于是我开始问问题。

恶魔没有要隐瞒的意图。他回答了所有问题。将他的答案全部串起，于是有了以下可怜苍白的故事：一副由恶魔制造可以让人忘记过去的面具，一旦戴上，就很难摘下。因为这是用特殊的针线缝在脸上的特殊面具。有一天，有一个傻瓜因为某种理由戴上了它。由于某种原因自那刻起他成了隐身人，没有人看见他和他的悲伤。从此以后，他快乐地生活在面具之下。为了防止面具在睡觉的时候脱落，人们找来一个手巧的女裁缝，一旦发现有脱线的可能，就立即进行缝补。这可能有些疼，但好过硬生生将面具从佩戴者脸上扯下。至于后来女裁缝和傻瓜之间到底发生了什么，人们也不是很清楚。只是忽然有一天,女裁缝永远地离开了那个傻瓜。在走之前,她摘下他的面具。

“我还是不明白。我是怎么变成一个隐身人的。这和面具无关,不是吗?”

“一个没有过去的人,他到底是谁?他什么都不是。”魔鬼问我,“在其他世界里,你或许会成为一个面目模糊的人,可是在我的马戏团,我会让很多事情变得更加简单。于是,像你这样一个没有过去的人,就会成为隐身人。因为现在的你就是你的过去。而你没有过去。但这不重要,重要的是在我这里你很快乐。”

“我不该待在这儿。你骗了我。我要去找我的新娘。”

恶魔看着我,淡灰色的眼珠一动不动,“你装出忙忙碌碌努力寻找的样子,其实是为了逃跑。狡猾的人,你把自己都骗了不是吗?你要逃离城市逃离你的悲伤,我帮你做到了,明白了吗,这是你的选择。你的愿望,而我实现了你的心愿。”

我无力反驳。因为那也是事实。我开始考虑恶魔的建议。重新开始。我是否具备作出同样选择的勇气?我将再次戴上面具,我将再次获得遗忘自己的快乐,我将再次忘记她冰凉的嘴唇。在那个站在塔顶的夜晚,到底是什么让我作出了第一次的选择?

“你可以留在这里,很快我就会找到新的女裁缝。”

我望着面具,“我应该拿什么来换它?灵魂吗?”

“不,你怎么会去听信那种愚蠢的传说呢?”

我笑了,“没想到你这么慷慨无私。”

“给我你的悲伤。”

“你要它干什么?”

“加上蛤蟆的唾液、龙的胆汁就可以做出最毒的毒药。”

我们都明白这是个玩笑,但谁也没笑。我闭紧嘴巴。下面将要说出的任何一句话都可能是决定,一个不经过大脑,一个早就注定的决定。在喊出它之前,谁也不知道它的内容。

“你考虑一下,我还有一点事情要办,你知道在哪里可以找到我。”恶魔推开大篷车的车门消失在夜色里。

现在是夜晚,又一个夜晚。穹顶之外的世界有它的夜晚。

风挟带着雪花吹开虚掩的门。是冬天。虽然什么也没穿,可我并不觉得冷。我已经习惯赤身裸体去适应气候的变化。在曾经被看不见的日子里,我的身体已经发生了改变。

我意识到自己在朝镜子走去。

这又是一个问题。我到底变成了什么样?

很快我就会知道答案。我会看见我自己,还有我的悲伤和伤口。我会长久注视,在它们被遗忘之前。

六

说到这儿,旅人忽然沉默下来。他的脸隐现在暮色中,显得安详和真实。

“故事没结束?”莫伊扎尔提醒道。

“我以为你会厌倦。”旅人的声音听起来疲惫不堪,“我就这样一直注视着镜子。”

“在镜子里你看到什么?”

“看到了你眼中的我。”旅人吐出一口气,“那天晚上,我一直在等恶魔回来。但他没有。那天晚上,马戏团起火了。帐篷,彩旗,飘带,衣服都化为火焰。天空明亮极了。有火星落到大篷车上,于是所有的车也被点燃。我和其他人一起下了车。我们站在火焰中仰望明亮的天空。大火一直烧到天亮。我决定离开,就像针线奶奶那样独自离开。没有人察觉。

“沿着河岸笔直走,拐进第二个巷子,我又回到了熟悉的街道。那时,我才真正意识到穹顶已被烧成灰烬。头顶上的天空属于城市,那个仍旧不断生长复制的城市。我将从一个城市走到另一个城市,就像这么多年来我一直做的那样。就算是马戏团大篷车,也没能帮助我逃离这些城市……”

莫伊扎尔没能听清后面的话。旅人的声音越来越小,微弱得好像呼吸一样,最后就真的只剩下旅人的鼾声。“他一定太累了。”莫伊扎尔起身为旅人准备好房间。那不是一间很舒适的房间,但至少有张床。莫伊扎尔已经很多年没有这样感慨过了,不过那天他决定破个例。

第二天,当莫伊扎尔准备唤醒旅人的时候,他发觉他已经死了。尽管看不见他的神情,但莫伊扎尔固执地认为旅人死得非常安详。他按照高原人埋葬客人的规矩将旅人的头割下,埋在河的上游一处向南的地方,而尸首留作别的用处。

在以后很长的一段日子里,他都会想起这个看不见的客人,想起他的故事。莫伊扎尔自以为故事是在他客栈里的那张破床上结束的,但他错了。

他不知道旅人曾经在半夜被一些声音惊醒。旅人睁开眼,看见了她。他想起很多年前,他们曾经依偎在一起。那时她的嘴唇冰凉。

旅人也想起了那个说故事的少年。尽管那时少年看不见旅人,还是为他讲述了他的故事,在故事的最后,他和她拥抱在一起。

二　被打断的婚礼(下)

她　说

一

我就是故事里的那个女人，这一点毋庸置疑。

故事一开始，我便出现在那里，然后从那里离开。我并不知道将要去向哪里，我没有问。带我走的人因此欢喜我。

一直以来，MR苏(也就是我父亲，在我住的那个地方，人们习惯这么称呼像我父亲这样有派头的绅士)的大女儿都以安静著称。在MR苏的社交圈子里，只要提到我，人们都会用同样的开场白来结束这一话题。"哦，对的，我记得那个小姑娘。她生出来的时候就不哭也不笑，现在也这样。"

要证明这一点有些困难。我的母亲在我出生后的第七天死在了充满百合花糜烂香气的房间。我无从询问。至于带我长大的老嬷嬷，据说她带大了我们家族整整三代 18 个孩子，早已经无法分清我们谁是谁，就像分不清豆蔻和肉桂一样。因此，我从出生到记事起的那段空白，无人能填补。

只是我确信在我刚刚来到这个世上的时候，一定有什么事悄悄发生过。就在织锦缎窗帘后面，核桃木床下面，走廊上壁画的背面，酒窖潮湿的角落里，或者其他地方。

我很自然地成为一个安静的孩子，不哭，不笑，几乎不说话，没有脚步声，好像是大屋里的一片移动的影子。而有时候，在仆人的嘴里，我甚至成了我母亲的鬼魂。父亲加快脚步迈进第二桩婚姻。即便在当时，我也能理解他的感受。

我的父亲——他怕我。

“我会给你找一个妈妈。这屋子太大太安静，对你有害。”父亲在我耳旁低语。

像以往那样，我瞪着空中的某一处。那时候我三岁，不知礼仪规范，不明白原来淑女和人说话时目光应该下垂。

婚礼破除了静寂魔咒。从此，这所房子被各种声音充满。门忽然被打开又被合上，银茶匙轻敲斯托克骨瓷杯，井水顺着水管流经整个屋子，肉被烤得滋滋地冒油，人们并肩走过，衣服窸窣摩擦，像涟漪一样悄然扩散开来的低语，几乎可以忽略不计却永不停息的呼吸声……

而在父亲的房间里，每天晚上都有一场舞会。从那里传来热烈粗野的喊叫，是我从来没听见过，也不可能想象的喊叫，犹如咆哮，犹如低吼，犹如呢喃，令人恐惧又着迷。我无法入睡，整夜盯着墙上的壁毯。那上面,牦牛毛编织成的丛林,阴郁森冷,随吼声而变幻光影。

没多久,吉尔出生了。婴儿的嘹亮哭声淹没了屋子里细碎声响。看得出来,父亲很高兴。虽然同样是个女儿,但毕竟是一个会哭会笑的女儿。吉尔,这个皱巴巴的小东西住进了母亲生前的房间,代替她成为那里的主人。之前不允许随意进出的房间如今成了屋子里最热闹的地方。我没有太难过,如果有,也只是为那些消失的阴影难过。起初父亲试图让我亲近吉尔,希望吉尔能让我改变,但吉尔的母亲强烈反对。她害怕我会影响到吉尔,她想尽办法将我安置到离吉尔最远的那个角落。到最后他们总算意识到这两种努力都是徒劳。我不会改变,也不会对这个屋子里的人有什么影响。我不属于他们。当他们明白这一点,我们就都自由了。

我一如既往地和阴影、静寂为伍。尽管它们一日少过一日,最后剩下的那些统统退缩到我的房间。没有人会来打扰我们。而在夜晚我照旧聆听丛林的声音,为它散发的热气着迷,在氤氲水汽中神思恍惚——就这样过了十年。

13 岁生日,父亲为我举办了隆重的宴会。

“你知道,一个女孩子长到 13 岁,就代表她已经是个小女人了。”他微笑着,轻轻抚摸我的脸,目光望向他处。

我点点头,郑重其事,却不明白小女人到底代表什么。

父亲邀请了很多人来。那真是一场盛大的宴会。枝形吊灯下,人影晃动。客厅下显得拥挤不堪,就连过道都站满了客人。我站在父亲旁边,被一一介绍给客人。

看,这就是 MR 苏的女儿。她美丽并且安静,她颈项雪白细长,眼睛漆黑明亮。她的嫁妆足够丰厚。

几个比我稍大些的男孩被安排来到我身边。他们一脸严肃地与我握手对我说话，他们没有对我的沉默感到诧异。显然，早在宴会之前，他们就已经被告知一些关于我的情况，而现在发生的，都不过是预演的翻版。

“几年后，你会和我们中间的一个结婚。”一个男孩凑到我的耳边说道。

这是一句额外的台词，显然不在任何人的预料中。我朝他看去。

“假如没有最喜欢的，那总会有一个最不讨厌的吧。”他别过脸，发出短促的笑声。等到目光重新落回我身上时，笑容倏地消失。他深深吸了口气。“你真安静。”他说。

你真安静，他说。

我张开双唇。尖叫声无法抵达那里。没有任何声音抵达。

“堇。”父亲一把拦住转身要跑的我。

我双眼紧闭，缩成一团，任由他把我抱回床上。

“堇?”父亲轻声呼唤着我的名字，把手贴在我的脸颊。我不得不抬起头去看他。他看起来，还好一些。这一定不是真的。这一切全不是真的。

“没事吧?”他问。

我摇摇头，疲惫不堪地重新合上眼睛。是的，我已经不再害怕。我知道我已经疯了。

父亲逗留了一小会儿，重新回到楼下。

楼下的宴会还在继续。舞曲一首接着一首。华美的乐声好像闪亮的丝绸从楼下一路铺展，延伸至窗外夜色，随风飘扬。它们如此遥远，无法触及。

因为，丛林已经包围了我。它不再是壁毯上的图案，不再是。

植物破土而出，从墙壁和地板里长出枝叶，它们和它们的阴影迅速填满空间,构筑起一道黑色的坚实壁垒将我困住。隔着眼帘,仍然能感觉它的压迫。吼声震聋发馈,饱含对血的渴望,而且,更近了。这是另一种歌声。时候到了。

"生日快乐,堇。"

我睁开眼睛。丛林的黑暗幻象褪去,吼声也随之消失。月光从窗外银粉般洒下,乐声轻轻飘进半明半暗的屋子。他站在月光里,并不像真实存在。

"你应该记得我,十三年对于我们而言并不是很久。"

他挪步走到床边,悄无声息。瘦削苍白的面孔自斗篷帽下探出。他的眼睛漆黑闪亮,没有温度没有神情,除了永恒寂寥的光亮,便只剩下虚无,就像——死一样。与那样一双眼睛对视并不愉快,可我没有移开视线。

与此同时,他也在观察着我。我有一种奇怪的感觉。他能看见我所见到的景象。

忽然,他一把抓住我的手腕,把我从床上拖下。"告诉我你看到了什么?"

我紧闭双眼拒绝回答。

他摇晃我的身体,无情而坚决,"告诉我你看到了什么?"

我被迫睁开双眼,发现自己正站在窗台前,面前放着一盆香蜂草。月光下,香蜂草不再是夏天该有的模样。心形的叶子一片片枯黄,蜷曲,纷纷掉落,迅速凋零干净。

我挣扎着别过脸。

"不,还没结束。"他把我按回到香蜂草前。

就在这个时候,新芽冒出枝头,纷纷展开,长成肥大鲜美的叶子。在叶腋间,淡白色的小花打开花瓣,香蜂草恢复到之前生机盎然的模样。只是这模样并没有维持太久，花瓣落下，叶子枯黄，死亡的征兆重新爬上枝头。

“你看到了，是吗？活着的在死去，存在的在消亡。所有漫长缓慢的过程都在你面前骤然加快进程。世界在你眼前朽坏衰亡分崩离析，当然还有再生和重建。这就是你刚才在客厅所看到的，也是你此时所看到的，也将是你今后一直会看到的。对你而言，再也没有静止的事物。时间像一条湍急的河流，它带走一切。你所见的无不随着河水漂走。他们只是你眼里瞬间，无论死去还是活着。”

“我看见人们不再是原来的样子。”我说得很慢，一字一句地描述当时客厅里看到的情景。

“那是他们的未来。”

我点点头。我们沉默下来。

这是真正的静默，连同内心深处也一片沉寂，听不到任何回音。

我扶着墙壁慢慢回到床上，扫视四周。房间看起来并没有很大的不同，然而每次看过去都会有一些细微不易察觉的变化。房子的影像因此显得不再那么清晰，倒好像是被轻风吹皱的湖面倒影。

我感到晕眩，伸手揉搓眼睛，希望能揉去那不存在的尘垢。

“用不着多久你就会习惯。这是我给你的礼物。你会需要这样一双眼睛。有一天你会取代我，成为我。”

“成为你？”我放下手朝他看。这是第一次真正意义的打量，却没有多大的收获。我看到的还是那个身披黑色斗篷的瘦男人。

“作为继任者。”男人补充道。

这不可能。我是 MR 苏的女儿。等我长大后，会穿上洁白的婚纱，嫁给那些男孩中的一个，成为他孩子的母亲。这就是我的一生。就算我寡言少语，眼睛有问题，也绝不会成为谁的继任者。

我没有辩驳。像在大多数情况下那样,我垂下目光。

“当你刚来到这个世界的时候,我们就立下契约。我会带走你,在某一天。之后你将成为我。不过不是现在。”男人微微一顿,继续面无表情地宣读,“在将来的某一天,你会心甘情愿跟我走。只有那样,我才能把你带走。”

不会跟你走的。我在心里说。

“不用着急,那一天会来的。”他像是在回答我。

“为什么是我?”我终于再次开口说话。

“你会知道的,但不是现在。”他薄如刀锋的嘴唇向两边展开。那个几乎无法辨别的微笑是我当晚见到的最后景象。没有任何预兆地,困顿席卷而来。我合上眼帘,将时间的洪流挡在外面。

第二天,屋子笼罩在欢宴后的倦怠中,显得比以往安静一些。晚饭的时候,仆人发现父亲最爱的两只鹦鹉惨死在猫爪之下。除此之外一切正常。没有人发觉我有些异样。

二

——对于大部分人来说,生命中有好多时光,就好像是一部小说的过渡片断,不值得去讲述。真正聪明的说书人知道怎样迅速掠过这些乏味的情节,进入高潮。他们会用一些老套但有效的词汇……

——比如?

——四年后。

四年后,我已经习惯了用这样一双眼睛去观看,并且学会依靠其他感受器官来弥补视力上的偏差，尽量合乎情理地去应对真实世界。为了掩饰略嫌迟缓笨拙的反应，我声称自己的视力严重衰退。这个消息在父亲看来无疑雪上加霜，对于我来说，倒不失为一个可以远离人群的好托词。除了一日三餐，我终日待在楼上的房间里。

“你应该多下楼晒晒太阳，就是因为一直待在那么暗的房间，才把眼睛搞坏的。我早说过那间房间光线不好，不能让你住。”只要一下楼，老嬷嬷就会抓住机会对我唠叨。要不是她太老爬不动楼梯，她会每天闯进我的房间对我说个不停的。

我笑着从她身边绕开，坐在餐桌前。

“我说，堇小姐。”老嬷嬷拖着老迈的身体跟了过来。

“先吃饭吧。”父亲打断她。

“老爷请您让我好好说说堇小姐。”

父亲看起来很不快。可是老嬷嬷太老了，老得已经忘了察言观色，忘了害怕。她快死了。三年前，我便见到她的尸体。她躺在幽暗的地下，庞大的身躯成为各种爬行生物的巢穴和食物。

父亲呵斥了老嬷嬷。老嬷嬷被不情愿地带下去。

餐厅里出奇的静。我们都望着父亲。他平时是不会那样训斥人的。

“您是不是有重要的事要宣布？”吉尔照例是第一个出声的人。

“这周五，会有人来拜访我们。”父亲顿了一下，“确切的说，是来拜访你，堇。”

是时候了，我被带到他面前，那个将要成为我丈夫的男人。

我向他走去。他正在和父亲聊天，谦卑恭敬。忽然，谈话中断了，静默在空气里散发着香气。我继续前行，穿过长长的客厅，来到房间的另一头。午后的阳光透过落地窗落到身上，我感到一丝暖意。

“这是堇。”父亲向他介绍道。

他从沙发上站起，走向我，又止住脚步。他的视线带着日光的温度轻轻拂过我的肌肤。他在看我。我也有些想知道他的模样。我面对他，茫然地睁大眼睛，无法看见他此时的容貌。在我眼里所见的是另一个男子，是湍急的时间河水送来的影像。

他神采飞扬，深深地注视前方，像被点燃一样发出幸福的光亮。连同在他周围浮游的尘埃都被镀上澄净的光彩。那一刻，就好像是夏夜里的飞蛾，怀着无害的好奇心，我忽然很想靠近眼前这个眼角下垂看上去无比温柔的男子。

差一点，我就忘了这并非就是此刻的他。

“堇，这是杨。白叔叔的长子。”父亲的声音从远处传来。

“苏小姐，你好。”他说。

“你好。”我点点头，像个盲人一样被他略微颤抖的声音引向沙发。我缓缓坐在父亲身旁。窗外紫藤花的花影洒落在茶几上。不知道这是相隔几年后春天里的花影？那个时候坐在这里的又会是谁？我大概是走神了。没有发觉父亲已经走开。客厅里只剩下我们两个。

“你真安静。”他说。

你真安静。我的微笑春雪般化开在那四个字里。曾经有人对我说过同样的话，用同样微妙的语气。“我们见过？”我问。

“是的，四年前在你的生日晚会上。”

是的，四年前，我们曾经见过，在那个时候我便见到今时今日的他——薄花呢浅色西装下温良又快乐的半大孩子。我记得他皮肤白皙，鼻尖有些发红蜕皮，似乎是被晒伤的样子。

“时间过得真快，回想起来就好像是昨天一样。”他忽然加上这样一句。

他并不知道这句话意味着什么。带着暗藏的苦涩，我似乎又回到那个充满香蜂草香味的夜晚。我们各自变回原先的模样。在那时，时间对我而言，是和别人一样看不见的暗流。它缓缓流逝，仅此而已。

虽然仍旧沉默不语。而此时，沉默已经成为另一种诉说方式。

我点点头，为他倒上馥郁的红茶，鼓励他继续说下去。于是他开始讲起他如何陪同他父亲去沙漠采购香料，在途中的奇妙遭遇，以及在商队里听到的各种传奇故事。他说得很有趣。只是我并没有在听。

他停下来，显得有些不知所措，“这些故事是不是很乏味？”

“不是。”

“不知道为什么，你看着我的时候我总觉得是在透过我看向更远处。”

他又说对了。只是他不可能知道我看到了什么。就在他向我描述沙漠上的紫红色叶子是如何在夜晚灿灿发光时，我看见他身穿礼服挽着他的新娘轻轻掠过教堂大理石的走道。

新娘很美，有着和我一样蜜色的长发。她转过头，我看见她的容颜……

这是大家都满意的结局，我想。

尽管如此，我还是决定先不把这个结局告诉我未来的丈夫。

没多久，双方父母就聚在一起商定婚礼的各项事宜。事情进展地很顺利。婚期很快就被定在三个月后的某天。据说那是一个好日子。

“你爱那个人？”吉尔坐在我的床上。蓝绸裙被撩到膝盖上，两条腿慢慢晃动着。

“爱一个人就要和他生活在一起，就像我们的父母那样吗？我听说他和他的父亲经常去沙漠旅行。那么，以后你也会骑上骆驼到很遥远的地方去。”

我挑出一张唱片放在转台上，摇动曲柄。低沉沙哑的歌声从留声机巨大的花蕊处涌出。我们仿佛置身于灼热干燥充满沙尘的空气之中，并化身为空气感受琴弦的激昂震动。

“好奇怪的音乐。那个人送的?”吉尔问。

“嗯。”

“那么，你爱他吗?”

这就是吉尔，我的妹妹，如果你不回答，那便会一直问下去。我苦笑着把印有沙漠图案的唱片套放回原处。

“那么，你爱他吗?”这不是吉尔的声音。干涩如沙。

我僵硬地转过身。

他就站在吉尔的身旁。吉尔没有丝毫察觉到他的存在。

“上课去。”我对吉尔说。

“为什么只有我得去学校上课听那些啰里吧嗦的废话?”吉尔嘟囔着穿好鞋，跳下床，“可现在还早，今天下午是史先生讲课，他每次都迟到。”

我做出和往常一样的笑容，半推半拉地把她送出房间，缓缓合上门。

即使背对着他，我也能感觉到他的目光。他站在原地，一动不动望着我，仿佛很早就站在这里，也许自从他第一次出现在这里后就再也没有离开过，不，也许他一直就在这，他就是房子里那些捉摸不定的阴影，不，他远比这幢房子这院落这些我眼中见到的一切都更加古老，他是谁？

我费尽力气，转向那双虚无得可以吸尽满天星光的双眸。

“那么，你爱他吗？”

他并不想要我的答案。他要的只是嘲弄我。他的眼睛直直看进我荒芜的内心。那是连杂草都没有的荒野，贫瘠得只剩下自我存在作为认知界限的内心世界。感受不到丝毫的欢喜和悲哀。

“我会嫁给他。”

“你会成为我。”

“我亲眼看见我嫁给他。”

“很快，你也会亲眼看到你成为我。”

我吸了口气。“无论看到什么，我都不会跟你走。”我一字一顿地回答他。那声音沉静陌生，仿佛并不是出自我的身体。

“你会看到的，很快。”

我们不再说话。正午的阳光把房间照得晃眼而陌生。

卖杂货小贩的吆喝声从对面弄堂传来，轮船汽笛声穿过充满金属光泽的天空抵达这里，树上的蝉声叫得一阵比一阵紧。

“痛吗？”不知什么时候他来到我的身后轻轻摩娑起我的脖子。顺着皮肤下的蓝色静脉，他的指尖以近乎优雅的姿态滑动着。

难以言语的感觉从颈部蔓延。轻微的麻痹过后，我一把推开他，冲向阳台。身体抵在铁铸的栏杆上，却怎么也止不住颤抖。血腥气扑面而来，如血色粘稠的潮水，浓重得令人作呕。

我感到疼痛，就在刚刚被他指尖滑过的地方。伸手去摸，红色弄脏了我的手。

“你流血了。”男人说。

血弄脏了我的手。在明晃晃的太阳底下，我看到自己体内的鲜血。它红得耀眼。

我看见它,因此瞎了双眼。

黑暗突如其来。

我听见男人在说话。他在说什么?话语毫无意义地在炙热的阳光下蒸发。

顺着脖子,我的手指犹疑着一点点往上攀摸,在应该是伤口的地方停住,透过柔软的皮肤能感到鼓起的血管,却没有遭遇到预期的湿润和温热,没有鲜血流出。

然而疼痛还在,新鲜持续仿佛永远不会终止。当我用力去压那看不见的伤口时,疼痛也并没有随之加剧或者减弱。这疼痛,顽固独立,不受任何影响,仿佛独自存在于我的体内,与这世界毫无干系,只是按照自己的方式和节奏如此存在着。

没有鲜血流出。我凑近手指寻找弄瞎我眼睛的鲜红,尽管那样做毫无意义。

疼痛总是来得缓慢。

黑暗中,男人如此说道。

在我昏倒时他便是这样说的,但那并不是全部。还有一些字句被黑暗隐藏。没有关系,有足够的时间。

至少他是这么说的。

傍晚,管家在阳台上找到不省人事的我。医生很快被叫来。诊断的结果是中暑。

他没有看见我的伤口,其他人也一样。他们看见我,却没有看见我的伤口和疼痛。

虽然没有流血,没有破损,但针刺般的苦楚,犹如黑暗里细碎的光,犹如只有我能看见的荆棘王冠,无时无刻地提醒我那个男人曾经来过。

“你还有哪里不舒服?”医生问。

我温顺地垂下眼睛。

“我想不会有什么问题。我再给她开些滋补身体的药。”我半躺在床上,一动不动地听着医生在和父亲低声交谈,独自和脖子上微妙却真实的疼痛做伴。

疼痛总是来得缓慢。男人的话回响在耳边。我的嘴角漾开一丝微笑。不,我不相信他的话。

无论疼痛因何而起,我都不会再感到疼痛,就像我不会成为他的继任者那样肯定。

无论他是谁。

我会成为杨的新娘。我的眼睛从来没有欺骗过我。

三

——这故事有漏洞。婚礼在三个月后进行,而你只能看到几年后发生的事情。

——你忘了一种可能性。也许,婚礼没能如期进行。事实上,婚礼真的……

婚礼前的一个月,杨去了沙漠。这是他父亲对他的考验。他将独自一人带领商队前往荒无人烟的沙漠深处,然后带着一桶桶的香料返回。他走得很急,甚至没来得及道别。父亲对我说,那是为了赶上婚礼。

杨走后没多久,战争爆发了。

日渐紧张却靠一方不断让步勉强维系着的和平就好像皮肤上渐渐长熟的疖子,忽然破溃,流出恶臭的脓液。脓液的名字就叫作战争。

海那边的遥远国度派来军队攻打我们的城市。在没有外援的情况下,守军仍然决定战斗下去。城外的难民纷纷涌进城,在任何可以落脚的地方安下家。

这些都是从报纸上看来的消息。我试图通过上面的文字理解眼前发生的事情,但是帮助不大。随着战争进入白热化阶段,就不太看得到报纸了。一同消失了的还有鲜花、舞会、蛋糕。很快,餐桌上连牛奶和鸡蛋都不太能看到了。

一个星期后,敌人切断城内最后一条供给线,彻底封锁这座城市。城内陷入了物资紧缺的慌乱中。日子变得一天比一天艰难。枪声也一天比一天近。尽管每个人都在谈论时势,可是谁也无法清楚了解目前的战况到底如何。传言借助着恐惧、希望、绝望,和愤怒拍打着巨大的双翼,在人们头顶飞过,留下片刻即逝的阴影。

城市在爆炸声中摇摇欲坠。警报声枪声不分白昼黑夜地从外面传来。屋里却格外安静。父亲遣走了大部分的仆人。留下的人们则活得像个幽灵,陷入天鹅绒窗帘和烛光的静寂昏暗中,低声细语,蹑手蹑脚。

紧衣缩食并没有给我们造成太大的困扰,吉尔甚至喜欢上这样的日子。她对发生的事情感到新鲜好奇。她有着不寻常的好奇心,总是问个不停,即使对死亡她也充满好奇。如果没有仆人阻拦,恐怕她早就跑进敌占区,仅仅是为了亲眼看看敌寇的模样。

而我,安于眼下的清静。没有人顾得上理会我。我因此享受到不被打扰的静谧生活,几乎整日不出自己的房间。因为战争。我竟然荒谬地获得了渴望已久的宁静，好像沉潜在激流下的古老化石，对正在发生的灾难无动于衷。眼下的这些，我很早就经历过，用我的眼睛看到人们正在或者将要承受的恐怖和苦难。同时，我也在经历着，用我的眼睛看到劫难后继续下去的生活。

还有什么可以令人动容。我无所畏惧无所牵挂。

除了那疼痛，它并不像我以为的那样只是恐惧带来的幻觉，很快就会消失。相反，它真实存在，逐日加剧，好在它远远不到痛彻心扉的地步。疼痛，它是我的伙伴，和我一样沉默不语，谁也不伤害。

每天，我坐在自己的房间里，借助微弱的烛光望着丛林壁毯。只要看着它，便可以忘记时间，忘记发生在这个世界以及我身上的一切。我一如既往地对它着迷。没有外界的干扰，我更加无所顾忌。无法说清我到底看见什么，或者无法记忆起我曾经看见了什么。

偶尔，我也会想起杨，我的丈夫。他侥幸逃过战争，在将来的某一天，他会来找我。我们会在充满百合香气的教堂里宣誓永不分离。那会是多久之后的事情。只希望用不了太久。我等得有些厌倦，而且开始记不住他的模样。

也许真的是我的厌倦招来了灾难和死亡。

那一天，防空警报声格外刺耳凄厉。

“堇，他们疯了，他们要把这里都炸平。”吉尔忽然冲进房间，冲我喊道，“我们得进防……”

不远处的爆炸声和坍塌声淹没了她最后说的话。

吉尔拉着我朝楼梯口跑。阶梯波浪般涌来，我们顺着巨大的螺旋形的楼梯奔跑，以令人眩目的速度狂奔。整座房子在持续的巨响中摇摇欲坠。我几乎是被吉尔拖着在跑。又一阵爆炸声。脚下的楼梯发出恐怖的尖叫。忽然我意识到我们这是在上楼。我没停下。下面是深不见底的漩涡。如果不想被卷进中心,就只有向上跑。那是我一生中最疯狂的奔跑。就在我以为我将一直这样跑下去的时候,吉尔松开了我的手。我们站在阁楼的阳台上。无论什么时候,从这里望到的风景总是最好的。

城市就在我们脚下熊熊燃烧,火焰和血映红了天空。人间显现出地狱一样的瑰丽颜色。人们在大声哀哭呻吟。空袭警报近乎歇斯底里地厉声叫着。从浓密云端不断投来的炸弹在我们周围落下,溅起雨一样的碎片。

我们并肩站在阳台上,目睹这一切。

吉尔痴迷地盯着眼前的景象。她的眼睛火红而湿润,长发随热风飞舞。身体像雕塑般一动也不动。双手牢牢抓住铸铁栏杆,指节因为用力而发白。如果不这样做,她说不定真的会听从自己的疯狂,纵身跃下。

“你不怕吗?”有一次她问我。

我摇摇头。我们不会这样死去。“你呢?”我反问她。

“怕,可是,”她把潮湿的目光转向被炸毁的废墟,“可是,很美。你不觉得吗?”

的确很美。

很早之前,在一个无聊安静的茶会上,我轻轻一瞥,便看到这一切。

——我记得那场战争!空袭造成守军大量伤亡,敌人乘机占领了你们的城市。书上还说,几年后你们在共和国总统援军的帮助下又重新夺回了城市。

——事情并没有如你想象的那样简单。

总统的确没有放弃这座沿海城市。他派来更多的兵力同撤退的守军汇合，重新发动攻势，然而因为空军力量薄弱，无法进行有效空中打击配合地面部队，只能被迫停战。

但是形势远比这个要复杂。

尽管总统签署了《停战协议》将城市割让给邻国。但城内的反抗分子破坏行动却愈演愈烈。

吉尔总喜欢抓着我的手一边滔滔不绝地讲起这些事。她说话的时候浑身发光，仿佛又重新站在被火焰映红的阳台上。我没有问她是怎么知道这些事的，她也从不提起。吉尔有了自己的秘密。

“他们今天封了学校旁边的书店，还带走两个工人。”

热量从她那里源源不断地传来，使我很不舒服。我抽出手，走到窗旁。她还在那里控诉敌人的暴行，多少珍贵的古董被抢去，有多少无辜的人被活活烧死。我无动于衷地听着。我的心幽暗寂静，好像废弃多年的矿井。我试着一步步走向深处，小心翼翼探询查找。然而什么都不会有。

窗外，是深紫色天空下的静谧世界。这景象很快就会消失。在我眼里，昼夜交替渐渐加快。时间的河流已经不再安于缓缓流淌。与此同时，疼痛也在加剧，仿佛有把看不见的匕首顶着我的脖子。我必须忍受下去。不落痕迹。

“堇，你说我长大了会像你一样漂亮吗？有着一样蜜色的长发？”吉尔突然转换了话题，用同样认真严肃的口气问我。

我转过头望着面前的女子。她好像雨后池塘里太阳跳跃的碎影，在澄澈的空气里光芒闪烁。

“会很美。”

“堇，怎么了？”

我不记得是否作出回应。我瞪大眼睛，对着天花板，不明白到底发生了什么。

“你流血了。”吉尔叫道。

你流血了,医生说。

你流血了,男人说。

我的伤口流血了。

忽然间,思念在心里疯长。

这是怎么了?我想见他,渴望到窒息。在感情巨大的洪流里我甚至来不及看清。我渴望的那个人到底是谁?由不得怀疑惶恐,一种陌生却温柔的疼痛紧紧攥住了我。我花尽全身力气去找出这个名字。

杨。我从此将受困于它再也无法自由呼吸。

吉尔在远处呼唤着我的名字,可我无法回应。我听到我的伤口在对我说话,它们说,不久以后,它们将要绽放。

伤口说它们即将绽放。医生的看法正好相反。他不认为脖子上的那道小口子有什么大碍。那是战争时期。他见过太多坏疽、脓液以及死亡。我睁开眼睛的时候他正在漫不经心,或者说熟练地处理伤口。吉尔站在他身后,安静地望着他。

他们全然没有注意到黑衣人的到来。我们四目相交,我勉强克制住内心的冲动。这是我第一次以几乎是欣喜的心情去迎接他的枯槁面容。

“我爱他。”当其他人一走出房间,我便迫不及待地向他宣告,“我爱他。”

黑衣人没有作声。他用一种奇怪的眼神打量着我,那是从未在他眼里出现过的近乎人类的情感。然后,他发出一阵好像金属刮擦石壁的声音。我想那应该是笑声。

“那又怎样?”

男人的声音疲倦不堪,充满尘土的味道,好像是从坟墓传出一般。

更可怕的是,内心的某个角落竟然呼应着他疲惫的声音,与之共鸣。我的口鼻似乎都被尘土充满。一种从未体验过的奇特的舒适和安逸感悄然漫开。

“我爱他,所以我不会走。我要留在这里等他回来。我知道,我看到。无论今后看到什么,我都不会跟你走。”我像鸟挣脱看不见的绳索,奋力用话语和声音挣脱着,挣脱着,我不明白却似乎会注定的命运,“我和你不一样!”

他没有辩驳,也没有嘲弄我。我注意到他身上的斗篷又脏又旧,还有各种污渍,好像折了伞骨的油布无精打采地盖在他的身上。他看上去累极了,连嘲笑我的力气都没有。

“我看上去怎么样?”

“我只能看到你将来的样子。”

他又笑了。“不,你看到的正是现在的我。我对你来说是个例外。你对我也一样。”

“为什么?”

“我们接近永恒。我们的伤痛以及死亡也同样接近永恒。”

我望着他。他的话像鱼一样从我面前溜走。我敢肯定我一定是错失了一些信息。一些对我来说非常重要的事情。

“战争把我累惨了。我需要休息。”他意味深长地看着我,“很长时间的休息。”

“不。”我绝望地瞪着他。不能跟他走,尤其是现在。在我意识到我爱上一个男人后。

他淡漠地眨了眨眼睛。“我经过这里,顺道看看你,只是这样。你知道的,我不会也不能强迫把你带走。”

“我们会在一起的。谁也无法阻止,我亲眼看见。”我的声调滑稽地在威胁、妥协以及哀求之间变化着。

他好久没有作声,我的样子一定让他觉得很有趣,“你不想知道我的工作内容吗?作为——继任者。”

“不。”我很快地回答道。

“我总是在和哀告求饶打交道。它们对我不起作用,但我不会勉强你。这话我已经说过很多遍,等到时候,当你知道,当你看见,你就会来求我。”

我不再说话。男人并不明白他所做的只是徒劳。我从未像现在那样相信过自己的命运。这并非像他认为的那样,是出于已经被预见到的未来,而是被更凶猛黑暗的力量推动鼓舞着。就像是在海上航行多年的小船,只有置身于暴风骤雨里,在惊涛骇浪里翻滚颠簸,才能真正认识大海,俯拜在主宰着它命运的力量之下。我已经被卷入爱的风暴里,没有退路。

强忍着狂喜的晕眩,努力安抚狂跳的心脏,我没有注意到男人什么时候离开的。然而,他确实走了。从寂静的后巷传来一阵喧闹声,混杂着奔跑厮打叫喊。很快,一阵枪声结束了一切。外面恢复了宁静。

几天后,吉尔告诉我医生死了,是被警察开枪打死的。她说的不是很详细。那没有必要。我清楚地知道那颗子弹是如何从墙面反弹到他的左眼。他瞎了,却还可以活下去。但没有人救他。警察把他倒吊在城门口。医生死于失血过多。

我想到黑衣男人。每一次他出现,死亡总会接踵而来。他真是个不祥的男人。也许他就是死神。这个念头真傻，我觉得好笑极了。

四

——后来你等到你爱的那个男人了吗？

——是的。三年后，杨回来了。

无需浪费时间讲述接下来的三年。杨回来前的每一天都是一样。脖子上的伤口没有愈合，而是以几乎无法察觉的速度生长。对杨的思念也是如此。

我安然守护着自己的苦痛，被郁积在心里闪着黑色光亮的毒素滋养。它们是我荒凉贫瘠的灵魂世界的黑色宝石。

当伤口长到一寸的时候，杨回来了。那是停战后的第二年。他站在客厅，憔悴落魄，不知为什么戴着一副可笑的面具。我几乎认不出他来。伤口是如此剧烈新鲜，以至于我差点忘记我所看到的并非现在的他。那刻，一切都被抛在脑后，只剩下狂喜在体内激荡。我头戴白色的山茶，围着火红的丝巾，一步步走近他。

杨一把搂住我。在他身上还残留着沙漠灼热的气息。我贪婪地呼吸着他的气味，不小心牵动到伤口。血一点点往外渗。要过上一会儿，才会流出第一滴血。我把头埋在他的胸膛，听到下面的心跳，双腿因为幸福发软，但我不害怕摔倒。

杨不会让我跌倒。这个沉默不语的男人，用他的双臂紧紧箍住我。他真坚实。

被叫作生命的东西第一次从氤氲的白色水汽中走出向我展现它的质感。

生命,它是真实的,一如我的疼痛,我的伤口。

“你的围巾湿了。”杨说。

我仰起濡湿的面孔。

“啊,是眼泪啊。”他捋开我额前的发,为我拭去泪水。

战争夺走了杨所有的亲人以及财产。他变得一无所有。父亲并没有因此取消婚约。“苏家是遵守承诺的。”他拍着杨的肩膀说道。于是,从那天起,婚礼以惊人的速度被迫不及待的家长们向前推进。为了追赶丢失的三年光阴,为了弥补确实发生的一切,从悲伤里走出的人们不遗余力地亢奋着,打造着他们心中的盛事。我曾经见过这些喜气洋洋的忙碌场面,却并不明白它的来由。而现在即使知道原因,我也依然只能站在一边旁观。

就像你知道的那样,当我站在他们中间时,看到是另一番景象。确切地说,是许多画面的错乱组合。人们各自的未来被随机地拼贴起来,呈现在我眼前,但我并不理解它们的含义。未来是有无数分岔的小路,我所见到的那些不断变化的画面不过是其中一个微小的片断。有太多的可能和解释。唯有终点是不需要解释的,那就是死亡。可是每个人都会死。那又有什么关系。将来,别人的将来,不,我无暇顾及。就某种意义而言,我瞎了。

多么幸福的黑暗。我和世界取得和解。在时间湍急河流里沉浮的影像,不再与我有关。他们被隔绝在外,不允许进入分享我殷实丰饶的内心。在那里,爱结出隐秘的果实。芳香醇美,一日胜过一日。我感到渴望,金子般的闪闪发亮的渴望,也因此发觉自己的不完整。我就是一个普通女人。有那么一两次,脑海里闪过一个模糊的身影,我还来不及看个清楚他就不见了。也许,即便看清了,也仍然无法认得他。那一定是个从未见过的陌生人。

每天下午，杨会来看我。我们一起安静地度过下午的时光，喝茶或者散步。他喜欢挨近我，无论做什么都尽可能地靠近我。如果不那样就会感到不安。他还不太了解我。我们在一起的日子太少，而我又很少说话。如果他知道我有多爱他，也许就不会困惑。没有关系，他会知道的。我深信不疑。这是一种奇特的感觉，当我放弃视觉，不再揣测未来，反而能将这个男人看得更加清楚。在内心的黑暗里，我悄悄伸出柔软的触须轻轻抚摸他，了解他，他的单纯，他的怯懦，他的温柔，他对我的不解和迷恋。我感到满足。也许我从很早之前就已经爱上了他。每时每刻都感到比之前更加强烈的爱意，如此之深，仿佛没有穷尽。我几乎感受不到疼痛。唯一能让我想起伤口的时候就是要想办法遮掩它的时候。我总是系丝巾，鲜红的丝巾，用它盖住似乎似乎永远无法痊愈的伤口，但鲜血会从伤口里渗出，浸湿丝巾。我不得不寻找机会更换丝巾。我开始爱上百合。屋子里摆满百合，衣物沾染上它的香气。当空气里充斥着百合的人工般的芬芳时，谁还会注意到始终围绕在我身边的甜腥气息？

婚礼前的第十四天，杨按时来到我家。

“你们出去走走吧，今天天气不错。”在父亲的劝说下，我们走进五月温暖的风里。那是个奇妙的时刻。当他搂着我的腰迈步走上钢铁结构的大桥时，我好像来到了生命的最高点。再也没有比现在更好的时光了。我感慨着，停下脚步。他也随之停下。

河水在阳光下闪烁着粼粼的光芒，在我们的脸上投下晃眼的光斑。河面上传来悠长的汽笛声，掠过岸对面的黑色高楼，被无云的蓝天消融得干干净净。我们相互依偎着，长时间地沉默着。只有他的呼吸轻轻拂过我的耳朵。

“还有十四天。”他忽然说道。

“是的。”

“我以为我再也回不来,再也见不到你。等我回来,发现一切都不同了。只有你,一点都没变,但我还是无法说服自己你是属于我的。我一直都在问自己你是否出于自愿。我很想亲自寻求答案,但是你太安静,安静得让我无法开口。好了,现在我把这些话都说出来了,你有重新选择的自由。”

我转身抱住他。他低下头,吻我。我的嘴唇冰凉。

睁开眼。那一刻,我真的想看见他,不管是多少年后的他,我都想见到。

于是,我真的见到了。

几乎无法将杨从眼前交融的肉体单独区分开。他与他的女人好像藤蔓一样相互缠绕无法分离。赤裸在外的肌肤充盈着甘甜的汁液,显出透明的质感。他们贪婪又温存地吻着,一次又一次。女人仰起脸。

那是另一个女人。

短暂的震惊之后,我开始真正理解其中的含义。这并不困难。和她接吻的女子不是我。我等待愤怒,等待嫉妒,等待苦痛,等待它们像飓风一样带着天神不可违逆的意旨降临。然而,飓风迟迟没有到来。我被孤零零地留在荒野之上。什么也不会发生。以无法解释和释怀的冷静,我观望着眼前发生的一切。于是我明白,那冷静坚不可摧。怀揣着恶魔才有的纯净的好奇心,我开始细细玩味起这景象:转动的脖子,皮肤下隐现的青色血管,嘴唇湿润的光泽,颤动的黑色睫毛,还有,落在一旁的透明面具。我看到了。我看到了,然而那又如何。

“怎么了?”杨扶住我的肩膀。

我没有回答。

“刚才你的眼神很奇怪。”

我牵动嘴角给出温柔的笑容。他喜欢我笑。

“你是个谜。我，我还不太懂你。”

没有关系。无论懂不懂我，我都是一样爱你。我们将一起踏上红色地毯，走上开满百合花的神坛。我是你的妻子，什么也无法改变这点。那是亲眼所见。我不会走，不会跟任何人走。我踮起脚尖，双手深深插进杨的头发。杨感到安慰，重新把我揽进怀里。我闭上眼睛。在最后的景象里，杨穿上礼服，在聚光灯刺眼的光芒里开始跳舞。他跳得真笨拙。

无论过了多久，你还是那样笨拙。

那天晚上，我梦见了黑衣男人。

在梦里，我认出他。“你将成为我。”他曾经如此预言道。然而这一次，他什么也没有说。

男人远远望着我。曾经让我害怕的眼睛蒙上茧一样厚厚的疲倦。他一动不动，就那样远远望着我。所有该发生的已经开始发生。伤口正在缓慢绽放。

半夜，温热的液体滑过脖颈染红床单。我在剧痛中醒来。借着乳白色的月光，镜子里的女人神情呆滞，默默擦干净身上的血污。三寸长的口子清晰可见，隐隐可以看见里面的白骨。一夜之间，它又变得更大更深了。三年来，它仿佛会生长的活物一样在女人身上长大，从最初浅浅的小创口到现在的模样。女人的手指扶过伤口，不由自主地按下去。没有血流出。

伤痛总是来得缓慢。男人也曾这么说过。

在这个特殊的夜晚里，男人的话好像空气中燃烧的梵文，跳动着蓝色火焰，烧毁黑暗。

第一次见面,在我生日的那天,他告诉我注定看见迅速苍老死去的人们,并宣称我注定成为他的继任者。第二次,他带来了鲜血和伤口。他说疼痛来得缓慢,最后,他声称我和他几近永恒。

疼痛变得难以忍受。三年来,从不间断的伤痛一直在折磨着我,却从来没有像此刻那样剧烈。伤口上仿佛插进一把看不见的利刃。它留在那里,以几乎无法察觉的速度一点点向下划。我渴望大声呻吟哭叫,我要那样做,就算别人以为我疯了也好。身体止不住抽搐。我开始哭泣。

白天看到的场面忽然重回脑海。杨吻了别的女人。他爱她。心跳停在那三个字前面。

我看到了,但是,现在,才觉得疼。

风暴不期而至,猛烈的龙卷风暴将每一个器官,每一份感知卷入其中,到处是残骸是碎片,是阴郁疯狂力量的牺牲品,分不清哪些是来自身体的哪些是出于灵魂的,现在,它们只有一个名字,叫作疼痛,无可救药的疼痛。

浑身冰冷却又觉得被火灼烧,感到窒息却会忘记呼吸,忍不住呕吐却同时感到饥饿,被揉搓撕裂击打以及凌迟。我试图忘记,从遗忘中得到解脱,却办不到。越是想要遗忘,那些细节越是清楚地浮现出来。就算现在忘记,明天当我面对杨的时候,仍旧会看到他和那个女人。他们的未来交织在我眼前。我没有选择。

除非……

那感觉微乎其微,几乎察觉不到,然而内心却真的因此平息。最后,只剩下身体的疼痛。我合上眼,开始计算日子,婚期将至。

五月的夜晚仍然有些冷。路灯明亮。熟睡的人们很安详。

——你真的刺瞎了自己眼睛?

——是的。

——可结果却出人意料?

不错。这样我的眼睛就再也不会让我悲伤,这样,我的眼睛就再也无法让我有离开这里的念头。

第二天,我一直睡到下午。杨在我醒来前就到了。父亲特许他进我的房间等。于是,他成为我醒来第一个要面对的人。如果是别人该多好,命运就是这样奇怪的东西。总是在你不需要的时候给予太多的巧合。我张开瞎掉的双眼,看见了很多年后的杨。我仍然能看见,即使瞎了眼睛,也不能被赦免。多年后的世界在我面前展开,不管我愿意不愿意。只是,我已失去勇气,不愿再看杨一眼。

昨夜的暴风一般的疼痛再次席卷而来,将我吞没。我想起黑衣男人曾经说过我们的伤痛接近永恒。我有些明白了这话的意思,但还远远不够。

五

为什么过了那么久才察觉到对杨的爱,为什么没有立刻嫉妒难过?因为爱也是一种伤痛,永恒,却来的缓慢。婚礼前的日子是漫长的,疼痛永无休止。我宣布不再见杨,直到婚礼当天。这样做不会有任何帮助。之前所见到的就足够我疯狂绝望。可怕的是,我对杨的爱反而在煎熬中日渐加深。

也就是在那时我明白了一件事情。让我陷入苦痛深渊的并非杨有朝一日的背叛,而是对他的爱。爱本身就是一道无法治愈的伤口。

婚礼前一天的晚上,婚纱终于按我的要求赶制出来。它真美。人们奇怪为什么我要坚持在闷热潮湿的六月订制一款高领的婚纱。

可你明白,对吗?

遣开所有人,我试穿上婚纱。真美,比我曾经见到那个我还要美。一切都以就绪。等到了明天,我会缠上绷带,不让血渍弄脏婚纱。在百合的香气里,我将成为杨的妻子。我出神地端详起镜子里的女人。她安静,甜美,不带一丝痛苦,吐出幸福独有的芬芳。镜子的左上角不太干净,我试图擦掉上面的灰尘。

不,不是灰尘。那是人影。

喉咙一阵发紧。我艰难地转过身去。"婚礼明天举行。"

男人远远望着我,和梦里一样的神情。厌倦深入骨髓。他已经什么都不在乎了。他只是知道我一定会跟他走而已。我感到彻骨的寒冷,几乎连疼痛都感觉不到。

"你说的,我已经看到,之后看到的,也不会比现在更让我疼痛。所以我不走。是很痛,但总会习惯。"

"那别人会习惯吗?看看,这就是你的将来。"黑色斗篷啪的一声掉在地上。他几乎全裸地站在我面前。我看到的几乎已经不能成为身体。

丑陋巨大的伤口自左肩蜿蜒至左胯,仿佛被一把无形的犁头一路剖开,绽裂开来的皮肉早已萎缩,血液也已经干涸。暴露在外的内脏和骨头随意摆放在原来的位置上,好像老杂货铺柜台上的货物。至于身体其他的部分同样死气沉沉,干枯朽坏几乎一碰就会化为灰烬。我宁愿面对爬满蛆的尸体也不愿意对着它。那么杨呢?

"我们一出生就被时间的利刃所伤,但是要过上很久才会疼,才会流血,才会慢慢看到完整的伤口,最后才是死。伤口是我们的标记。凭靠它,我才得以找到你。很多年以后,你也会找到另一个带着伤口长大的孩子,像我现在这样。"

沉默帷幕般落下。没有话再需要说。

婚礼如期进行。我身穿洁白的婚纱,手捧百合,走上神坛,握住杨的手。当神父问我是否愿意的时候,我们脚下的大地裂开了。黑衣男人出现在裂口深处。他在等我。

我准备离开,除了离开别无他法。那一晚上,我唯一的要求便是等到婚礼举行时再带我走。毕竟,出现在我眼中最美的画面,我想让他成真。

我就是故事里的那个女人,这一点毋庸置疑。

故事一开始,我便出现在那儿,然后从那里离开。我并不知道将要去向哪里。我没有问。黑衣男人因此欢喜我。

——可是有一点我还是不太明白。那个黑衣男人和你,你们的工作到底是什么?

——你会知道的。可以走了吗?

——去哪儿?

——另一个地方。你会喜欢的,莫伊扎尔。

——好。那就边聊边走吧。

——你很喜欢说话。

——嗯,我是个旅馆老板,听过无数人的故事。可我还是不太清楚你的故事想说些什么?

——我们的生命接近永恒,我们的伤口和死亡同样也是。

——可是凡人没有永恒。

——那么记住,来得缓慢的伤口,总会痛得久些。

三　居里路三号

一

你坐在那儿。他拉开椅子，在你对面坐下。他的瞳孔放大，完成从夏日猛烈日光里到遮阳篷下的过渡。自始至终，那双眼睛一直对着你。你意识到他是直奔你而来。他展开微笑，彬彬有礼。他说，他是你的中学同桌。接下来的几分钟，你们一起回顾了在那阴暗凋敝的建筑里共同度过的五年时光：在潮湿和充满厕所味道的走廊里追逐，教员室里供暖过分充满灰尘，各种体罚以及体操房里的小冲突。你们回忆并且嘲弄，仿佛又回到以前的日子。忽然——

他停下来，意味深长。微笑停在半空。"你过得好吗？"他问。

"还好，我现在圣约翰教会医院工作。"

"医生，不错。"他点点头，手指敲打桌面，"战争时期。"

"战争结束了。"你提醒他，"你呢？"

他向后仰靠椅背，“还好。如果我能想开些，也许会更好。”

你呷口茶，思考他的话。他的声音里夹带着焦灼苦痛，有一股黑色滚烫的热流在奔涌。

“情况会好转的。重建需要时间。”

你耸耸肩。你从不关心政治。

“你是个医生。”他说出你的想法。

你点点头。“我只关心个体的幸福和健康。那也是我可以做的。”

“你可以做更多，为更多人。”从什么时候起，他握住你的手，热量源源不断地传递过来。那个困倦寂静的中午，他对你说了很多话。战争的惨烈，现状的悲惨。城市不属于侵略者。人民要反抗，要斗争，要用血的代价换来自由。

一只苍蝇在杯子上方盘旋不去，橙汁的香味诱惑着它。你的目光追随它。偶尔，你挥手去驱赶它。过了一会，它又重新回来，发出令人安心的嗡嗡声。他还在说，他的声音听起来遥远异常。你想，这是政治。你这么想着，就停下来不再驱赶苍蝇，苍蝇如愿落在杯沿，品尝上面残留的橙汁。

“你是医生，能救很多人。”

你抬起眼睛，注视他脸上的表情，“有什么需要我做的吗？”

他露出讨人喜欢的笑容，招手叫来侍应生，点了两杯加冰的伏特加。

酒上来后，你们放松下来，好像经常联系的老朋友，懒散地讨论起赌马、雪茄、报纸上最新的趣闻，和四周其他遮阳篷下午休的人们并没有什么不同。你开始高兴能重新见到这位朋友。就在你几乎忘记刚才的话题时，他起身告辞。“居里路三号如梦旅馆402，星期天中午。一个人。”说完，他若无其事转身走开。

真不幸。那些字你一字不漏地全都记下了。

二

你还是去了。走出MR苏的房子，你沿香樟路一路直走，直到广场中央的喷水池。你在喷水池的石雕阴影里站住，望着四溅晶莹的水花出神。你在想什么？是什么让你停住脚步，改变主意。那是黄昏，疲惫白日的尽头，一天的上门会诊告一段落，是你回家享受清静安宁和苦咖啡的时候。到底是什么让你调转脚步，拐进通往如梦旅馆的窄巷。

跨步走进这幢破旧的砖石结构的老楼房。前台的女人抬起脸。她的皮肤白皙，青色纤细的静脉在半透明的脖颈下若隐若现，让人同时想到蜿蜒藤蔓和中国瓷器上的裂纹。

“402的客人在吗？”你问。

她腾出一只手从抽屉拿出一把钥匙丢给你，而另一只手则正好翻过柜台上那本老旧发黄的小说中的一页。

旅馆里的光线暗淡微弱，浮尘在微微发蓝的空气中犹如雾霭。你握着钥匙站在其中。有那么一分钟里，脑海里一片空白。

“那边有电梯。”

她的声音从雾霭那边传来，也许过了很久才传到你的耳朵。接下来，事情忽然拥有自己的意志，以及将这种意志贯彻执行的力量，它睁开眼，自行走动起来，将你完全撇在一边。

你挪动脚步，看着你被拉长的影子如何被电梯的铁栅栏截断。你望着属于你的双脚如何在光秃秃的红色地毯上毫无声息地走动。

你目睹你的右手如何义无反顾地将钥匙插进锁孔。你灵魂出窍，神情镇定超脱。

锁舌从锁槽轻轻弹出，咔嚓。

你跨进房间，关上门。

走廊橘黄色的灯光被关在外面。

三

房间里没有人。盥洗室，衣柜，床底下，都没有。你停下来，坐进房间里唯一一把椅子里，四下环顾这间屋子。可看的东西不多，床，艳红的墙纸，煞有其事的劣质镀铜壁灯，没法关实的双门衣橱，无不散发着寒酸局促的气息，催促着人们快点完事离开。你是个医生，以前出诊的时候也曾到过这种地方。可此时，你感到十分的不自在。你需要一点新鲜空气。他们不该让门窗紧闭。房间里透着一股发霉的味道。你太累了，没有马上站起来开窗。你伸直双腿，试图放松，又在等待的焦虑中站起身，来到窗前，掀开窗帘的一角。楼下的僻静小巷里一个行人都没有，只有一个卖香烟的男孩无所事事地靠在对面的墙上。他和你一样都在等待，只是他更清楚他所等待的是什么。不，你推翻自己的想法。也许他的等待只是伪装，也许他就是你要等待的那个人，更可能他其实是一个无比阴险狡猾的监视者。看，他正抬头朝这边看。你抽回手，向后退，慌忙中撞到衣柜，衣柜在心跳声中吱吱呀呀地开启了。

你本能地转过头。就这样，那只高脚水晶玻璃杯终于进入你的视野。它在衣橱的隔板上等待已久。无论是上面精致的涡纹花纹，还是里面盛满琥珀色光泽的液体都与房间本身格格不入。毫无疑问，这是为你准备的。你皱起眉头。你觉得自己就像是这杯美酒，被他们错误地安置在这里。这行为荒谬而且业余。

这一天，你第二次做出你平生从来没有做过的事情，又一个大胆的行为，又一个将你引向此地的错误。在全然陌生的地方，喝下一杯来路不明的酒。烈酒甘醇芬芳，一路流经你的唇舌食管，进入胃囊。被唤醒的味蕾如同春风沐浴的花园，在一夜之间所有的花朵都竞相绽放。真是美妙神奇的经验。你感叹着，还没来得及觉察到最后舌尖上那一丁点的苦杏仁的味道，就倒在了地上。

你看着高脚杯缓慢下坠划出优雅闪亮的抛物线，你看着它如何在地面溅起更多晶莹的水花。房间里的一切变得模糊起来，它们忽远忽近，失去了轮廓。

他们从遥远的地方走来，一下子就到了面前。他们俯身看你，几乎把脸贴在你的脸上。你能感到他们呼出的热气，可是你看不清那些面孔。有个声音响起，没有意义的话语片段，也许有意义，却无法辨析。你不知道。意识在那一刻溃散地无法辨识，然后过了多久，它们又勉强凑在一起。你发现自己躺在床上，仍然被很多张脸孔包围。他们在窃窃私语，至少你以为如此。细碎的声音、模糊的影像，真实又遥远，仿佛婴儿时期的某一段确实存在过的回忆。

“他通过了考验。”一个清晰的声音挣脱混沌，庄严地宣布。

许多双手伸向他。细碎声音热烈地迸裂开来，好像夜空中的烟火，鲜艳明亮变幻不定。音乐响起。屋子里洋溢起欢快喜庆的气氛。你仿佛看见人们手拉着手围绕着床唱歌跳舞，他们把你当作一团熊熊燃烧的篝火，然后你真的看见自己在燃烧。巨大的彩色顶篷下挤满了欢笑的人。他们穿着节日的盛装，尽可能地大声说话，唱歌，让其他人意识到他们的存在。忽然，所有的火炬都熄灭了。帐篷里鸦雀无声。

“但还不够。”同样的声音继续说着什么。

你不明白那样发音后面的意思。你也不想明白。疲倦如此温柔魅惑。你顺服地投入它的怀抱，就这样睡去。

然后，你梦见自己在如梦旅馆的 402 房间醒来。房间里一个人都没有，也没有任何迹象证实那只高脚玻璃杯以及它引发的一系列后果确实存在过。你走出房间，经过前台。服务员并不在那里，倒是那本读到一半的小说搁在柜台上。

四

当第二天你从如梦旅馆离开时，你知道这只是一次意外事故的发生地。生活在某处脱轨，又在某处返回轨道。无论如何，你再也不会回来。你的生活仍旧属于消毒药水、绷带、鲜血、溃烂、脓肿以及死亡。

战争虽然结束了，时局却仍然诡谲。频繁的暴动和镇压暴动，暗杀，追捕暗杀，没有及时掩埋尸体造成的传染病，还有饥饿与贫穷。不断有新的病人和伤者入院。你忙得不可开交，尽一个医生的职责——处理溃烂流脓的伤口，切除断臂残肢，更多的时候，只是看着人们死去。药品越来越少越来越昂贵。穷人们慢慢死去，富人们也好不到哪去，绝望恐惧让他们坐立难安。MR 苏的大女儿得了一种怪病，没有原因的疼痛。你仔细检查了她身体的各个部分，也试过用最好的麻药缓解她的疼痛，效果却微乎其微。MR 苏先生看上去很不满意。也许他会找一位医术更高明的同行来替换掉你。这样更好。你可以有更多的时间待在教会医院去救治其他病人。

“医生，你的电话。”

你从手术的虚脱中站起，接过话筒。

“请您现在就过来。”

你的眼前又浮现出那白皙优雅的脖颈，前台上放置的小说，以及如梦旅馆缄默冷淡的前台。

“这里需要你，医生。”

“我还有几个手术。你先送病人来医院。”

“他不能来。”她顿了一下，“是枪伤。”

伤者被安置在旅馆顶楼的杂物间。你跟着前台通过经过暗哨，溜进那间黑压压、人影幢幢的屋子。行军床周围围成一圈的脑袋纷纷抬起来打量你。眼里闪着光。

“病人需要新鲜空气。”你说。

十几双眼睛同时望向前台。那女人面无表情。影子如同梦魇般退去。

你，你们开始手术。女人以打杂式的利落迅速完成你吩咐她的每一件事。水壶，脸盆，毛巾，酒，还有绳子井然有序地放置。

“还需要什么？”

“我没有麻药。”你说。

女人愣了愣。在摇曳昏黄的灯光下，你端详她的脸。她的左眼微微斜视。那里面没有惊慌。

衣袖撸起。手套戴上。患者被灌下烈酒绑定在床上，在发出第一声呼喊前，女人飞快地用毛巾堵住了他的嘴。

打开腹腔，寻找弹头。可是灯光太暗，你把手伸进腹腔翻转肠子。伤者的身体不再动弹。血液，粘膜，肠子的内容物，结缔组织，还有搅在一起的肠子——视线胶着于其中。你必须尽快找到弹头。女人的手果断地扳开病人紧紧握住的十指，进入你的视野，听从你从口罩后面发出的含混不清的暗语，清除血污，递来消毒工具。

找到子弹。升结肠被打开一个洞，弹头就嵌在肠壁中。你取出弹头，切掉受伤一截，缝合，包扎。呼吸，却加重寂静。油腻甜腥的空气像胎膜一样将你们层层包裹。到处都是血，你们是血污里的同胞兄妹，脸上发出梦游者的安详光辉。

这是你做过的最粗暴野蛮的手术。它结束了。

伤者大叫，他刚从逾越死亡的巨大惊骇中惊醒。女人开始哄劝。门开了。黑影陆续涌进屋子，如同黑色的河水从你身边流过，在床前停下，嗡嗡的低语伴着甜腻的血腥味在屋子上空盘旋不去。

你颓然坐进靠墙的椅子里。虚脱感仍然紧紧抓住你把你往下拽。可下面到底是什么？

“医生救活了李。他是好样的，他是——朋友。”声音在你头顶盘旋，获得西斯廷教堂卷拱形的屋顶才有的绚烂回音。

这次，你听得清清楚楚。

是她。

声音从她美丽的脖颈经过，铿锵犹如金属。

五

“你有心事？”堇问道。苏家的大女儿，她看你的样子与其说是凝望，不如说是回忆。

“哦，是吗？”你作出年长者宽容的姿态。

堇垂下眼睛，不再说话。

你有心事吗？不。你没有心事。你只是个医生。客观世界自有它的法则可遵循。

吉尔靠着钢琴咯咯地笑。你把目光转向她的时候，她拔腿就跑像只兔子一样上了楼梯。不一会，从二楼的楼梯栏杆间露出一双狡黠的眼睛，继续观望着客厅里发生的一切。她才不在乎她的塔夫绸长裙。她已经长大。战争时期，食品匮乏。消瘦在她身上起到了催熟的作用。她瘦小的身躯里总给人饱满的错觉。

"她总是长不大。"

堇把目光从吉尔身上收回，她没有理睬你的谎话。医生以谎言为生，善意的，恶意的谎言。她一定是这样想的。但是，她太厌倦了。她看上去气色很差。

"你好好休息。按时吃药，病情会有所好转。"

你还在说谎。事实上她根本没有病。你不止一次为她做了全身检查，没有发现任何异常。她，只是太紧张了。这些生活在城堡里的公主们。

堇在叫你。就在你提起包转身之际，听到微弱的呼唤。你以为是错觉，但那的确是堇在叫你。

给她微笑，坦然而亲切。帮助她放松下来。你回头露出笑容。

"你有秘密。"她宣判道。

你被她吓到了。她面沉似水，宛若神灵。

城市上空飘荡着钟声，一声比一声悠长。一圈圈声波在闷热的空气里扩散，最后那道涟漪滑入你的心跳。

下午六点。街道上长出些许阴影。

你沿着苏家镶着琉璃瓦的高墙走，穿过白赛仲路，经过旧时光咖啡馆，还有它旁边的静安面包房。以前你总喜欢在经过时坐上一坐，要上一杯红茶，看一会当天的报纸。但是今天不行。你离开梧桐树浓密的树阴，避开一辆急行的马车，来到马路对面，在交叉口拐进迈尔西爱斜街。斜街狭窄幽暗，充满腐烂潮湿的气息。你试图避开看不见的水塘，却不时踩到某些滑腻腻的东西上。你听到自己发出呼哧呼哧的喘气声，听起来不够冷静。要是你能看见自己的样子，估计就该羞愧了。尽管如此，这是一条近道，斜街直通马赫广场。马赫广场的亮光就在前面，而且越来越近。

终于，你走到马赫广场明亮的天地里，天空泛出玫瑰红。晚风轻轻吹着，把你额头与后背的汗一点点吹干。你忽然犹豫了，脚步也随之慢下，莫名的忧虑抓住了你。你拖着它艰难地向着广场中央的喷水池走去，终于来到喷水池边上，你紧紧盯着水池中央的青铜裸女出神，看她们丰满的身体如何溅上水珠，又任凭它们滚落。事实是，你别无选择，你的目光没有其他安全的停落地点。你不愿意在这个时候遇见熟人，更不愿意人们通过你四处张望的模样发现你在等人。

事实是，你在等人。你在等一个女人，她有一双深褐色、捉摸不定的眼睛。

一个期待的约定，一个预料之外的约定。你从未想过会在那幢房子之外再见到她。那天，手术之后，你被从顶楼小间带进二楼走廊尽头一间带壁炉的客房。里面站满了黑影。有人给你让出座位，你坐过去，一杯冒着泡沫的啤酒递到你面前。你接过来，仰头喝下一大口，温热苦涩的液体顺着食道流进身体。手奇迹般地停止了颤抖。你发现自己很需要这么喝上一杯。黑影们在你四周小声交谈，出于礼貌或者一点点的信任，他们并没有因为你的在场而表现得不同。前面的梳妆台上，音乐小心翼翼地从留声机的花朵中流泻出来。乐声轻微得好像空气里偶尔飘过的香气，更多的时候需要靠想象和记忆填补。

“喜欢这曲子吗？”前台的那个女人突然出现在你身边。她笔直站着，和你面向同一片黑暗。你能闻到她棉布连衣裙的肥皂味。

“什么？”

“我喜欢这曲子。”她仍旧看着正前方转动的留声机，好像以此能保证转针正常工作。

“哦，这样。”

她向下瞟了你一眼，目光轻轻掠过你的面孔，不具备任何意义，然而你还是觉得有必要解释一下。

“我不太懂音乐。”

“这是国歌。你以前一定听过无数回。”

前国歌。你点点头，并不想理会其中的含义。恍惚间，仿佛又回到那个慵懒的下午，你在遮阳篷下的宁静午休被一张闯进来的笑脸扰乱。

“喜欢星期天？”

“喜欢。”你并不确定言辞的意思，只是，只是急于要用言辞去满足她。

“那散步呢？”

你犹豫了一下，为了确定是否明白她的意思。“喜欢。”你说。

她调开视线。你们不再说话。你企图回到刚才的世界，却发现它们消失殆尽。音乐，啤酒，被阳光照亮的一侧屋角，以及其他人在一瞬间里不复存在。只剩下你们，随黑暗潮汐以同样节奏心跳。你们的呼吸坚硬粗糙摩擦彼此的肌肤，犹如穿戴在裸体上的铠甲。皮肤发热生疼。在最初的不适过后，这炙热疼痛令人迷醉。

你紧紧抓住椅子，以为这样就能不再眩晕。

她会来吗？暖黄色的日光下，你和那天一样不确定。黄昏，人们从你面前走过，脸上的表情因为疲惫显得柔和动人。远处市政大楼和其他建筑的轮廓泛出奇妙的光晕。城市散发着梦的慵懒气息，那一刻，它离战争，很远。她来了，蓝色碎花的连衣裙飘过对面图书馆的阴影落到你面前。梦的光辉里升起一道白色的光焰。

六

你们相互问好。她逆光在你面前站成一个剪影。你看不清她的模样，不过得到了她的名字。“艾恩。”她说。

艾恩。这名字，苍白，单薄，近乎透明，几乎可以看到那下面流淌着青色静脉。你默念了一遍这个名字，在口中品尝它。你说出你的名字，可她仍坚持称你为医生。你听出其中语调微妙的变化，温和地接受称呼里玩笑戏谑的成分。

“去哪走走呢？”她问，还没等你开口，她就有了主意，“东区怎么样？走远一点，好透透气。”

你以同样的温顺听从她的主张。你走在她身边，一种奇异的冷漠包裹着你。它像一张湿淋淋的透明隔膜，透过它，你无动于衷地看着自己跟着那个女人行走在城市的废墟上。女人一直都在说话，像鹿一样轻快地跳过各种障碍。一旦离开如梦旅馆，她就神奇地获得生气，泛红的脸颊，发亮的眼睛，湿润的嘴唇，好像废墟上的玫瑰，出现在这具长期营养不良过度劳累的孱弱身体上。她让人相信战争从未来过，死亡以及其他一切丑恶卑贱的事物都停在永远不会到来的未来。你饶有趣味地观察着她。在冷漠的包裹下，你知道你很安全。

只要它在,你就是安全的。

“你累了?”她在前面停下等你。本来属于道路,建筑物,路人的目光转到你的身上,现在轮到她观察你了。

“还好。”

“有棘手的问题?”

“我有个病人,她生了一种奇怪的病……”你本来可以不必和她提起堇的病情,可只要一开口,就必须说完它,尽管对堇来说,也许这意味着某种背叛。你回想起堇不久之前对你的宣判。脊髓升起一阵寒意。这使得对艾恩的倾吐变得容易得多。你小心翼翼地避免透露任何具体的人名或者地名,力求客观公正地描述一个奇怪的病例,直到最后一个词被吐出后,才发现可怕的错误无可挽回。那层冷漠的隔膜悄然滑落,留下你完全暴露在她的目光下。

她端详着你,以喜剧演员惯有的严肃表情。然后,她使劲踮起脚尖,伸手弄乱你的头发。你能感到她温热的手心。“医生,现在是休息时间。”她有让人发笑的天赋。

你听到自己在大笑。

“好笑吗?”她微微改变了嘴角上扬的角度。现在,她看起来更像是个同谋。她耸耸肩,撇下你,大步迈向前。她的背影瘦小纤细。

“我们要去东区?”你对那个背影大喊。

“是的。”

“那里是工厂区。”

“是的。”

“现在只剩下废墟。”

“是的。”她加重语气,回过头等你走近。天渐渐暗下。你们置身荒凉空旷的街道,两旁原来是两层洋房的地方堆着瓦砾碎砖,混着家什残片，左边不远处一幢楼房几乎是从屋顶正中被劈开，没有被摧毁的一半令人讽刺的完好无损，屹立在原地。借着最后几道余晖，你能清楚地看到一楼的厨房，二楼贴着被烟熏黑的粉红色墙纸的卧室。艾恩就站在那里，如同舞台剧的布景一般的建筑残骸旁。

突如其来的机能紊乱。你的胸口发烫。心脏被无形的大手死死攥住。这致命的收缩，令体内的血液一度不能回流。前所未有的晕眩。世界在坍塌。只有艾恩和她的废墟还在那里……

你疾步走近她，慌乱地要在她身上寻找预示她即将消失的征兆，一些阴影，一些裂痕或者其他什么。你喘着气，止不住颤抖。

艾恩抓住你的手。“医生。”她说。她挨近你，越来越挨近。她用嘴唇治愈了你。

宁静，异样的前所未有的宁静，漫溢着甜蜜气息注入你的身体。随后，是更大的虚空。你像只被蜂蜜粘住的飞蛾被黏腻香甜的气息包裹着，渴望更多。

七

你知道，这世上有两个艾恩，一个是如梦旅馆的艾恩，一个是旅馆外的艾恩。你以为你并不在意。

你成了如梦旅馆的常客。你在那里包扎，消毒，取出弹头，给骨折的手臂复位固定，截肢。还有一次，他们让你给一个快死的女人接生。他们越来越信任你。你的诊治范围不断扩大，有些甚至超出你的能力，结果并不是都很理想。病人们从不抱怨。他们出奇得安静。默默忍受着你的失误，如同忍受命运本身。条件简陋犹如屠宰场，当粗暴的治疗结束后，他们不叫嚷不哀嚎，仿佛已经离开遭受蹂躏的残缺肉身，只是睁大眼瞪着你直到你离开。你会去二楼的尽头口的小房间喝上那么一小口，作短暂的休息。你很少说话，对于他们的打趣和询问倒是很有耐心。这些人里面有好些都是通缉犯，城里贴满他们凶恶的画像，但在这里，他们只是些无害的黑影。

你在等艾恩出现。她总能及时出现在需要她的地方，阁楼，楼梯口，或者是前台。大部分时间她不在你的视野之内，但在这里，你总能遇上她。几乎没有人能确切知道她到底是什么时候进的房间，当人们看见她的时候，她就已经悄无声息地穿行在黑影之中。她尽量让自己显得无足轻重，却丝毫不能减轻其他人对她的敬畏。一旦人们发现她在场，就会不由自主地压低声音。她就像投射在重重黑影上的清亮月光。

艾恩总是假装没有察觉这些变化，径自穿过人群。很多次，当她离你只有一步之遥时，你都不由地要站起身迎向她。可她并不是走向你。她经过你，有时甚至是擦肩而过，然后在她的某个黑影前停下说话，偶尔还一起喝上一杯。她是那么冷淡，一副公事公办的模样。在那里，她有一副好嗓音，铁一样坚硬与冰冷。

你没有问她原因。你全盘接受她的疏离，把沉默理解为默契。你苦涩地假设这是一出你们之间的哑剧。观众只有一个——如梦旅馆，这个梦魇巢穴。一旦离开那，艾恩就像变了一个人。她轻盈甜蜜，嗓音沙哑，有些心不在焉，不时犯一些愚蠢的小错误。她从不提及如梦旅馆以及与之相关的一切，连同你们共同待在那里的时光，仿佛那里从来不曾存在。你注意到这点。你没有问她原因，你全盘接受她的"健忘"，和她一起"健忘"，并把这种心照不宣理解为默契——就像在如梦旅馆里面对艾恩的冷漠时那样。

每周二的下午 4 点，你们在喷水池旁见面，然后到城市广场东南角的咖啡馆喝些东西，或者用学生免费票去音乐厅听德彪西，经济宽裕些的时候，你还会带她去珊瑚面包店吃他们家最有名的舒芙蕾。更多的时候，你们就在街上漫无目的地闲逛。生活在继续。主要街道上的彩带飞舞，许多店重新开业，娱乐场所再度热闹起来，受破坏不严重的房子重新住进了人。街上偶尔可以看见戴着各式奇怪帽子的贵妇人从她们的马车上下来闪身进了珠宝店。

还有，就是电影。卢米埃尔兄弟的神奇创造，如今被卓别林发扬光大。你带艾恩去看那部著名的《狗的生涯》。当灯光暗下，字幕打出，银幕上那个可怜的男人蜷缩在篱笆下，电影院立刻安静下来，连楼上刚刚号啕大哭的孩子也停止了哭闹。没过多久，从前面传来笑声。很快，笑声像热病般迅速蔓延。每个人都在大笑，身体东摇西摆，前仰后俯，几乎从简陋的座位上跌倒。你们也是。为了不倒下去，艾恩紧紧抓住你的胳膊，剧烈地颤抖着。

忽然她停住，不笑，不动，好像断了线的木偶以一种古怪的姿势坍塌在人们的笑声中。她的手僵硬冰冷。

“你怎么了？”

“我不舒服。我——恶心。”

“艾恩？”

“大家都那么兴高采烈。”

“战争结束了。它已经结束了。”

“是啊。”她的声音轻得几乎无法听见。

“是的，我在这里。”你做了你该做的事情，向着无限遥远的她伸出手臂。她在那里。你把她抱在怀里。

“太好了。”艾恩搂住你的脖子。

在预谋已久的黑暗里，过滤了悲伤。人们尽情大笑，抛开顾忌，真心实意地为自己活着而感到高兴，再也不用为谁感到羞愧。

如梦旅馆里的艾恩不会喜欢。她不会喜欢这里，也不会喜欢被你紧紧抱住。

你知道，这世上有两个艾恩，一个是如梦旅馆的艾恩，一个是旅馆外的艾恩。你以为你并不在意，只是偶尔也会觉得自己被分成了两半。

八

七月最后的那个星期五上午，你发现被人跟踪。无论走到哪里，都有一双眼睛在注视你。当你四处张望企图找到它时，它又消失了。它可能长在任何一张面孔上，也许是一张陌生的充满敌意的脸，也有可能是一张熟悉亲切的面孔。你无法证实它真的存在，然而它实实在在扰乱了你的生活。你目光游移，疑神疑鬼，即使面对病人，你也会分神。举手投足都要经过片刻的犹豫，身体被灌满疑虑的铅，显得迟缓笨拙。有生以来你第一次体会到不自由。

你不值得被这样对待。你只是一个医生，普通得接近乏味，没有任何越轨行为。然而你的确被盯梢了。午饭时你猛然向后望去，几乎抓住了那一闪而过的身影。你感到不安，因为找不到被盯梢的理由而越发不安。你感到荒谬，现实世界第一次以非理性的面目出现在你面前，这使得你加倍慌乱。整个下午你都在竭力寻找线索，却没有任何头绪。你只是个医生，仅此而已。挨到下班，你筋疲力尽地脱去白大褂，一边想着是否要按惯例去如梦旅馆。是的，如梦旅馆，问题也许就出在那里。你开始认真掂量起那颗血淋淋的子弹的分量，还有那些在黑暗里发亮的眼睛……

你走近旧时光，要了一杯滚烫的咖啡。这个时候咖啡馆空荡荡的，除了你外没有其他客人。你在靠墙的沙发上坐下。

“你应该坐那。”他像蛇一样滑入你的视野，指着你习惯坐的那个位置。就是在那儿，你们老同学重逢。那天下午的回忆也像蛇一样滑入你的心。第一次听到如梦旅馆的名字就是从这个男人的嘴里。很久以为始终被丢在一旁的疑问蓦然醒来，你听见蛇在你心里爬行的声音。你觉得有问题想问。

“很久不见。”你做了个邀请的手势，尽管对方早已经坐下。

“你气色很不错。”他说。

你强迫自己先咽下一口咖啡，然后开口，“我去了那家旅馆。”

他不明白。

“如梦旅馆。”你盯住他的脸提醒道，“前台有个叫作艾恩的女孩子。她有点斜视，皮肤很白。”你闭上嘴。你讲得太多了。

“哦，是的，那一家。看来你去了，而且——”他意味深长地笑道，“印象深刻。”

“我做了我该做的事。”你本来不需要辩解。

“听你这么说我很高兴。”他朝空中挥了挥手，仿佛在说他只是顺手做了一件无足轻重的好事。

事情不是这样。你困惑地望着面前的那个男人。侍者端来咖啡。他往杯子里放了三块糖，专心致志地品尝起来。

你端起杯子，又重新放下，“我还以为那里对你很重要。是你把我约到那里，可是你并没有出现。”

“我只是建议你去那里看看。”他打断你。脸上露出轻浮神情，和三个星期前判若两人。“实际上，我甚至没有踏进过那个地方。你知道的，在沙龙里，人们常常会传播这样那样的流言。在那里的人们需要帮助。我恰好听到，又恰好相信，于是在闲聊中和我的老同学老朋友也就是你聊到这个话题。”他旁若无人，滔滔不绝地说着。

你冷眼等他说完。“为什么要跟踪我？”你说。

“什么？”他的表情急剧变化。

你注视着他骤然缩小的瞳孔。你明白了。“我被人跟踪了。我以为是你，但看起来是我误会了。”

“不是我。”

他的脸因为恐惧变得丑陋，为了克制四处张望拔腿就跑的冲动而青筋暴突。忽然之间，你觉得已经认清这个男人。你可怜他，把他当作一个病人。“应该还没多久。”你安慰道。

“这真可笑。”神经质地笑着，手指不自觉地抓挠着桌面，“你不会向别人提到我的吧。提到我对你不会有任何帮助。你能和别人说什么呢，我和你喝了几杯东西，说了些陈年往事，就在这个破店。你不会的，是吗，看着我，你不会向任何人提到我是吗？”

“不，我不会。”你更加可怜他。你越可怜他，就希望自己越对他好些。你毫无理由地要求自己忠于他。无论发生什么事，都忠于他。第一步，信任这个人。“我本来要去如梦旅馆的，我不知道要不要去。”“如梦旅馆。如梦旅馆。”他喃喃重复着那四个字。黑色的蝴蝶垂死挣扎，拼命扇动翅膀。不，那是他的睫毛在苍白的眼睑上颤动。忽然，他猛地抬起头，“你是个医生，不是吗？”

你们都被吓得半死，面面相觑，梦游者般睁大眼睛试图从对方眼中找到一些可以安心的东西。

“我是。”你的声音轻得几乎听不见。

“你会出现在需要你的地方，不是吗？”他洁白的额头上分泌出细小的汗珠。

你明白了他想要的。思绪越过这张胆怯的面孔，独自寻找出路。你站起来，绕过桌子，走到吧台拿起上面的电话。酒保在另一头擦拭杯子。你拨通如梦旅馆的电话。铁一般的艾恩在电话那头。你清了清喉咙，小声告诉她你被跟踪的事实。

“我不知道是不是还该过去？”

“您不知道？”

“我是说如果没有急救病人的话……”

“两个孩子在发高烧，医生。还有一些别的情况。”

你口干舌燥。你努力分泌出一点唾液，好让自己表现得不那么怯懦。你的确忧心忡忡，但不止为自己，“我担心……”

“不用担心旅馆，医生，巡捕房早就知道这里。就这样，早点来，医生。”艾恩挂断电话。

你是怎样从最初的震惊中恢复，走回桌子的，你已经不记得，只是等你回到那里的时候，原先坐在那里的人已经消失了。

连他的杯子也被侍者收走。

你被猛然间掷入虚空，连坐标都没有。

九

在如梦旅馆发生的一切，日后都将成为这个城市的一个传说。尽管事实遭歪曲变形，充斥某种不言而喻的英雄主义色彩，甚至就连旅馆本身，也被从居里街移到了唐城街区一条窄巷拓宽的新路上。一幢丑陋生硬的房子被选来充当如梦旅馆，在它石砌的门框上嵌了一块金色牌子，上面写着“艾恩女士旧居”。即便在战后很多年后，前来参观的人群仍然络绎不绝。他们前来追悼或者自以为追悼，在好奇心的驱使下走进每个房间张望打探，对着地板上的一摊被认为是血迹的污迹惊叹，把地板踩得嘎吱作响，当进入艾恩的卧室，与那张宫廷式大床不期而遇时，他们会发出咯咯的痴笑。在流传下来的那个故事里，艾恩有着天使的脸庞和心地，有着为数众多的情人。在那个流传下来的故事里，也保留了一部分有关于你的内容。只是，和众多艾恩的情人一样，你们只是面孔模糊默默无闻的一道忧伤背景。

当然，你不会知道这些。无论是未来得及定形的真相，还是已经扭曲为传奇的版本，你都没有机会触及。当命运悄然转变，诸多事件启动，你仍然对恶兆熟视无睹。在时代大潮的裹挟中你无暇自顾，随波逐流。

所有的事来得都是那么的快。

快得你毫无选择。

你走进如梦旅馆，看见艾恩在前台。她瞥了你一眼，又继续读她的小说。你一直不知道那本小说的名字。

电梯只能开到四楼。到阁楼还需要走一段木头台阶。半敞开的门里面人影晃动。病人在等你。脚下的木头发出嘎吱响声。之前你从没有注意过。你走进去。病人不算多，孩子，孕妇，老人，青年男子——但没有带枪伤。不是每次都会撞上情况危急、身份特别的病人。大多数时候，他们只是一些贫困无助的人。你进入日常工作状态，力所能及地减缓痛苦，仅此而已。药太少。在这里，你更像个心怀怜悯的兽医。尽管如此，人们仍旧感激你。这才是最可怕的，你想。这想法一闪而过。今天你心神不宁。

二楼尽头带壁炉的房间里没有艾恩的身影。以前也有过这样的情况。她很快会上来，和这个说几句话，给那个递上包裹，给空着的酒杯倒满酒。你觉得最好的方法是坐在这里等。等你明白你做不到的时候，就已经站在柜台前。

“这本书讲什么的？”你问。

艾恩从书上抬起眼睛。一双深褐色的眼睛冷冷盯着你。“一个侦探和一个贼。”她缓慢地回答道。

“好看吗？”

“都不怎么聪明。”艾恩合上书，双手合握，“有什么需要帮忙的吗，先生？”

你干笑，耸肩，摊手。“我只是……我总是看到你在看书，我一直挺好奇这是本怎样的书。”

“一本侦探小说，先生。”咔嚓，她截断你的话头，面容苍白，眼睛里跳动着寒冷的火焰。

“是的。我现在知道了。”一股酸涩的液体灌进鼻腔，你应激似地挺起胸膛。

她看着你，眼里的冷光渐渐微弱。“跟我来。”她打开柜台后面一扇暗门。

密室本身不大，光线很暗，最里面墙边暗影幢幢，不知道堆着什么东西。

“你有问题要问？”

艾恩身后不远处立着一个墨绿色的保险箱。

“你对它很有兴趣是吧？”她举起手里的书，啪地扔在地上。

现在你看清了，最里面是一些散架的椅子胡乱堆在那里。

“看着我。”她掰转你的脸，逼你落进她的眼睛里，“说话。要不现在就滚出去。”

“我被跟踪了。”

“是谁？”

“我没看见，只是感觉。”你鼓起勇气迎上她的目光，“你说，巡捕房……”

“是的，很有可能是他们。我会给你解释。”她停下来，皱起眉头，“还有别的事？”

“我遇上了一个高中同学……”你告诉艾恩，他是怎样从午后刺眼的阳光里闯进遮阳篷的阴影，怎样将如梦旅馆作为再次见面的地点，又是怎样失约，然后又在你被人跟踪时候他不期而至以及不告而别。这是一段小心翼翼的陈述。在陈述里，你努力将他描述成一个完全的陌生人，一个与如梦旅馆与艾恩没有任何干系的陌生人。你努力不去碰内心深处正在慢慢发酵的问题。

艾恩听着。她低着头，不吭一声。那双冰冷的手离开你的脸颊，垂落到身体两侧。一直等到你说完，她仍旧保持着最初的姿势。你不知道她是不是在听。

“艾恩。”你唤她。

她看向你，“为什么跟我说这些？”

“我不知道。”

“我不认识你说的那个人。如果你要问的是这个。”她退了几步，半坐到保险箱上，“至于旅馆的事情，我现在就告诉你。这个旅馆是我继父的，战争爆发前他就得到风声，带着他的钱和我的母亲离开了这里。然后战争爆发了，很多人流离失所，我收留了他们，一开始只是一两个，但后来情况变得复杂起来。”

她在笑。她笑的时候像极了另一个人——如梦旅馆外的艾恩。你熟悉的艾恩。

“人们相信我，相信我可以帮他们。我可以帮他们。”她摊开手端详起掌心，“我可以帮他们，不是吗？再后来，你知道的，我们需要医生，于是你来了。”

“我来了。”

“很多人都知道这里。包括巡捕房……”

“巡捕？”

“他们知道我收容难民，也知道——”她顿了顿，“你在这里做医生。这没有什么大不了的。他们并不介意。他们对这些穷人没有兴趣。”

他们不介意，他们对这里没有兴趣。那个带枪伤的男人也许只是被误伤的路人。你捧起艾恩的脸，俯身吻她，用她的嘴唇去填补她话里的漏洞。出人意料地，在这间如梦旅馆的密室里，她以从未有过的热烈姿态回应着你。她在发抖，你也是。最初的战栗转瞬即逝。你们被点燃，相互交融。

她是如此轻盈，她的身体好像并不存在，是夜里暗涌大潮上的一朵轻浮的浪花。你绷紧的身体四处探寻，触摸，你感觉到她的存在，但那永远不够。你已经在害怕，害怕为未来的岁月里有关于这个晚上的回忆会因为轻盈而变得模糊暧昧。你抱紧她，肢体缠绕。在肉体的疼痛里寻找一点重量，但很快，你发现这并不是你要的。你迷失在寻找之旅。

名为艾恩的丛林展现在你面前，包围你，吞没你。

“我想我来的不是时候。”一个声音说道。

门打开。从身后的地板冒出一个男人的脑袋。是他。

十

男人探出上半截身体，一只手顶住地板上的暗门以防它掉下来。在那儿竟然还有扇暗门。通向哪里？你不知道，而他知道。艾恩呢？

你不知道，而他知道。这么想也许毫无根据，却无法从脑子里根除。从男人出现为止，艾恩和你再也没有看过彼此一眼。你们慌忙整理着衣服，一旁的他饶有兴趣地观察着。忽然，他好像厌烦了沉默，开始滔滔不绝讲起他的午餐。午餐很糟，因为他起晚了而错过用餐的时间。当他费尽九牛二虎的力气，在一条连路灯都没有的巷子里找到一家愿意为他提供食物的饭馆时，都已经是下午三点了。早知道是这样，他大可以在这个时间起来，然后拜访城里一位著名的贵妇。她既不漂亮也不善良，但她的下午茶在奢侈和美味方面，即使在战时都维持在一个令人惊叹的高度。何况现在战争结束了。"就像我说的，我做了一个错误的决定，由此承担起一个错误的后果。你知道吗，他们用来煎鸡蛋的油……"就在你以为他会像个坏了的机器在那里说个不停的时候，他忽然放下支撑脑袋的手，问："现在我可以进来了吗，两位？"

"请进。"艾恩用同样戏剧性的口吻回敬。

男人耸耸肩，顺着楼梯爬上来。"房间有点小，不是吗？"他望着你，他的高中同学。

"你去阁楼看看。"艾恩对你说。

"不，我不是这个意思。别误会。房间，它真的有点小。"

"阁楼需要他。"

他冲你眨眨眼，"女人，你知道的。"

你浑身冰冷，然后是恶心。念头成形了，它是条蛇。

你退出密室。门关上的那一瞬间，你听到金属般的声音响起。如梦旅馆的艾恩。

身上还残存着她的味道，手上还有她的余温，你渴望跑到某个角落，挥舞铲子，掘洞，将它们全部深埋。可是你没有。你上了楼，踩得楼梯咯吱作响。苦难深重的肢体在你面前晃动。他们是你的兄弟，是你可以躲藏其中的坟墓。一只皮包骨头的手死死抓住你。你低头直视面前这双深陷的眼睛。你终于不必再心怀愧疚，你们一起携手经受最无望的痛苦。

“你发誓不告诉别人。”吉尔认真地盯着你看。周二，按惯例为堇进行了全面却徒劳的检查后，你独自下楼。正当考虑如何辞去这份私人医生工作时，吉尔突然不知道从哪里窜出来，在楼梯的尽头拦住你。她说她有一个秘密要告诉你，如果你能保守这个秘密的话。真好笑。忽然间，这个世界的秘密大门向你敞开，无数人的秘密争先恐后地向你涌来。这又会是什么样的秘密呢。你照着吉尔的要求对天上并不存在的神灵庄重起誓。吉尔示意你把耳朵凑近。

“你要死了。”她说，“这是真的。堇亲口告诉我的。”

你直起身子，把手放在她的头上。她认真的样子真是罕见。几年后她会长成什么样的姑娘呢？一定会有很多男人为她心碎，死于那双黑色沼泽般的双眸。到那时候，她就会明白如今站在她面前的男人已经死去。林家的门在身后缓缓合上。你已经离开，无需再去道别。

盯梢的人还在。你穿过白赛仲路，他收起挡在脸前的报纸。你走过的时光咖啡馆、静安面包房、他的影子跟着掠过玻璃橱窗。一辆白色凯迪拉克汽车停在路边。你绕到它靠路边的那侧走。跟踪者放慢脚步，弯腰系鞋带，从车的另一侧跟上你。你们一起隐入浓密的梧桐树阴里，落下的阳光从你们脸上晃过。在忽明忽暗的世界里，知了不知疲倦地叫着，知了知了知了知了。知了。你感到困乏。脚步并没有放慢，它们在按自己的节奏行走。它们错过了迈尔西街，继续向前来到环岛花园。在下一个路口往右直走，就可以看到马赫广场的喷水池。你没有右转，仍旧笔直向前。再下一个路口，你还是没有右转。你一次次错过通向广场的路口。广场被抛在身后越来越远,你到达它的可能越来越渺小。跟踪者并没有因此责难你。他耐心地跟随你的脚步,不紧不慢不慌不忙,仿佛这只是一次舞蹈的一部分。

已经是八月,天气酷热,房子、街道,连空气都被烤得闪闪发亮。你大口吸进空气和它闪亮的金属外壳。这就是八月,严酷却不真实。

你在病人之间奔波,医院,苏,还有如梦旅馆。偶尔,你会一个人喝一点酒,然后神志清醒地离开酒馆。跟踪者如影随形,你想象他有本红色封面的笔记本,上面清清楚楚记录着你每天的行踪。你甚至疑心他潜进如梦旅馆,详细记录你每天医治病人的年龄、性别、病症、体温变化以及治疗方法。也许你们以后可以成为朋友,到那时候你会问他要来这些堪称典范的病历用来研究。还有一些时候,你认为那双眼睛属于艾恩。尽管这一猜想在逻辑上有不少漏洞,但你像一个肺结核病人热爱乡下的新鲜空气那样热爱着它。

八月,天空发着烧。你也是。在单调平静的生活表象之下想象的暗流汹涌,那是追踪者也无法寻见的世界。大多数时候你在那里。

在那里你看见他的嘴唇如何压在她的嘴唇上,同样柔软鲜红的嘴唇,相互挤压榨取,充满饥渴地吮吸啜饮,你与他们合谋,无限延长他们痛苦炽热、彼此探索的过程。你想着,反复想着,不由自主地去想它,无论你在干什么,都会缠绕到这栩栩如生的想象中去。它就是个耐心的猎手,伺机潜伏在黑暗角落,不放过每个稍纵即逝的机会,朝你扑来,撕咬你的内心,占据你的全部。而你最终厌倦了抗拒,任由自己沉溺于这想象,就像被暖流挟裹的鱼,不知道去向哪里。

忽然,所有的知了安静下来。猝不及防的安静带来巨大的真空。你慢下来,不由自主地等待着什么。这时候,城市的钟声响起,在炎热的空气中弥漫扩散。

你在心里默数。一下,两下,三下,四下。四点。知了们重新叫起来。

四点。

周二下午四点。

你感到虚弱和冷,以及难以慰藉的恐慌。希望比疟疾更可怕。一辆空着的出租马车从身边经过。你叫住它。

“下午好,先生。”

“下午好。居里路三号。”

“好的,先生。”

“不,请绕开马赫广场。”

十一

如梦旅馆的大门向外敞开。黑白地砖的大厅里——空无一人。窃窃私语从经过的每一处紧闭的门后面传来。

你来到阁楼。病人们惨白的面孔在黑暗里扬起。肝硬化,结肠炎,支气管炎,贫血,寄生虫病,微笑向你致意。

门旁架子上搁着一盆清水,还有硫磺皂。一直负责准备这些的人不在。

直到晚上,她才提着一壶刚烧开的热水出现。

“还需要什么,医生。”

“没有。”

“我在下面为你准备了点吃的。这里跟我来吧。”

“不必这样。”你嘴里发苦,“不必这样,我也会做该做的事。我是个医生。”

“如果你想知道，为什么不问?”她望着你，以从来没有的方式。

目光在病人们脸上游移。搜寻一个能够搭救你的脸孔——没有——命运迎面撞来。

“我去了那儿——马赫广场。四点。上周二也是，再上周也是。”她说得很慢。你无法错过任何一个字。

那些字，闪着银色的光芒，落在地上，溅起更细碎的水珠般的光芒，以及更轻微的回音，因为轻盈而无法落下。她本可以再说些什么，用话语盖住之前的话语，或者上前抱住你，用身体的馨香盖住之前的话语。如果那样，话语就会落下，一切都将不同。

你们静静伫立在悬空的话语之下，相互凝望。那双眼睛失去了琥珀的光泽，变得又大又忧伤。只是它们还是那样不可捉摸地望向不同的方向。当她这么看着你的时候，你永远也无法知道另一只眼睛到底望向哪里。有一天你会忍不住发问，而你知道，她只有沉默。

你们站在悬空的话语之下，竭力要去挽救什么，却因为过度伤悲而筋疲力竭。被无法确定的事实而耗尽——那些下午，甜点，电影院里忧伤的影子。

“医生?”

“明天见，艾恩。”

她挺直身体，还从没有见过一个女人像她那样站得笔直。你绕过她走出房间，却无力关门，双手像颗衰竭的心脏那样颤抖不已。

第四杯威士忌下肚之后，你意识到自己正置身烟雾缭绕的老时光中。柜台前面的高脚凳不算舒服。即使这样，旁边还是挤满了寻欢作乐的人。女人、军官和文员还有商人大声说笑，来回走动，眼睛闪闪发亮。为了打上一个招呼，或者点上一杯酒，人们不得不大喊大嚷，浑身是汗。你坐在其中，感到和他们一样愉快。你要了第五杯威士忌。今天晚上你要大醉一场，醒来后不记得到底喝过多少酒。关于这一点跟踪者一定会记下，他会像往常一样巨细无遗地记下你每一句话，每一个动作，每一杯威士忌。想到这里，你免不了有请他喝上一杯的冲动，仅仅是为了今天晚上。你将径直走到他面前，看清楚他的模样，然后干杯。

目光巡视一周，没有发现盯梢的。扭转身体再次搜寻，仍然没有。你一手端着一个杯子离开凳子，钻进人群里去寻找他。无论如何，这是一次正式拜访。人头在你面前不停地晃动，还有能震碎玻璃的笑声。空气真浑浊。天花板的吊扇只是让人看着欣慰。即使没有这么多人，但靠酒气汗臭烟和香水的味道就足以构成一张粘稠的蛛网把你牢牢黏在上面动弹不得。真是疯狂。找一个人比想象中困难得多，但你不想放弃，尤其是今天。你大汗淋漓，不知不觉把手里的酒都喝了个干净。现在找到他也没有意义，可你不打算放弃。汗水从额头滴进眼睛，引起一阵刺痛。你开始慌张。跟踪者的确不在这里的念头一闪而过。在接下来毫无头绪的寻找中，那个念头越来越紧地抓住你。你好像丢失了贵重物品，或者成为那个被丢失的物品。

人群沸腾起来，阻碍你往任何一个方向前行。是两个士兵在打架。很快，更多的人打入进来，陷入混战。真是一个不寻常的夜晚。混乱中，你捕捉到一丝不祥又熟悉的味道。它属于鲜血。台上的乐队奏起一只古老却欢快的旋律。群殴的双方受到鼓舞，加快了出拳的速度。旁观者们哈哈大笑。

厚厚脂粉的面孔，闪亮的袖扣、徽章，挥舞的臂膀，被撕扯的裙子像受惊的蝙蝠扇动翅膀擦过你的脸庞。你跌跌撞撞冲出酒馆，跌坐在柱廊的阴影里喘息。正在广场上巡逻的卫兵们朝你投来冷漠的一瞥。你弓起身想要呕吐，但外边清新略带凉意的空气暂时抑制住恶心。你靠坐在一个柱子下面。广场砖石地面上月亮的反光又冷又亮。

这真奇怪，你理应感到悲伤但却没有。除了酒精之外，身体对任何刺激都麻木不仁。你已经悲伤得太久。一股力量往两边牵动着嘴唇。有响声，不，那不是你的笑声。它含糊又绝望，像一只快被扼死的猫。你朝广场上的士兵看去，他们正聚集在一起轮流抽一根烟。又是一阵动静，更剧烈更绝望。你摇摇晃晃地朝声音跑去。就在左边拐角不远处一幢歪斜的楼房里。

"救我。"漆黑的门洞里猛然伸出一只沾满血污的手。

有人捂住了他的嘴。那只手还在奋力挣扎，拼命想要够到你，似乎那样就可以得救。一条胳膊，别人的，按住这条急于逃命的手臂，不让它挣扎。微弱的煤气灯光下，两条手臂仇恨凶猛地扭绞在一起。

你手足无措地站在两个扭打在一起的黑影面前，眼看着其中一个对着另一个疯狂猛刺。被压在下面的身体不再挣扎，瘫软在自己的血泊中。他死了。

凶手气喘吁吁地站起来，朝你逼近。路灯光照在他脸上。你认出了他。他也一样。你的高中同学冲你点点头。

"我猜到是你。你要是早点来的话，我会轻松很多。"

你木然地把目光转向血泊。

"嗯，认得吗，这就是盯你梢的那个混蛋。"

你不可置否地盯着地上那个人。他比你想象的要瘦小得多，长着一个引人注目的鹰钩鼻，还有一双鱼眼。忽然，眼皮底下的眼珠转了一下。他还活着。你脱下外套上去急救，却被一双手牢牢摁住。

"他还活着。"你低吼。

男人的手一晃。血从跟踪者的颈动脉喷射出来，溅得到处都是。

“解决了。”他说。

你目瞪口呆地望着这张天使般的面孔。

“他死好过你死。我这是在帮你。还不明白吗?”他朝四周张望。“他们以为你是我,地下反抗分子的头目。明白吗,他们已经把我做的事都算到你的头上。一群蠢货。他们从没见过我,自以为是地顺藤摸瓜,居然找到了你。哈哈。嗯,还没明白。你应该少喝点酒。我得走了。”

男人向后退去,他似乎有些踌躇,有些意犹未尽。“你就不好奇他们为什么会把你错当成我?或许你应该抽空好好想想这个问题。可以问问艾恩。她聪明又带劲,不过现在嘛你最好立刻就走。”男人说着,隐入黑暗。一道冷冽的光芒闪过,有什么东西落到你脚下。你捡起来。一把血迹斑斑的手术刀。那上面血迹斑斑却仍能看出是一把手术刀。苏的预言在化为刀刃上冷冽的寒光向你显现。

十二

没有人清楚那之后你到底做了什么。城市的夜游神们会说你酒气冲天地加入了他们的狂欢。巡逻的巡捕在报告上记录了你在离事发地点不远处剧烈呕吐的事实,胆小鬼们认准你整晚都在东躲西藏,试图为自己找个安全的藏身之处,巡捕推断你先回到了家洗去身上的血污。令人惊奇的是,事后他们轻易就在你的家里找到了那把杀害巡捕的凶器。它被安放在青灰色的托盘上,看上去锈迹斑斑。那个名叫艾恩的女人会怎样认为呢?

她不猜想。她看到了你。天亮的时候,当她从噩梦中惊醒时,她见到了你——一个站在她床前的剪影。在你身后是夏日清晨特有的浓郁的幽兰天空。

她呼唤你，用你最熟悉的称呼。你冲她微笑。她的肉体馨香如故。

“门没有关？”她支起身体，向你伸出手。

你摇摇头。

她深吸一口气，揉揉长发，懒洋洋地笑了笑。她的眼睛已经醒了，“你很急着要见到我？”

你没有告诉她你已经在床前注视她沉睡的样子许久。事实上，你那时已经忘了这事。你有重要的话要说，她知道，她也在等着。

“跟踪我的巡捕昨天晚上被人杀了。”你扯着嗓子，发出嘶哑的声音，“用我的刀。”

有一瞬间，你以为自己再也说不出话来。你浑身打战，失去了勇气，想要仓皇逃走。直到完全说出第一句话为止。艾恩听到你说的话，你从她的脸上看出这一点。在那张脸上没有任何表情，它被摘离，摘离于此时此刻以及你所说的话语的作用之下，也因此获得了永恒无情的平静，成为一副青铜面具。面具之下，如果的确还存在什么的话，那样东西已经尖叫着逃开。

“就在我面前。你猜是谁干的。他告诉我一些事情。”喉咙干得像火烧一样，你不得不停下分泌一点唾沫缓解灼痛。真奇怪人在这种时候居然还会在意这种不足称道的疼痛。“为什么要和我约会，艾恩？为什么一定要在每周下午二四点，从不例外，艾恩？为什么一定是广场喷水池，从不例外，艾恩？”

“艾恩？为什么那就一定是我的真名？”她为自己点了根烟，迎上你吃惊的目光，“没错，我抽烟。”

“告诉我，艾恩。”你抓住她的肩膀。

她垂下目光，毫不在意你抓疼她，“我不知道。根本没有那么多为什么。”

“就像你从来不认识那个人一样。”你从她手里夺过烟一把扔掉。

“我们以前是情人。后来他当上了抵抗分子，我们就分手了。”

你弯下腰，逼近那张脸。她是你和他唯一确实的共同点。这就是巡捕认定你就是他的原因。从一开始就是。“从一开始就是。你想要的不是医生，而是一个——替死鬼。一个在大庭广众面前充当你男朋友的替死鬼。这就是为什么只有当我走出这里你才会对我多看两眼，这就是为什么这里任何一个人都比我了解你。因为你要的只是一个替死鬼。”

“医生，你太软弱了。”她伸手托住你的脸颊，深深地望着你。

“你和我在一起就是为了保护他。”

她沉默不语。一个神秘的笑容在青白色的脸上缓慢地漾开，然后，几乎用了一生那么漫长的时间扩散至你命运的每个角落。

十三

抓捕比预想来得要慢。上午接近11点的时候，布告栏上终于贴上你的通缉令。没有什么能够改变你。你无所事事地在街上溜达，因为焦虑都没有心情在路边的小店停下来歇一会儿喝杯咖啡。当你精疲力竭地坐在爱伦路小花园的凳子上时，身后的碎石路面激起一阵暴雨般的脚步声。你转过头。尖利刺耳的警哨声响起，金属般的声音在天空织起黄铜色的大网。

你冲出绿色树叶的影子。跟踪者紧随其后。你们在烈日下狂奔。石砌楼房扭曲着向后退去，倾斜的棚屋向后退去，破落的码头停靠一边的驳船向后退去。这个八月也会向后退去。你跑上钢制大桥,不远处就是碧绿色的农田。你张开手臂,渴望融入脚下奔淌河水的金色光芒中。枪声响起。

子弹的碎片飞进右眼,你并没有马上死去。在经过一天一夜的严刑拷打,巡捕终于对你感到厌烦。他们也许终于明白你并不具备告密者的素质,或者他们真的抓错人了。这种事情经常发生,而且总得有人为此埋单。他们脸色苍白,打着哈欠,把你拖到巡捕房外,有条不紊地进行作业。尽管是第一次,他们做得很好。你被高高地倒吊起来,让沿途经过的人们都能看见你。

现在再也没有悬念。在这里,亦不需要答案。

你睁开眼睛,看见她站在不远处。

你看见她。你看不见她的脸,看不见那上面的神情。傍晚最后几抹余晖将她铸造成一尊逆光的雕塑。

你看不见她,那不要紧。炉火般的光芒勾勒出她清晰的轮廓,那是她最美的样子。

四　查利街四十四号

每周一下午五点，伯劳先生会去查利街四十四号收信。并不是每次都有信，有时候要等上很长时间。信始终简单。只写着名字，地点，还有一个日期。

日期是死期。

5 月 8 号，立夏后的第二天，伯劳先生从照相馆出来，正正好下午 4 点 20 分。推开茶色玻璃门，他看见马路对面电车不急不慢地正要开进站。这趟车本该再晚上五分钟才到的。伯劳先生加紧步子，冲进夏日明晃晃的太阳底下。只几步路就下了人行道，却听到身后有人叫他。转头去看，是个抱着半岁多大的宝宝的小妈妈。大人小孩清一色粉青的行头，长相也温良清爽。做妈妈的正反复喊孩子的乳名，逗弄得小孩浑身笑颤起来。伯劳先生不由错愕，不明白怎么能错听成自己的名字，再回头看赶的那趟车已经离站，落进梧桐树影的大网里，似一条大鱼慢吞吞游开。

候车点没有凉荫可乘。站在太阳底下几分钟，白衬衫就印出汗渍。伯劳先生也不懊恼，心里默默数羊，数到九百六十四，车来了。比平时晚了十五分钟。他抿紧薄嘴唇，目光兜转，所见的都一一印在心里。只是习惯。天生有这本领，看人看物精微之至，轮廓细节光影位置，无一遗漏。只要看过一眼过很久都历历在目。小时候还觉得是个本事，直到十四岁第一次见到人家拍照片，才明白过来生晚了。要赶在大黑匣子没发明前出世为人或许会有大成就，教他画画的先生劝慰道。他淡淡笑，读了几年书甩掉教画画的先生跑去学拍照片。从学徒起一点点熬上台面，时至今日成了城里小有名气的拍照师傅。

五点过五分。影子更斜一点。马路上人多起来。司机年纪轻，脾气急躁，急转弯时差点撞到一个推木车的水果贩。那女人挺着大肚子瘫靠车把手上。以前看到她时，她总一脸闲定模样，站在皇后电影院的遮阳篷下看人来人往。商业街那站上车叫卖的报童也换了别人。晚十五分钟的景象在他心里留下浅影，与原先的黄昏景象交叠，如同一张张重曝的照片，但他并不热衷观看。

他在工人住宅区下车，曲曲拐拐地穿行在破旧砖房的阴影里。房屋积木般随随便便地堆在空地上，个个神情怪异阴郁。路面永远湿的，一小股一小股污水从屋里顺着台阶流淌出来，慢慢洇进泥地。空气里常年飘荡着这股子腐臭气息，不时还会加进油炸食物煎熬药物的味道。伯劳先生略微拎起裤腿，跳过大大小小的水洼，即使这样也不引人注目。这里的住户，哪怕是门口传闲话的女人们也不会多看他两眼。他就是有这样的本事，无论在哪里都好像隐形，不被人注意到，仿佛理所当然应该出现在此地。实际上，他并不住在这里。多年前一个半聋半瞎的老女人住在这里，替他收信。等那孤寡女人死后，伯劳仍旧沿用这个地址继续收信。并没有多大区别，不过是配把信箱钥匙的事情。

拐进一栋并不比其他房子更难看的四层楼。黑漆漆的门洞里，他找到信箱打开锁，伸手摸到信。不止一封。

三封信放在外套口袋里直到晚饭后都没有打开。通常时候，伯劳回到家坐定下来就会看信，仔细读完信就不会再留。吃完房东太太送来的晚餐，伯劳倒了一杯热水，等它慢慢凉透喝下。这时将近八点。天色终于暗下，广告箱霓虹灯在沉着的底色映衬下，恢复了鲜亮颜色。

屋里没开灯，他坐在椅子里不动，手里拿着那两封信。他开始没察觉，发现后还是仍旧没有动。从里到外的完全静止，他甚至没有在思考什么。只是坐着，只是找不到为什么不坐着的理由。伯劳先生深陷在凝固的身姿里，直到微风中传来广场的钟声。钟声打破了原本或许可以永恒的平衡，促使他想起那三封信。信出自同一个人，同一个时间发出，只有内容不同。换做以前，那个人会把内容合在一起。今天这样的做法纯属多余。

伯劳先生不喜欢多余。多余会滋生纰漏，从来如此。他从兜里掏出小刀打开信。

两份信上写的日期在同一天。地址一个在城西一个在南郊，离得不近，只是夏天夜短。剩下那封信上的日期离前两封信很近。日程虽然紧些倒也不难应付。伯劳随手将信烧掉。

给一批照片上完色，已经凌晨三点，天色微微泛白，他上床休息，数到四十四只羊时入睡。早上六点他自然醒转，一分不差。三个小时的睡眠对他来说已经足够。打记事起，他的一天就长过别人。

他仍旧闭着眼睛一动不动，给人还在沉睡的假象。清晨的空气湿润略带凉意，天空还没有完全褪去夜晚幽冥面貌，窗外远处的城市景象半明半暗。他知道他置身其中的世界是怎样的。很快，从窗外探进的金色光线就会落到他的脸上，落在紧紧闭合的眼睑上。无论怎样抑制眼皮的轻微颤动，眼皮底下的黑暗也将熔融进红色暖流。

他并不为之雀跃，他所了解的事物并不能使他有所感受。很久之前就不了。

他会这样躺着，直到早晨七点房东太太敲响他的房门。

“早，伯劳先生，我把早餐放在门口了。有事到餐厅找我。”房东太太说完，径直下楼去餐厅忙活。十几年的相处，她清楚伯劳先生不会有什么事需要她。

直到脚步声远去，伯劳才缓缓会起身开门，仿佛真的是刚刚被叫醒，有条不紊地把早晨要做的事一件件做下来，梳洗吃饭换衣服，然后给照相馆打电话。

不出所料，周二上午没有什么事。他告诉老周下午一点会到，又交代了几件上午要做的事就挂下电话。看看表，差四分钟八点。他坐回椅子里等座钟里的布谷鸟跳出匣子一声声报时。第八响“布谷”声中，伯劳先生关上房门，朝楼下走去。

这个城市说大也不大。他曾经提着比现在更重的摄影箱走遍每个角楼。有些地方，很多本地人一辈子都没踏足过，甚至都不知道。后来有了电车，可以省力不少。不过他还是喜欢走路，不至于错失什么。在那些暗巷，半地下室，楼梯拐角，柱廊阴影里，总有什么事在发生。并非一定要按下快门，但如果条件允许他也不会错过。洗出来的照片堆在家里，总会有一两张有适时的便卖给报馆做图，外国胶卷药水再贵，也能收支平衡。早些年有空闲时，伯劳也乐得出来随处拍照，到后来也不知什么起拍照的心渐渐冷淡下来，无论街景路人都引不起兴趣让他按动快门。日光之下又能有什么新事，做一个知情者就已经足够。如果伯劳先生是个会为自己烦恼的人，只消向内心投去一瞥，就能察觉埋藏其中的厌倦。但他生来比常人刚硬，不为此烦心。

从一条仅容一人过的小路，他走到迈尔西爱斜街，尽头就是广场。借着一点从厨房后门漏出的光，他看了看时间，加紧步子。到马赫广场时总共用去一个半小时。阳光灼热，烧得皮肤发疼。广场周围建筑物的阴影里挤满了人。东南角的咖啡馆在外面撑起几十把遮阳伞，把走路的地方给堵得死死的。不想挤在满身汗味的人群中慢慢挪动脚步，他径直穿过空旷的阳光地带，拐进爱伦路，走进一家老旧乐器店，从后门出来，来到一条只能侧身通过的无名长巷。很少有人知道这条巷子，如果它可以称作巷子的话。严格意义来说，只是墙和墙之间的空隙，很多时候墙的方向陡然一转，横档在面前，让人以为是死路一条。人必须走到近前才能发现还有勉强过人的缝隙。还有几次不得不横跨过矮矮的土墙或者篱笆，横穿穷人们的院子。偶尔也会被主人撞见，无论男女老少，那些营养不良的面孔上没有丝毫表情，淡漠地看着人闯入然后离开。能在这条巷子里走的人无疑都被他们视为同类——以贫穷和牲口般忍耐为材质做成的梦游者。巷子梦幻般幽深曲折，脱离时间空间而独自存在，按照自己的意志自由生长，左右步入其中的行人。即使对伯劳先生，走在这条巷子里也会丧失确定感，陷入类似晕眩的奇特感受。数羊也无济于事，他的羊连同他身体的一部分以某种不可知的方式被消解干净。

一般人不知道这条路，知道的也很少走，但它的确是捷径中的捷径。伯劳先生最需要的就是时间，尤其是在那天晚上。前面不远处，他看到一点亮光。亮光盈盈绿绿，泛着淡青色，鲜艳又活泼，并不和巷子匹配。他走到巷口,光亮扩大,化作眼前一片寂静的绿色稻田。

这里是南城外的郊区。田里已经插上了秧。只有一两块地还没完成,远远看见几个农夫在田边树阴下喝水吃饭。正是吃饭的时候。伯劳走到小路,来到村口。

那家杂货铺离村口不远。伯劳推门进去。里面很暗。光透过油腻腻的窗玻璃,软软趴在柜台的一角,刚刚够到座钟的位置。嚓,蜗形花饰的分钟从亘古静止中醒来,轻轻跳了一格。

"要点什么?"店堂深处的黑暗晃了一下。

伯劳指了指货架上的汽水。

从柜台的后面传来一阵动静。离伯劳站着的位置还有一大段距离。这店铺像一个洞穴,比看上去深。伯劳静静站在黑暗里估算从那里到这儿的距离。

"拿去。"店主出现在视力所及的昏暗里。

伯劳接过汽水瓶。瓶壁又冷又湿,险些从手里滑落。

"井水冰镇的。"那个男人老得已经看不出年纪。现在他站在伯劳面前,一副疲惫又无所不知的腔调,并不比大部分杂货铺老板更讨厌。

汽水很凉。橘子味的气泡在口腔轻轻破裂。液体流经喉咙,落到空洞洞的体内。那具无法辨别是干渴还是疲惫的身体多少感到舒服一些。伯劳吐出一口气。

"很长一段辛苦路?"店主看他喝下汽水。

他们攀谈起来。他知道了店主的名字。

知道他们祖上三代经营这家铺子。生意足够活着。他说这些的时候眼睛盯着伯劳胸前的照相机。你是记者?

只是拍照的。

进来坐吧。老男人挥挥手，招呼伯劳进到柜台。两个人一前一后朝杂货铺的深处走。老人的脚步声在越发浓重的黑暗里带着他穿过货架间狭小的过道。

那扇门甚至算不得暗门，只是不够起眼。伯劳看着老人消失在门后的光团里。他推了推门，跟了进去。男人坐在最近的一张椅子上等他。旁边桌上放着两个空杯子。黄澄澄的灯光落在他脸上，却比在暗处看起来更不清楚。房间里烟雾蒙蒙，只有他们俩人，四下暗影浮动。伯劳把目光投向四周的货架，一排排棕色瓶子紧密排列其上，阴郁严谨如同森林般守护着屋子中央那片随意摆放桌椅的空地。

随便坐。男人冲周围十几张空桌子难以察觉地抬了抬下巴。客人最早也要两三点钟才过来。他说着，倒了两杯酒，倒完之后似乎忽然忘记要做什么，定格般两手撑在大腿骨上出神。惨白浮肿的脸仿佛飘浮在雾夜的圆月，既饱满又轻盈。

第二十七只羊的时候，老板的眼皮轻轻一眨。坐下来休息一会。你看起来不精神。

他冲伯劳点点头，举起酒杯。伯劳跟着举起另一只杯子。两只杯子彼此轻碰，并不如想象清脆，更似钝器相击。

不错。伯劳不禁称赞。

男人发出老年人特有的带硬壳的笑声。他告诉伯劳他叫老朴，他们家在禁酒的年代里做起酿私酒的生意，辟出这地方给人们聚在一起喝酒。等到酒买卖再也不是什么了不得事的时候，人们还是喜欢跑到这里来喝酒。每天晚上这里都坐满了人，不少都是城里人。真见鬼。他们就是喜欢这。

不一样。谁都喜欢找个有意思的地方喝酒。伯劳说。

这倒是，有人就是喜欢他妈的这种乡下地方。

两个男人再度碰杯。喝酒，聊天，没话的时候各自对着酒发呆。老板还拿出一包花生米来下酒。应该过了有一段时间，伯劳喝下杯中最后那点酒，对老人微笑。

走了。趁着白天再四处逛逛。

哦，对，你是拍照片的。

谢谢招待。伯劳把钱压在杯底，起身往出口去。

走好。有空再过来。

伯劳说好，对从身后慢悠悠飘到耳边的那半句话毫无准备——以后再来的时候把给我拍的照片也带来吧。

伯劳露出惯有的温和笑容，盖在最初的错愕上。他记起来刚才老板走神的时候手指似乎按了快门。但他并不确定，拿略微斜视的右眼去瞄右手手指，仿佛是先要向它询问核实。至于另一只眼睛连同脸的其他部分始终微笑着，做他的解释。

好的。这只手有时候就是这样，看到什么都要按快门，脑子管不住。

你来就是拍照片的嘛。不要放在报纸上就好。

不会，自己玩玩的。那，再见。

从杂货铺出来，下午过去大半。天莫名其妙地阴下来，闷热异常，憋着一场雨。伯劳在村子里四下转转，给有风味的静物和路过的村妇拍了几张照，照旧有害怕躲开的女人，然而神态可爱，被抓拍下来。正在计划回去的路线，恰好遇上收购西瓜回城的贩子，伯劳搭上了他们的车，坐进西瓜堆里，在碧绿色的幽暗里数羊，数到第三千零九只，车子似乎进了城，他放开身子随着货车颠荡昏沉沉睡去。一股细小的清涎自嘴角流进莽莽的胡子丛中去。

昨天干吗去了？当照相馆的小学徒发觉他脸色不好，关切地问起他周二行踪时，伯劳脑海里一片空白。然后他想起来那片在阳光下晃眼的水稻。

去南郊走走，回来时没遇到车就走回来了。

是去拍照片啊？小学徒眼睛发亮。拜师下关书有半年左右，却仍然只在一边打杂。

换作还用湿版法的时候，得从洗玻璃片，切玻璃片做起，等到外拍，不但要背着怪物般死沉的大相机，还得拿上帐篷药品暗室那一套家伙。做学徒的一旦真要开始学起，分分钟都得神经绷紧。谁会想到不到二十年间，有了成卷的软片，拍照成了再便捷不过的事情。有当年的同事对他说过：只要一双手就够了。有时候按动快门时都觉得失真，然而伯劳并不觉得失真。他找不到真与不真的界限，也从不费心去找。

小学徒还在热切望着他。伯劳挠挠乱发，作出温和长者困惑的模样。“你要是这边打扫完下午还有时间就去暗室看看，给你师兄打打下手。”

小学徒连忙应下来，生怕他改主意似的，跑到楼下擦橱窗。

他们都知道他好说话，只当他是好好先生，有事就来求他。能答应的伯劳也就答应下来，他不愿在这些事上拉扯不清。答应不下来他也从来不勉强自己，因为之前帮忙的次数不少，只要他露出为难神情，倒是求帮忙的人先难为情起来。

有人说过他像是一只鸟，身轻如燕飞在众人顶上，眼珠里浸满黑瞳仁，看似温情其实冷漠地俯视苍生。他不记得说话人的样子。过去的人和事他从来不费心去想，倒时常会在大脑放空前的刹那品味起这句话。

到中午把照相馆里的事情处理停当，往嘴里扒拉两口饭准备出门赴约，却被来拍全家福的一家男女老少堵在大厅，说是来过好几次，就是要等他亲自给拍。除了最小尚在襁褓的幼子，其他人都被身上格外体面光鲜的衣服束缚，身体僵直。伯劳沉吟了一下，到底还是答应了他们。

热热闹闹的家庭戏码。家庭成员千丝万缕的关系，又忌讳着，在外人面前变得更加扭曲隐秘。老人小孩妇人又都是第一次见识相机，在强光灯下表情戒备又谄媚。伯劳温驯地引导，近乎劝诱。他从来不急。

怎样才能从来不急？

拿他们当动物。

大人的位置和表情都收拾得当，刚要按下快门，刚才安静顺服的婴儿突然号啕大哭，全家人一阵慌乱，位置形貌统统错乱。伯劳慢悠悠踱步过去，探头看襁褓，眼睛里眯缝的光落定在小人儿涨红的满月脸，瞬间，哭闹声便止住，仿佛有只无形的手强行将哭声收走。婴儿睁圆被黑眼球占满的眼睛，湿漉漉的嘴唇一再砸吧，仿佛尝试再次发出洪亮的哭声，却惊奇地发现无果。

他懵懂地咧开嘴巴。那样子接近是笑了。

伯劳飞快回到相机后面，蒙住头，按动快门。咔嚓。

又是赶路。在烈日下疲于奔跑。紧赶慢赶总算在白记者出发前赶到报社。

“怎么才来，路上和你细说。”姓白的记者说着拦下一辆马车，说了一个地址，便把伯劳和自己中年发福的身体一股脑推上去。伯劳坐在他对面，静静等他拿出手绢擦干净脑门发际的汗。

“今年真热。”他又抱怨起伯劳先生没有按时来，不然他们可以和社长一起乘坐报社的雪佛兰汽车，不用挤在充满马臊味颠得要死的车厢里。

伯劳被他逗笑了问：“马臊味是什么味？”

“就是现在这股味道啊，难道你闻不出吗？就像一百个苦力都挤在这里的味道。”

“那么重啊？那真是让你受苦了。”伯劳半真半假地可怜他。

“你一点都没感觉？”

“小时候生了一场病，之后鼻子就不太灵。”

“都说瞎子的嗅觉听觉特别好，你相反，鼻子不好使，眼睛格外毒辣。”白记者恭维完毕，正色交代下午的工作。下午要去参加的是一个工艺展览馆的开幕式。说是国内第一个工艺品展览馆，里面的展品也全是出自国内手工艺人。据说集齐了不少好物件，除了代代相传的民间手艺，更有不少吸收先进生产技术而创新的新玩意。宣传功夫做足，场面很大，除了社会名流，更邀请了工商界的巨头，甚至请到这城里政界的第一把手来剪彩。

“所以，伯劳先生，你待会拍照的时候，千万要把这些重要人物拍进去。馆里展览品都是死的，不会跑，我们可以补。”白记者叮咛他。

他也的确那么做了。开幕式鞭炮乱炸，红色纸屑血一样四溅，烟雾呛鼻迷眼。伯劳挤在一堆和他一样的外聘照相师傅中间，争夺有利位置，手肘胳膊奋力护着相机，冲那些衣冠楚楚的人面声嘶力竭地嚷：看这里，看这里。不光要扎堆，还要见缝扎针。每张光鲜的面孔都不能放过，或者驻足凝视展品，或者故作姿态的谈话，或者对镜头微笑，甚至无意识的滑稽模样。

这种场面，哪怕换底片的高手都会嫌自己手慢。伯劳带来三台事先装好底片的相机，一卷拍完直接换相机，手指一摁，抓住定格。冷静、准确，很少失手。不能漏掉一个。

场面功夫都要做足。无论是照相馆里拍人像，还是给报社提供新闻照片，道理都是一样。人心里想要的无非这些，一百个人中人人都以为自己不同，在他看起来这些皮囊下面的存货并无不同，不外是黏糊糊的脏器。既然这样，能区别开这世上所有人的，反倒是一眼能看见的皮囊。

并没有什么需要洞穿的灵魂。能看见的也是唯一值得看的，唯一真正存在的。伯劳用相机捕获的也是这些唯一存在的。

拍到大汗淋漓。展览区人渐渐稀少。重要的嘉宾都被招待，驱车参加晚上的宴会。留下真正干活的人了解展品。那几个记者和拍照师傅好像身体落下的影子，从原先亢奋状态跌至最低点，步履懒散地从一个个展品前经过，偶作停留。

伯劳本来正和白记者并肩走着，突然急刹车停下，身边人如同同车乘客般被甩到前面。

白记者走回到伯劳身旁，发觉他盯着面前的展品，以这位拍照师傅鲜有的认真态度观看，仿佛全部身心都在瞬间脱离这平庸的时空，进入他人无法测度的另一世界。平日里微微皱缩，躲在微笑和皱纹的面孔意外地在此刻展开，脸部轮廓清晰起来，五官也暴露在展品所散发出的光晕里。一对乌黑的瞳孔比往日更加深黑更加不协调，与其说是视觉器官，不如说更像是贪婪的口器。

白记者不声不响地陪在旁边。倒也没太久，那张展开的面容再度皱缩，斜视的右眼率先瞟向身边的白记者。

“厉害角色。”白记者冲展品撇撇嘴，“别看介绍上设计师写的是男人名字，但据说是个女人，还是个洋人，跟着老公漂洋过海，换了名字来到这里。人生地不熟，谁知一眨眼，自己在卢姆波里街租下一幢旧楼的地下室就干了起来。”

“租地下室？租一张酸枝木写字桌就行了吧。”伯劳揶揄。

“她可不是在纸上画画草稿就了事的。那个词叫什么来着？染色实验！她设计图案是充分考虑到材料的特性。你看，上面写着……”白记者逐行读出墙上的介绍说明：“‘设计者要了解特殊材料的性能，并它们来暗示（而不是模仿）自然的美以及美的细节，这就赋予装饰艺术以存在的理由。’那个女人租了个地下室，成天泡在里面做各种染色实验，就是要了解众多纺织品墙纸的特性。听说十分狂热。男人做都觉得吃力，她倒十分来劲。一天到晚，蹬着死沉的法国木底鞋，扎围裙，卷袖子，染料顺着手腕流到胳膊上……”

白记者说得起劲，察觉伯劳嘴角的笑意连忙声辩：

“是真的。那个时候她红得很，有钱人抢着买她的东西，我们报纸还报道过她，那篇文章还是主编亲自采写的。不过我到现在也没看出她画的东西有什么好，你瞧出什么来？”

“葡萄纹路。”伯劳笑着举起相机照下记者苦思的神态。在那张茫然的面孔后面是一张葡萄花纹的墙纸。藤蔓野蛮而惨烈地生长其中，过了那么多年后，即使墙纸泛黄，能将人旋卷其中的可怖力量仍然不减，森绿可怖。

展览馆出来，伯劳推掉报社的饭局。还有照片要整理，他说，然后笑嘻嘻跑去路对面坐电车。电车停在家门口他却仍旧坐在位子上不动，再坐了两站地，到花市老街才下。顺着街走到另一头，踱进旁边一家小有名气的面食店，点了碗馄饨。等馄饨不烫可以入口的工夫，望着对过人来人往的古玩字画店发起呆。街上除了这家饭馆其他都是做文玩字画生意的。最后一口汤喝下肚，伯劳走到斜对面一家字画店里，站在一幅兰花图前看了一会，拿起外面摆着的几个印章看。一个穿长衫的中年男人出来招呼。伯劳说要给一个喜欢刻章的朋友带点有意思的东西，请老板推荐几个。老板问明白那人的好恶，告诉伯劳明天上午会进一批不错的鸡血石牛角冻。

“里面应该有你朋友喜欢的。”

“上午不行。晚上几点关门？”

“七八点，夏天会晚一点。”

“那我明天过来看看。”伯劳掏出烟，分给老板一根。两个人凑在一起点烟的工夫，互报了姓名。“一个人看店挺累的吧？”

“还好，有个伙计，今天休息。”

“他休息，你看店？”

“也就一天，还好。平时我都不在。小生意，自己玩玩，养不起太多人。”

伯劳点点头。“人多也麻烦。”又聊了会，抽完手上这支烟，伯劳和老板说定明天再来，便从店里出来往家走。

没有风，自昨天就憋着的雨仍旧没下。月亮半睁半开，那只白内障的眼徒劳地睁着，却什么都看不见。凌晨三点，整座城都浸在温热的水汽里，伸出手去摸到的东西无一不是黏黏糊糊的。身体更是如此，被糊上一层膜，不让汗珠可以成滴爽快地淌下，带走一点体内的燥热。伯劳躺在床上，计算——这次不是数羊，是在数算时间，算来算去，时间不多。明天抽空去白赛仲路转转。

到白赛仲路的时候已经下午两点。一天里最热的时候，两边洋房躲在各自院墙后昏昏沉沉地睡着了。这里的房子风格迥异，这边维多利亚，那边新古典，也少不了先锋艺术挑衅，还有集各种大成于一身的，每一座都是主人花费巨资的铺陈作品。不过平时浓荫遮蔽，路上的行人很难一窥小洋楼们的全貌。曾经有一段时候，伯劳常来这里拍照。按门牌号走到那栋洋楼前，他立刻认出了它。二楼东南顶棚上那样雕饰实在特别。里外三圈：外面是提着花带的小天使们，中间一圈是一对对金童玉女，再里面是玫瑰与葡萄园。还有棕榈树的彩绘玻璃被遮挡大半，但伯劳知道那上面镶嵌的是古怪的葡萄图案。有一年冬天，乘着枝叶凋敝，他在街上拍下这栋文艺复兴时期风格的洋楼，用的是银版胶片。

伯劳取下镜盖，改从取景器里观望。这里真是安静，来往行人车辆几乎没有，连风都不经过。路上院里的绿色植物交相错落，重重叠叠堆砌出大片没有轮廓的昏暗。正方形取景器里框出的景物无不带着未醒来的恍惚，面目模糊。那些露出片瓦棱角的洋房，看久了，仿佛能看见它们酣睡时随呼吸一起一伏。

对付这样雅致刻意的疏远，伯劳游刃有余。哪怕鲜有行人，大门紧锁，他沿着白赛仲街一路慢慢游荡，不时停下朝取景器里望，搭在快门上的食指并不按动。身子面向哪里，总有一只眼睛的余光照应着那里的大门。

门开了四次。下午的时候厨娘打扮的中年妇人从偏门进出一次，回来的时候手上多出一袋食材。

那是四点过十分，伯劳决定等下去。六点左右一辆蓝旗亚从正门进去，车上除了司机只坐了一个男人。半个小时后车子驶出，还是那两个人，坐在后面的男人换了更隆重的行头，想必是去赴宴。车子直行在第一个十字路口左拐进香樟路。这边大门已经缓缓关上。二楼的灯亮起来。三楼西北角的一扇窗户泻出灯光。一只手夹着烟，又接连带出雪白的臂膀，伸出窗外，奄在窗框上。只看到这些，其他的都被窗前的香樟树挡着。伯劳又后退几步，在藏身的巷子里仍然看不见更多。他站在那里，默默看那只手以男人般粗鄙的方式夹着烟，一来一去地往返窗里窗外，等到烧到烟蒂，落定锤音般，那只手把烟摁在彩绘玻璃上掐灭，食指一弹，烟落进浸染暮色的花园里。

又等了一会。他明白过来今天不会再有进展，于是返回大路坐上一辆公交车。

尽管累，伯劳还是如约在傍晚的时候到了字画店。老板果然关照过伙计。他刚张口，脸色青白的小个子伙计就从里面拿出一包的石头让他挑。伙计寡言少语，除了简单地回答他的话基本不作声。倒是那天伯劳总算还有点运气，居然被他找到一块蓝星石，价格也很合理，爽快地付了钱。给钱的时候伙计不知道为什么盯着他看，他掉转视线假装没有注意到对方袖口露出的一截纹身。他真不在乎这些事，在车站等车的时候，他就已经忘了。

车来了。他一脚跨上去。

她甚至不用烟嘴。

那一刻，这不相干的念头莫名其妙地从伯劳脑海里重重砸落。

晚饭放在桌上，没怎么动过。伯劳从窗外收回视线，才又看到桌上的饭菜。瞧出食物被动过，才想起自己已经是吃过饭的。只是吃的不多。回来时浑身空乏，手脚都有些发软，他还从来没有那么觉得饿过。奇怪的是，真的对着饭菜，反倒只咽下两口就停下了，并不是觉得饱，相反，他只是察觉到吃饭这件行为本身的徒劳。食物无法喂饱他。只要略微体察，就能发觉空洞荒芜的内心犹如急于吞噬一切的深渊。换作别人或许会因此发疯，然而伯劳与生俱来的铁石心肠却毫不为之动容。

只是不怎么有胃口。

伯劳走到窗口，探出手，外面比屋子里好些。风像一些不确定的念头从手指间滑过。往江畔看，游船张灯结彩浮在自己一团模糊的倒影上。倒是上头的月亮，几乎是圆了，低悬在黑色的江面上，隐隐泛出充血的红。那几乎不是月亮的颜色。

伯劳坐回到床边。到睡前还有一大段时间可以工作。他理了理头绪，决定把头几日洗出来的照片整理出来。这些琐碎事情别人都是交给小徒弟，他倒喜欢自己来弄，细细分门别类，然后单做一份自己留底，留底的再做归类。开头也还顺利，到了工艺品展的照片，有几张人物和照片对不上号。他站起来，稳稳心思。一只只羊数过去。

之后几天，他一直吃得很少，害得房东太太无端担心起来。那样子过了四天。

15号，今天不用去取信。事情没做完前，不会有新的信。一个电话点名要他上门拍全家福。他去了，大半天的时间，又和厨娘女仆司机聊聊天，下午让小徒弟过来把大家什带回影楼，自己走回家。时间还早，又去花市老街走走，看到人就点点头。字画店的伙计趴在柜台上睡着了，伯劳没有喊醒他。

回到家，房东太太端着晚饭等在家门口，问他身体还好，饭菜对不对胃口。

“只是不怎么有胃口，大概是天热的关系。”

“那你小心身体。”房东太太没再多说，把食盘递给伯劳。

伯劳微笑说好，目送房东太太下楼，开门进屋转身把食盘搁在茶儿上。他只是不饿而已。桌上还有一堆没有归类整理的照片。他坐下来，平心静气将大小人物面孔编号归类。正面侧面背面远景特写合照。那黑色葡萄藤毫无预兆地突然出现。他拿起照片在灯下看。藤蔓疯长，好像一团火在手上烧着。

他想到另一种葡萄的样子，在彩绘玻璃上果实饱满摇摇欲坠。那天之后又接连去过几次，再没有进展。进出的除了载着男主人的蓝旗亚就只有厨娘。他想要见的人始终没有见着。以前也有过一两次类似的情况。他并不着急。其实根本不必亲眼去见。只是出于伯劳小小的癖好，他冬日雪地般干净的处世方法中唯一一点多余的枝节。

喝下半杯清水，伯劳又回到街上。正是打烊的时候，花市老街的店铺也都在收摊清点记账。街上比白天冷清很多。他走进阴影里，没有人注意。

脸色青白的小伙计胳膊夹着账本从他身边走过。和往常一样，为了能早点回去，小伙计会把账带回去记。他穿过两条马路，走进一家临街的裁缝店，然后从后门出，走到学校的水泥操场。说是操场，不过是学校前后两三栋楼，一排可怜的灌木围出的一块空地，外加旁边两棵泡桐树点缀。伙计每天横穿学校，可以少走几步路。从正门出来，在第一个丁字路口，他和往常一样进了街心花园，潜入大树的影子里。“先生你东西掉了。”身后有人喊他。

账本里的收据掉出来了？他回头俯身去找。

没用去多少时间。

伯劳从阴影里走出来，借着街灯看了看表。九点不到，还能赶上回去的末班车。

一对小情侣迎面走来，上了街心花园的台阶。花园里小石凳从来都是情侣们喜欢的落脚处。今晚也不会例外。脸色难看的字画店伙计好好地躺在灌木丛中，没有意外的话，明天中午前都不会有人发现。

18号。傍晚的时候，他走进广场角落的一家酒馆。楼梯井的位子空着。他坐下来，点了套餐，吃完又额外点了一杯酒。琥珀色的液体慢慢变温。他没有喝，只是望着被玻璃体包裹着的晶亮液体，数羊，目光随液面以难以察觉的缓慢速度一同下沉到杯底。他没有喝，他仍旧感到渴。那杯酒一定是兀自挥发进烟雾弥漫的昏黄灯光里去的。

伯劳走出酒馆。日头西落，人和物纷纷长出金黄色的绒毛。伯劳只身穿过这一团团柔软明亮的灯芯般的影子，越走身边的景象越暗，一些霓虹灯的光彩掺了进来。这就是夜。

他走了很长的路，在蒸笼一样的天气里慢慢熟透，汗滴不下来，单纯地附着在皮肤表面，包裹着浑身上下。他和路上的行人，和这个夜晚并无不同，黏糊糊的不洁，只是他要比他们走更长的路，他的夜晚要比他们的夜晚更加长。伯劳并不在意，他数着羊，洁白的羊一个个从他空白的心里走过。

如果万事终结都会有征兆的话，那么一定是以那一刻出现在伯劳眼前的景象出现。爱伦路的乐器店还开着。那条巷子向他敞开秘径，邀请他成为混沌的一部分。18号金色的黄昏被留在身后。

好像走了很久，见到稻田的时候，也见到了月亮。一路上都没人。不远处的村子，一幢幢平房的暗影聚在一块，像是一窝睡着的野犬，随时警醒。

杂货铺的门虚掩着。一线灯光延展到他脚下。他走近，站在对里面来说是个死角的位置，食指轻推门。门轴发出轻微的声响，就像被风吹开时发出的声音。杂货铺好像一只露出内脏的幼兽，以煤油灯为中心由亮到暗展露出惯有的景象。

老座钟沐浴在其中，半明半暗，八点二十五。

柜台后面没有人。

伯劳侧身进屋锁上门。那时候，他听到里面有动静。黑暗里他等了一会，然后猫腰从隔板下钻过，贴着过道往里，悄无声息地一点点逼近。走到门口，他停下来。现在，他想起来了。那声音他听到过。隔着门板，他继续等着，等其他声响，或者确认没有其他声响。同样的声音响起，伯劳伸手推门。

门板厚得不像杂货铺的门。绞链倒是保养得出人意料的好，开合一点声音都没有。那个人一直没有察觉，直到伯劳站在他面前。

“你来了。”这句话没有任何意思。他只是需要说话，需要点时间明白伯劳出现在这里的事实。

“说点什么？哦——我记得你话很少。”老板点点头，咧嘴笑起来。他给伯劳倒上了酒。桌上——恰好还有一个空杯子，“我知道你会再来的。”

以前也有人这么说过。

“别着急，你赶时间吗？”老板拉开旁边的座位。

伯劳坐下。

“这里只有我和你。今天歇业。”

伯劳盯着他手里的杯子。玻璃杯很快就空了，又很快被满上。

“看见你的时候我就知道了。”

伯劳抬起眼看他。

“为什么不走？”老板耸了耸肩，替他问出他的问题，“我老了。再说了，终归会被找到的。”

他真的很老，像一颗果实被放了很久，久到只剩下核。而这颗核此刻在灯下闪闪发光。伯劳的思绪还停在一个实际的问题上。

“你有没有临时起念改变主意过？”老人问。

伯劳摇头。

“有没有这个可能呢?”

还是摇头。

“说点别的?我不会反抗,你有的是时间。”

伯劳推开椅子,慢慢站起来。

“看来我错了。对,今天晚上你有两单生意,而且离得不近,你要——赶时间。”老人盯着自己的鞋子笑,好像那是一场世界顶级的滑稽秀。

伯劳觉得身体往下掉,从高空某处,比如钟楼,往下掉,下面不是广场的水泥地面,也不是任何别的什么。他仿佛会一直就这么往下掉,不停地往下掉,直到心从口腔里掉出,然后呢?继续往下掉,并且看着心在自己头顶上方某片天空一同往下掉。

奇怪的是,他觉得还不算太糟。

老人把酒杯推给他。

伯劳一口喝干杯中的烈酒。吞咽得有些勉强,但第二杯的时候就好多了。酒就是这样的东西,它帮助你去接受这样一个世界,轻易地,就像滑跤跌倒。

老人给他倒上第三杯。

“所以有两封信。同一天里。”

“算是职务特权?我想让自己显得正式些。这么多年,总值得破一次例。”

“你雇我来杀你。”

“通过我这个中间人。”老朴补充道。

中间人。当伯劳刚进入这一行时,被告知永远不能主动联络中间人,更不能去见中间人,这是行规。即使是当时,也有的是办法去找到一封信的寄信人，所以才要有行规。行规不是无法破坏，是破坏后会付出代价。

介绍人还说了很多规矩。无论这条还是其他，对伯劳而言都不是问题。他本来就不在乎那些。从来没有想过有那么一天他会见到他的中间人，还是以这样的方式。

真的发生，也不过如此，他甚至不用数羊。杀人的时候他不数羊。

“你是我手底下最好的。比我想的还要好。”

“事情就在那，做就行了。”

男人们举杯相互致敬。“要换别人早就问问题了，为什么为什么为什么。”他笑起来，侧身把一只手垂在椅背后，让自己坐得更舒服，“可你不。”

“如果你要，我可以给你拍张照。”

老人爆发出一阵大笑。“你很会说笑话！”他收住笑，“糟糕透了。也有顺风顺水的时候，年轻那会，好像无所不能——贩私酒，杂货铺买卖，杀人，做什么都在行。可现在，不是说不顺利，一切都没问题。只是我觉得不好。用过所有办法，有些办法你还是不听的好，所有办法都行不通。你相信……”

“相信。”

“相信什么？”

“你做的那些事，不可能不付出点什么。”

“这话听起来像狗屁，不是吗？代价？可它是真的。”

老男人停下来。他说话的时候，伯劳一直低头看着自己的手。

“你不是为了钱？”

伯劳笑了。他应该算是穷，倒从来不缺钱。

老人在等他开口。没人会拒绝一个要死掉的老人。一起喝了酒之后，总该说点什么。一些埋在心里的脏东西。

好好一个拍照师傅为什么还要兼一份副业？哪有那么多为什么。

“你每天睡多久？”

“什么？”老人没听清。

伯劳又重复一遍问题。

“几年前开始就只能睡五六个小时。”

“有的人，一天睡两三个小时就够用。”

“打什么时候起？”

“一出生。”你生来就比别人多出很多时间。漫长的，漫长的一生。

“什么感觉？”老人问。

伯劳停下来想。他从没想过这个问题，“等时间过去，好像沙子从身体里流走，好像身体本身就是沙子，又好像——什么都是沙子做的。”

没有问题。沉默像十二月的雪轻缓飘摇而下，在可预见的时刻触地融化。

就是如此，所眼见所触摸所耳闻所品尝的，凡经过他，无不变为沙子，连同这场谈话。在杀人之后的两天里，他会睡得比平时香，虽然还是同样的时长。他似乎也可以感觉到点什么。那样略微有一点活着的滋味。

伯劳抬起头，分开交叉的十指。他动了动嘴唇，把它们往两边咧开。这是个微笑。意思是没什么可说的。

老朴双手搭在肚子上，下巴支在胸前。

座椅不再随身体前后摇摆。它笔直挺立，稳稳地支撑起老朴瘫靠着的身体。

皮肤还是温热。脸上的表情怪异滑稽，并且被永远定格在那个瞬间。他睡着了。伯劳站到他后面，左手捂住老人的口鼻。匕首同时穿过两肋之间插进他的心脏，准确迅速完美。老朴的身体猛地弹离座椅，力道大得吓人。伯劳拔出匕首，摁住老朴，使出全力，很快，被他死死摁住的身体安静了。骤然迸发的力量已弃老人而去，所有属于活人的东西也一同离开。伯劳清楚地感觉到它们是如何消失的，像手指缝流出的细沙。老朴倒在他的怀里。他抓住他肩膀不让他倒地的样子更像是安慰。

伯劳抚过那张脸。老朴的眼睛在他的手掌下合拢。手心发痒。

痛苦吗？他不知道。擦干净匕首。带走他用的那只杯子。清理痕迹。

从外面传来座钟的钟声，整整 12 下，似乎是有意宣告一封信的完成。

还有一封信要在今夜完成。

夏天的夜真短。

五　瑟克斯

一

她们出生于南方氤氲的水汽中，悄无声息流动的温柔阴影里，优柔迟缓的时间之河。在那里，奶白色墙壁的大宅院伫立在参天古树的浓荫里，温柔的阴影在每间屋子里悄无声息地流动。远处的田地里晃动着人们枯瘦焦黑的身影，甜蜜忧伤的歌声随风飘荡。还有幽灵，幽灵们和生前一样端庄得体，安静地待在角落不打扰人。天鹅绒窗帘，亚麻桌布，银制餐具，骨瓷茶具，钢琴，舞会，塔夫绸礼服相互摩擦的声音，骏马，尘土飞扬的大街，桃花心木的家具，笨拙的座钟——那就是南方，多年后不复存在的一个古老梦境。她们便出生其中，眼眸中生来就晕染了南方的阴翳。她，约翰家的珍，还有她，詹姆斯家的潘，他们的命运在未来得及全部展开时便已经纬交织。之后，当某个时刻来临，他们经过生命中最后一个交叉口，便永远地分开了。然后以相互平行的方式继续前行，直至死亡结束这场奔跑。

詹姆斯家坐落于瑟科斯的最南边，临近清澈的河水。河南边大片肥沃的土地都属于他们。在河的对岸，约翰家的宅子与之遥相辉映。与詹姆斯家，乃至瑟科斯绝大部分建筑相比，这幢石灰石筑成的屋子显得考究很多。它摒弃了乔治王朝的风格，还有那单调的矩形盒装外部轮廓，拥有这里独一无二的两层楼式的中央门廊，含穹顶的小穹隆，还有约翰太太最引以为豪的帕拉迪奥式门柱。然而让年轻男子们愿意骑上一天的马前来看上一眼的，并非是约翰家的府邸，让约翰太太最为骄傲的，也同样不是这幢建筑。她的四个女儿，掌上明珠，瑟克斯最动人的风景，很多年后人们追忆南方最美好的光景时都会记得她们风姿绰约的模样。她们的皮肤细腻光洁呈现出骨瓷特有的光泽；她们的声音柔和甜蜜，即使在责备人的时候都不例外；她们的神情沉静，脊背挺直，并不因为容貌秀美而显得轻佻，举手投足都流露贵族气派。约翰家的大女儿多拉十七岁时候，嫁给了詹姆斯家独子李。在一片心碎声中，河对岸的两家结成连理。也就是在那场盛大隆重的婚礼之后，詹姆斯夫人和约翰夫人不约而同地在令人意外的年纪再次怀上身孕。来年春天，叫作潘和珍的女孩相隔几天降临人世。

人们满心欢喜地期待着两家一同举办的满月礼的宴会上，这两个孩子将由她们的母亲抱着被介绍给客人们，这同时也将是她们的第一次见面。“那一定非常有趣。她们会像是一对双胞胎吗？我倒宁愿其中一个是男孩，想想看那个场面，不会让你想起上一场婚礼吗？”镇长夫人这么说道。不少人心怀和她同样的期盼，她们像等待上一次婚礼一般等待着满月礼。正如人们常说的，厄运总是在最意想不到的时候降临。举办满月礼前的第五天，詹姆斯太太死于突发性大出血。詹姆斯先生陷入无尽的悲痛中，至此终身沦为波本威士忌的囚徒。出于各方面的考虑，襁褓中的女婴被送到四千公里外的外祖父母那里去抚养。继承百年的家族产业慢慢被典当出去，最后只剩下庄园，以及庄园后面五亩棉花地。两年后的一个冬天，烂醉如泥的詹姆斯在从酒馆出来的路上掉进自家田边的深渠，摔断了脖子。雇工们发现他的时候尸体已经僵硬。他睁着眼，浑身没有一点伤痕，看上去像是死于绝望。

另一边，约翰家受幸运之神一路护佑。葡萄园丰收，木材生意兴隆，多拉的三个妹妹也分别找到了好人家。而她们的小妹妹珍也出落得越发标致。当珍还是孩子的时候，人们就习惯拿她和她的姐姐们作比较，模样谈吐举止智识美德。每个人都热衷这个游戏，即使珍的姐姐们也不例外。她们疼爱她们的小妹妹，乐意看到她在各处强过她们（只是偶尔在不倦的观察中，也会感到些许迷惑。她们眼前的这个幼儿，尚在牙牙学语，却不时做出奇特举动，脸上闪过一种完全不同于约翰家族，也不同于其他女孩的神情。不过随着幼儿时期的结束，这类异常行为也就自然而然的消失了）。对全家人而言，她是神赐约翰家族的礼物，当年仅五岁的珍在众人面前款款落座，弹奏巴赫的复调时，在场人士无不被感动得热泪盈眶。全家人将无私的爱都浇灌在这个美丽娇弱的女孩身上，全心全意将她培育成一个出色的南方淑女。比约翰太太更热衷此道的人是大女儿多拉。身为詹姆斯家女主人所带来繁重职责并没有减少她对小妹妹的爱。相反，当她在婚后几年徒劳的努力之后终于接受自己再无可能怀有子嗣的时候，对珍的爱更是强烈到无以复加的地步。好在那掺杂愁苦哀怨的移情之爱并没有危害到珍。凭借着深入骨髓的理想和教养，少妇苦苦克制住自己过于狂热危险的爱，以适度得体温柔的面貌表现出来。

就这样，在众人小心翼翼的呵护下，珍长成美丽的少女，风姿绰约，周身散发着柔和迷人的光芒，象牙色的肌肤，玫瑰般的嘴唇，清澈的目光，她是镇上乃至整个南方的最娇艳的百合。出生后的第十六个年头，少女珍迎来了她的成年礼。那年春天的雨水前所未有的充足，庄稼长得格外茁壮，眼睛能见到的无不预示着这是一个好年头。也就是那年珍遇见了潘。

二

舞会从前一个月就开始筹备。事实上早在二月，约翰夫人就派人去首都挑选最昂贵的塔夫绸。三月的一个雨水绵绵的黄昏，全国最有名的裁缝从詹姆斯家的马车下来，走进约翰家的宅子，开始订制珍的礼服。四月，确定了乐队、菜单、鲜花。烫金请柬送到了每一位受邀的客人手中。有关舞会的一切都在紧张有序地进行着。用多拉常说的话：一切都在控制，除了天气。

春雨从三月初就没有停过，对于庄稼当然喜人，不过如果舞会当天还在阴雨绵绵，难免扫兴。就在四月的第二个星期二的傍晚，雨奇迹般地停了。一缕金色的阳光透过层层云层，落在河的西岸，詹姆斯家的宅子和土地上。院子里，马车已经准备妥当，等着家里最年轻的那位小姐差遣。今晚，珍应邀前去詹姆斯家小聚，据说还会见到一个特别的客人。

尽管詹姆斯家就在四百米外的河对岸，但河上唯一能通过双驾马车的桥在四里之外。马车不得不绕路先沿河向北走出四里多，等过了河再折回向南走四里多。考虑到雨后路滑，雨停后没多久，珍就出发了。等到了詹姆斯家时，西边的天空已经渐渐泛红。出人意料，詹姆斯夫妇并不在，他们留言说晚餐前一定从镇上回来。

珍猜想他们去镇上也许和那个客人有关。她进了客厅，那个海底般幽深，放置许多奇异家具和古董的客厅。沙发旁一把东方风格的椅子一下子抓住她的视线。显然，它应该是詹姆斯先生一时兴头上的又一件收藏品。尽管有着真丝靠垫和坐垫的调和，整把椅子仍然显得异常别扭，和客厅格格不入。女仆端上咖啡和她喜欢的小点心。珍取出一片薄饼干，眼帘低垂咬下边缘一点点。

“你是谁?”仿佛一道粗粝的亮光在幽寂中炸开，那声音继续道，“来这干什么?”

客厅的西南角，书架和热带植物的阴影里，黑暗扭绞翻转，一个影子从其中挣脱而出。

“哑巴?”他向珍走来，走进橘红色的光亮，还原成人的轮廓。

他几乎还是个孩子，有着野生动物般的敏捷和机警。四肢强健修长，随时准备奔跑。脸颊紧绷，方下巴，额头略显窄小，还有一双——漆黑的眼睛。这张脸棱角分明却又未完全定型，属于一个即将成年的大男孩。如果不挑剔的话，他也算长得英俊。倒是体形，比同龄男生瘦小很多，即使和珍相比，也不见得强壮到哪里去。

然而一开始的时候珍的确是被这张脸吓到了。现在，男孩就在她面前站住。他靠得太近，衬衫裤子上的汤汁清晰可见。松松垮垮垂在大腿两侧的吊带也不介意。珍收回目光。一个热烘烘的身体紧挨着她坐下。即使刻意不去注意，也能闻到他身上的味道。

珍站起身，“先生！我希望……”

对方瞪大眼睛，不可置信地又上上下下地把珍打量了一番。他动了动嘴唇，没有声音，双手奋力在空中滑稽地挥舞，终于他找到了自己的声音。“你就是珍，那个幸运女孩！你知道的，她们就那么叫你好运珍，好运的珍。”

“从来没有人这样称呼我。”

“哦，你知道的，这就好像是绰号什么的。”他挥挥手，好像这样就能挥去那浓重的鼻音，“我们家里的都这么叫你。好运珍，不好听吗？希望还有祝福。但他们不会那么叫我。我叫潘。”

“潘，幸会。”珍微微点头致意，起身径直走向大门，这将是她和他之间最后一句对话。珍缓步穿过房间，经过一道道阴影。变幻不定的金色流光仿佛是一层古老的东方面具。原本熟悉的景物在夕照中显现出陌生诡异的面貌。她感到被冒犯，感到不快，还有恐慌。她仿佛是个误闯者。珍停住脚步。客厅大门在她面前再度合上。

“潘？”她转过身.

“坏运潘。”她做了个鬼脸。

“詹姆斯·潘。”珍纠正道。这很古怪，为一个人纠正她自己的名字。珍没能抑制住自己的好奇心。

在她面前，站着一具徒有其表的拥有男性形象的身体。如此完美的伪装。即使珍一再提醒自己那伪装下面是一个和她一样的年轻女人。出于震惊抑或愤怒抑或其他，珍以巨大的热情审视着潘的身体。她的眼睛闪闪发亮，目光如同一把刚刚开刃的刀子急于刺破真相，在脖子，发际线，指甲，耳垂，眼梢，鼻翼，唇边，胸口，腰，一一停留，每个细节都要细细探究，完全没有意识到那不是南方淑女看人的方式。

“如果仔细看，我应该还像是个女人。”潘双手插进裤兜，嘴角翘起。作为一个女人，潘脸上的线条太硬了。只有在笑的时候，脸上的线条才会变得柔和。在那短暂的片刻，她的确算得上是个美人。尽管那种美苦涩坚硬带着苦杏仁味，无法归属为女性美。

“多拉提到过你会回来，就在这几天……”

“火车到早了。”

“接你的人……”

“我们错过了，我想。运气不坏，你知道，碰巧有辆送饲料的马车顺路。”

珍坐回到茶几旁的长椅上，露出温和的微笑，似乎并没有听到潘搭乘饲料车回家的话。潘跟着她走到长椅边上，岔开腿找了把脚凳坐下，扬起头坏笑着，“我知道你是怎么看我的。”

“不，潘，我对你还没有来得及有任何看法，所以你也不可能知道我的看法。”

“不用把手伸进火里就会知道它有多热，不用跳进冬天的河里才知道那会多冷。珍·约翰，对一个人有看法用不着有多了解，仅仅是看一眼，甚至连看一眼都不需要，不是吗？”

珍盯着那张雇农式的笑脸。这笑脸，这坐姿，她故意摆出这副腔调来嘲笑她。那时候，如同之后无数次遭遇比之险峻万倍的状况时一样，珍·约翰娇弱的身体里激发出莫名惊人勇气和韧劲——她并没有被潘的粗鲁给吓住。

“詹姆斯小姐，我听说你在还是孩子的时候就去过北边。跟我说说好吗？”

“一个好问题，良好的谈话技巧，淑女必须的特质之一。”潘快活地揭穿她，但这并不影响她的谈话热情。年轻的异乡客开始滔滔不绝地谈论起北方，尽管那个地方对她来说也只是童年时的一个记忆。当她还是孩子时和爷爷一起在那待了一个星期。

那个城市，国家所谓的心脏——宽敞的柏油马路，汽车和马车一起行进。两边是仿古罗马的高大建筑，偶尔也有四五层的高楼。商店很大，橱窗里满满当当都是好东西。随处可见卷发苗条的女人穿梭其中。每到上下班时间，身着各种工作服的人流喧嚷着经过市中心带喷水池的大广场，没多久后又奇迹般地消失，把青石板铺就的路面留给鸽子和木椅上的老人。到了晚上，不，那里没有夜晚，天空像是被什么烧着了般暗暗发红，在它底下，无数个窗口亮起橘黄色的小灯，还有石榴果实晶亮的霓虹灯。

“我还遇到过真正的马戏团。”潘顿了一下，“你知道马戏团，在南方，人们不欢迎他们。男人们会拿枪威胁他们，孩子们向他们丢石头，可在北边，所有人都爱他们，疯了一样的为他们着迷。”

“在私底下热爱北方并没有什么问题。”珍淡淡笑道。

“真是个南方的小人儿。还有其他什么建议吧？”

“不，我倒不认为你需要任何一个人的任何建议。”珍望着潘，直到后者脸上的笑容在她的目光下完全隐去。

生平第一次，珍·约翰与失意灰暗的人迎面相遇。那是一种截然不同的感受，一种迫使旁观者将目光转开不去观望的强烈愿望。很久之前的一个炎热的夏天，当她还是孩子，从二楼窗口看见一匹马车经过。那是一匹汗津津的瘦马，皮包骨头，只剩下骨架，鬃毛粘成一摞摞，在农夫的鞭声中使尽全力拖动身后的货车，它浑身绷直向前，向前迈出的蹄子，每一步都那么艰难。一步，两步，它筋疲力尽了，不作任何努力，任凭主人大声咒骂，任凭鞭子雨点般落在瘦骨嶙峋的身上。它站在那，垂头丧气，化成一座雕像，伤痕累累，似乎完全感觉不到痛苦，彻底放弃了自己。只有那双眼睛例外——那里面关着一个尖叫的灵魂和它的炼狱。年幼的珍被钉在窗前，动弹不得。她想转过脸，然而一股可怕的力量紧紧攥住她的心，冷硬，强大，无情。她的背后一阵阵的疼痛，如同在烈日下暴晒中受到鞭打。珍不由挺直脊背。

口哨声打断了她的回忆。潘正饶有趣味地端详着那把东方风格的椅子。邪气顽劣的笑容再次回到她的脸上。

“不管怎么样,你真应该去一次。去一次你就知道了。真的。看这把椅子怎样?”

“什么?”

“我的礼物。怎样?”她敞开四肢坐进那把椅子,“等等,你会怎么形容它呢? 异域风格?”

“我会说,这是一把漂亮的椅子,乌木制成,镶有半宝石。”

“半宝石?”她转身去看椅背上的装饰,“啊,不过我没有注意到那些半宝石。这椅子就是我从北方带回来的。就是那次去北方,好像是参加什么博览会,一看到这把椅子我就知道我非把它买下来不可——给詹姆斯。虽然不确定,但我总觉得有一天我会回到瑟克斯,见到他。得早一点准备好送他的礼物。”潘飞快瞥了一眼珍,朝空中挥手道:“小孩子的想法都是很奇怪的。老实话,我现在也不太明白当时自己怎么回事,为了它,我们是挤三等车厢回的家。爷爷气疯了。”

“不错的椅子。李会喜欢的。”

“知道为什么吗?”

“为什么?”

“因为椅背上刻着一条龙。”

“龙?”

“嗨,神气活现的詹姆斯先生!”潘突然双手叉腰粗声大喊道。

珍笑了。这并不是真的,但是很好笑。神气活现的詹姆斯,珍不由想象着那样的李·詹姆斯。

“我说，为我弹一曲怎么样?”潘从椅子上跳起来，脚步轻滑，来到钢琴前。

珍不解地瞧着她。

“这样我就不会说错话惹你生气了。”潘扶了扶想象中的帽檐。

舒伯特的即兴曲，珍曾经在许多个黄昏弹奏过，却都无法和那天相比:无法言说的奇妙之物渗入乐声，在空气中漾开，时间徐缓流逝，金红色的光线如同余烬慢慢暗下，春日隐秘的芬芳悄然释放。

李和多拉回来的时候，珍的曲子正弹到一半。女孩停下来，盈盈笑着迎向她的姐姐。多拉抱住她，轻轻在额头一吻——她的小妹妹，永远都是个孩子。

“真希望今天能顺利一些。我们本来还想给你一个——惊喜。”多拉拉着妹妹坐下，絮絮地叙说着出门的遭遇。身为丈夫的男人坐在一边，为自己点上一支烟斗，宠溺地望着妻子。有一阵子，客厅里似乎只有他们三个人。在一角的阴影里，一个人默默注视眼前的景象——那个在她来之前被无数次重复仿佛永无止境的美好黄昏。潘缓步走出阴影来到钢琴前。琴谱随甜美的晚风轻轻翻卷，琴键幽幽泛光。刚才的乐声仿佛还未完全散去，少女之间的余温一起滞留在黑白键和它的阴影上。潘不得不努力集中精神，她的目光被高低起伏黑白交错的琴键扰乱，那些微微可见却也许不存在的事物，那到底是什么。右手重重落在键盘上，毫无预兆地，像是只受惊的野兽，脱离辖制，飞快地从上面一路碾过。琴声激烈粗暴，冷不丁地响起，如同重物落地。多拉尖叫着从位子上跳起来。屋子里的人都被吓了一跳，朝这边看来。

现在，他们看到了潘。主人诧异地瞧着这个衣着寒酸的陌生人。无论如何，她怡然自得的有些过分。“她就是潘。”珍介绍道。“你好，哥哥，你好，嫂嫂。”陌生人笑着挥手致敬，精神十足地和他们打招呼。接着，她坐下，并不理会主人们的失神。十指再度落回琴键上，一首热闹粗俗的乐曲自她指尖迸发。这里的人们从没听过那样的曲子，它花哨轻佻，属于熙熙攘攘的人群，五颜六色的绸带，令人着魔发狂，充满欲望和活力，不属于这个恬静的庄园，也不属于南方。

所有的眼睛盯在潘身上，连仆人们都悄悄聚拢在门口观望。一种暴风雨般的感情被唤起，向人们袭来。最初是惊骇，那之后更多的是难以言喻的由两种截然相反的感情交织在一起的撼动。是的，他们有多厌恶，就有多着迷。当潘敲完最后一个音符后抬起头看见人们脸上的表情时，她知道自己赢了。只有一个人例外。不知从什么时候，珍已经坐回到扶椅里，腰杆笔直，低头做着之前搁在茶几上的针线活。娴静美丽的脸上如同未被开垦的大地，一片讳莫如深的平静。

三

晚餐进行得还算愉快。李始终在一旁观察着潘。那是他多年不见的妹妹，血脉相连，却不比陌生人更熟悉。他原以为她会是一个像珍一般的少女，虽然不一定要有她那么风姿绰约，至少也该有点女孩子的模样。潘的用餐礼仪显然不那么规范，好在还谈不上粗野。血缘关系微妙地左右着这个宽厚男人的情感。他开始在女人们的闲谈中插上几句，也问了一些潘在格里昂生活的情况。潘的回答简明扼要，不像她那个年纪女生那样饶舌和天真。她的话不多，却有些见识；虽然有点古怪，却很聪明。李希望妻子能喜欢上潘。的确，潘和珍差得太远，不过世上有几个姑娘能像珍一样。多拉会尽到她作为女主人的义务。她也会像他们事先商量的那样，尽心准备少女们的成人礼——约翰家的珍，还有詹姆斯家的潘。为了能让潘的成人礼和珍的在一起举行，李费尽口舌劝说约翰家的人。没人赞同。多拉是态度最坚决的那个。她认为他在异想天开，拿珍的幸福在开玩笑。那一次，是他们婚后唯一一次接近争吵的谈话。多拉严肃的面容涨得通红，双唇不住地颤抖。他从没见过多拉这个样子，但不管怎么说，那天晚上他成功地结束了这次充满分歧的谈话，说服了妻子。

谈话后的第二天中午，潘的外祖父母就收到一封来自瑟克斯的电报。就这样，在经历十六年的流放后，潘回到了出生之地。

潘回来的当天，消息就在镇上传开。到了第二天，瑟克斯每一户人家都知道了这件事。当谈到这件事时，人们谨慎地使用措辞，尽可能地只描述事情本身，不作评论。提到她时，他们不提她的名字，他们称她为“那个女孩”。和詹姆斯家关系密切的几户人家邀请潘到府上做客，被李委婉地拒绝了。在那之后，本地的牧师来看过潘。当然，在亲眼见了女孩本人后，牧师也被吓了一跳。好在这个满头白发的老人是个真正的绅士。凡有人问起潘他一律简单回答道“她有点男孩气”。

只有一份邀请被接受了。潘回来后的第一个星期六，她坐上马车，在李和多拉的陪同下，赶赴约翰家的午宴。一路上，女孩一言不发，面朝窗外，双手以一种奇怪的方式扭绞在一起，落在那件不怎么合身的湖蓝色女裙上。女裙是多拉的，也是她坚持让潘换上女装。出人意料地，潘没有抗拒。当多拉提出要求时，她静静地打量着面前发光的面料，然后任女仆摆弄，帮她穿戴整齐。衣服有些大，却总好过破烂的男装。女人们想要就此夸赞一番，然而潘脸上神秘莫测的平静令所有人都安静下来。没人能摸透这个女孩。尽管担心她会在午宴上做出什么惊人之举，李和多拉也别无选择，只能提心吊胆地带她参加宴会。马车上，女孩坐在他们对面，石化了一般安静。他们只能看到她棱角分明的侧脸，细长的脖颈，还有突出的锁骨，而那件湖蓝色女裙如同烟雾围绕着这具冷硬瘦小的身体散开。她这样并不丑，只是，很古怪，比身穿男装更古怪。多拉意识到自己做了一件多么蠢的事，也许还有更危险的后果。她坐在那里，沉默着，只是沉默着，就已经让自己害怕的要死，好几次她想要命令马车立即掉头回家。

就在这时，女孩突然掉过头："约翰家不就是在河对面，为什么不过河？"

"我们得先过桥。"李回答道。

"八里的路，就为了坐着马车去河对面。"女孩若有所思地点点头，再度将头探向窗外。

一朵苍白的笑容隐隐浮出她的脸庞。没有人看到，连女孩本人也未察觉到。那是来自未来的神秘光照下的投影。一个谜底，一个征兆，一个乍然浮出深潭水面又迅疾隐没在幽暗中的征兆，那微笑比她本人更早预知今后的命运，并且率先揭晓这个女孩人生的唯一谜底。

他们是最后一批到达的客人，约翰家的其他成员们早已经到齐。老约翰夫人精心安排了这次午宴，表达对詹姆斯家族的深重情谊。没有人介意潘相对寒酸的打扮。正如老约翰夫人对潘所说的："这是一场家庭聚会，不用感到拘束。"没有殷殷切切的过分关爱，没有没完没了的询问和拥抱，约翰家的每个人都得体地对待这个女孩子，如同她早已经是他们中的一员。潘以自己的方式回报了他们的善意。在一一响应其他人的善意后，她消失了——只要她愿意便能隐藏在人群，安安静静不惹人注目。约翰们果然习惯了她的存在，或者说多少忘记了她的存在。他们自在起来，这又是一场其乐融融的家族聚会。午餐结束后，男人们走进吸烟室，女人们回到客厅。珍的姐姐们从各自的拆线袋里拿出象牙工具开始从刺绣品上拆下金线银线。在这项展现手艺的休闲活动上，珍和姐姐从来都是充满热情的。象牙工具以及比象牙工具更精美纤巧的十指在各种刺绣布料上翻转拨动，将上面栩栩如生的绣像以及横亘在她们和未来之间遥遥无期的时间消解于无形。也伴有女人间的谈话，然而一贯的漫不经心，无头无尾。那天午后，女人先是谈起了潘。是的，她是个好孩子。只是稍微有些古怪。但我觉得还可以。有些男孩气罢了。你也这么觉得。然后就像往常一贯的那样，一个新的内容打断了之前的讨论。她们聊起了今年反常的天气，将潘抛在了脑后。珍显得格外安静。她低头做着手中的活儿。一朵玫瑰正在消失。被挑出的金色长线在发光的空气里轻轻飘着。珍停下来，直起身看向窗外。一个身影从窗口闪过。她认出那个人。也许是因为疲倦，也许是因为春天，她放下针线活，走到院子里。

已经春天了。瑟克斯最美丽的季节。风柔软得像天鹅绒，树木饱饮雨水阳光，焕发出鲜亮的生命力。道路伸向一片片绿茵，河水清澈活跃。珍走进阳光里，一时间忘记为什么要离开客厅。她怔怔站着，被美好的景色簇拥，胸中涨满奇妙情愫。她预感到将有与众不同的事情发生在她身上。那事将改变一切，并且不可逆转。

当潘走到她跟前时，望见的就这样一副怅然若失的面孔。少女的嘴唇微微张着，目光莹亮落向远方。脸颊受着无形火焰的灼烧一片绯红。

“你忘了戴帽子。约翰小姐。”潘提醒她道。

“你也是,詹姆斯小姐。”珍醒过神冲潘点头致意。

“你知道的,我不是淑女。这边的日头可真毒。”

“特别是中午。”

“你没有戴帽子,约翰小姐。”潘看了一眼珍。双手在身体两侧来回晃动,“小姐们出门不能没有帽子。”

“那么詹姆斯小姐。你的帽子呢?”

“如果走远路的话,比如说那边山脚下的树林,除了帽子,还得备上面纱,手套,可能还要备车,再带上一个女仆。”她慢下来,“约翰小姐?”

“詹姆斯小姐?”

“出去走走怎样?”

一离开大宅,潘重新精神起来。通往树林的缓坡上,她撩起裙子大踏步走在前面,迎着午后闪亮光滑的风发出重重的呼吸声。即使裙子也没令她更加端庄一点。珍走在后面,饶有趣味地观察着同行者身上显著的变化。此刻,她情绪高涨,步子迈得飞快,如同在大地上滑行,珍并没有费心要跟上对方的脚步,在午后按着自己步调散步令她感到十分惬意。实际上没过多久,女孩们不知怎么地就再次并肩而行。她们漫无边际地闲聊着,这类女孩间谈话一贯随性,散漫没有要点,更多时候像两只杜鹃在各自枝头上的对唱。重要的是以声音响应对方的叫声,而非内容。相比珍,潘似乎更想切实地抓住声音的含义,也就是他们谈话的内容。她气息急促地说着,即使在听珍讲话时,鼻翼仍旧激烈扇动,似乎在以一种隐秘方式继续诉说。她询问路边野地的植物,评论几天来的所见所闻,穿插着古老的怪谈和笑话。可她讲得并不好,急于发出的声音在遇到空气后变得支离破碎,面目全非。她失去了继续谈话的力量,那股推动她欢快地向前奔跑,不停地诉说的力量很快流失殆尽。那些话像风中的沙粒，除了沙沙的响声外什么都没留下。她停下来，长长吸进一口气，重新转向珍。

“你真的应该去一次，真的。”

“什么？”

“北方。城市很迷人。”她大声说道。

“看来它的确有让你着迷的地方。”珍淡淡地笑。

“那首曲子，我在你姐姐家弹的，就是北方风格的。你不怎么喜欢吧？”

珍没有回答。女孩们紧张地看向对方，急切地在对方脸上寻找着什么，而那样东西又正是她们自己竭力想要掩藏的。如同一场激战，双方都感到恐惧，却同时被一股强大的力量推动无法停下，直到巨大的慌张写满自己的眼睛。她们纷纷调开视线。潘的目光突然被什么东西吸引住了。“那边看上去真奇怪。”

珍顺着她手指的方向看。玉米田另一边山上的松树林。这是南方随处可见的树林，挂满苔藓的橡树，令人乏味的松树，还有桦树，它们下面，野葡萄苦苹果还有其他藤蔓交错缠结，并以这样的姿态向上攀爬，最后在森林编织出它们的洞穴、拱顶柱廊。黑漆漆的宫殿。

女孩们在远处屏息观望俯伏在山顶的庞然大物。这仿若一头巨兽，黝黑野蛮，自时间起始处就在这里蹲守，不怀好意。女孩们的目光无法穿透它的外表。珍从没见过它这个样子。

“小时候我们曾去过。”

“是吗？”

珍不确定。那里曾是詹姆斯家的地。她并不记得山上有那么一片森林，它似乎是一夜之间长出，茂盛而凶险。“你想上去？”没有回答。

与她并肩站立的那个女孩在那刹那间突然丢失了人类的特质，成为某种难以归类的古老物质。她的脖颈伸长，身体紧绷，上半身向着森林倾斜，仿佛已经以某种方式奔向它而去。那双眼睛前所未有的明亮，里面聚拢世上所有镜子的碎片，每一个碎片上都有一片完整的松树林，南方黝黑茂密的松树林。

“我们可以上去看看。”珍率先朝那个方向走去。潘并没有跟上去。

“不，不是今天。”她咧开嘴笑，指指天，“您不习惯淋雨吧。”

她说的没错。风越刮越大，将大片大片的云聚集在瑟克斯上空。用不了多久，就会有一场大雨。“如果能幸运地搭上顺路的马车回家，或许还能躲过这场雨。”珍说道。

“是吧。”潘心不在焉地看着身上飞起的裙边。比起这大裙摆，她似乎更习惯淋雨，“我听说在有些不开化的岛上，为了向神祈祷更多的乳汁，女孩子一出生就要被针扎穿乳房。”

“您在开玩笑对吗，詹姆斯小姐？”

“瑟克斯人总是认为生活是一场轻喜剧。”潘发出咯咯咯的笑声。

“非要是悲剧不可吗？”

“不，生活。”潘收起笑容，盯着前面的没入草葱的小路，“生活不好也不坏，它只是随心所欲罢了。”

“詹姆斯小姐。”

“约翰小姐。”

潘专注地注视着珍的双唇。在她们之外的世界，有一种未经分辨的噪音从远至近轰隆而至。双唇在动。她看见面前这木兰般美丽的少女启动双唇，似乎有紧要的事情要对她讲述。她紧紧盯着双唇。

什么也没听到，那异响盖过了话语。

她听不见那话，她张开要问，又合上了嘴唇，又闭上了眼睛。黑暗中，眼睛被光炫得生疼。珍在叫她的名字。

像所有直视强光后的人一样，潘感到双目刺痛。她闭上眼睛。在黑暗中，她听到珍在叫着她的名字。

“我们太幸运了。看，邮车，我们有顺风车了，挥手，快挥手。”

像女孩们希望的那样，邮车赶在大雨落下前将她们及时送回家。这的确是一场罕见的暴雨，突如其来。在瑟克斯的四月还从未有过。即使最年长的老农也没遇上过这么古怪的天气。当天午夜，所有人都熟睡之时，雨骤然停下。只有一个人意外从梦中惊醒，发现了这一变化。她睁开眼睛，面对被月光照得过分发亮的床单，犹如置身于另一层梦境。“这是你的雨，坏运气的潘。”她对自己说。

四

暴雨对农作物的影响并不大。关于那天，瑟克斯人们更多的记得的是约翰家的家宴，以及潘的出席。瑟克斯人不再小心绕开她的名字。她就像被人遗忘上百年的古老神，重新出现在人们谈话里，并借着那带着浓重南方口音的含混声音渐渐获得可见的形象——一个不甚清晰却恰到好处的形象。人们谈论她，即使从没见过她的人也在谈论，仿佛他们亲眼所见一样。人们的确越来越常见到潘。詹姆斯夫人去镇上办事时总会带上她。她仍旧穿着男装，步子轻盈地跟在詹姆斯夫人窸窣作响的裙摆后面，向每个打招呼的瑟克斯人点头致意。她沉默寡言，但笑得好看。帽檐阴影下急促展开的笑容出人意料的绚美，对看见它的人而言无疑是一件突然降下的美事，令他们忘记之前可能有的种种不快。

更多的时候，人们看到她孑然一人游荡在田间路上山坡野地，无所事事的走来走去，脸上呈现出梦游者特有的冷漠。田里干活的雇农总会被她吓到，他们称那张脸为恶魔脸。他们最怕潘停下的时候，她就那么突然驻足停步，蹲守在某处，格外出神地盯着前方某处，带着无人看透的可怖的平静。没人知道她到底在看什么，也没人会去打断她。天气还算好的时候，珍也会陪在他身边，撑着遮阳伞一起散步。事实上，也只有珍在她身边的时候，她看起来才像是漫步，以一种简单日常为瑟克斯人所理解的方式。

女孩们并非像人们认为的亲密，珍清楚知道这点。她的女伴喜怒无常，难以捉摸，热衷出口伤人，对她尤其刻薄。伤脑筋的是，只要她愿意，随时能主动和人亲近起来，就好像什么也没发生。瑟克斯人温厚淑雅的相处方式在潘这里完全不适用，她按自己的法则来，而那一套法则，无论珍如何尝试都无法度测。就在被搞得最筋疲力尽的时候，珍也没有厌烦她。她甚至偶尔还会惦念起那个黑头发的怪物，如同无意想起以前小说里的一个人物。

珍也怀念午后的那次散步。那个时候，她几乎以为自己能够懂她。在那之后，她们再也没有那么说过话。潘倒是常常会来找她，说是碰巧经过，然后口吻生硬地邀请她一起散步。如果珍碰巧有客人或者被别的什么事缠住，她就将自己身陷客厅的沙发，打开一本书很久也不翻页，默默地坐上几个小时后，和来时一样悄无声息地离开。一旦判定珍没有时间和她散步，她不为自己的到来和离开对任何人做解释。女孩拒绝开口，拒绝任何礼节方面考虑的招待，拒绝任何证明她待在这里的企图，她粗野举止里自有怡然自在的派头在。约翰家上下很快就接受了这幽灵般的存在，理所当然地视她为府邸的一部分。

成年礼将近，两家的亲朋好友都已收到请帖。那些离瑟克斯较远的客人提早几天就到了。老约翰夫人早已经吩咐收拾好客房，安排远道而来的客人住下。与此同时，珍的女友们出于好奇频繁地造访，加上裁缝、送货工、为宴会新请的厨娘、帮佣、园艺师、客人们的贴身仆人和司机，约翰府上转眼望去哪里都是人，变得前所未有的热闹杂乱而又充满生气。年轻女孩很快热络起来，整天聚在一起有说不完的话。珍被女眷早早晚晚围住，在男客面前仍旧没有一点失礼，她固有的沉静足以应对这些。没人能惊扰她镜面般的心。

潘几乎不再出现。人们很难在室内发现她，无论是约翰还是詹姆斯的府邸。她整日游荡在曾经属于她父亲的土地上，走累了就就地躺下，把脸深埋在蕨类植物中。雇农们从不打扰她。他们怕她，说她常常对着东边那片菖蒲荆棘格外茂密的山坡游走，那样子仿佛亡灵巡视他的王国。

最后试穿礼服的那天，潘没有出现。前一天晚上多拉就明令禁止她外出，但是第二天一大早留给多拉的仍旧是一张空窗和打开的窗户。派出找她的仆人们无功而返。到了中午吃饭的时候，潘自己回来了。出现在众人面前的那个女孩怪异地笑着，带着冲鼻的汗味，从正围坐长桌前进餐的人们身边一一经过，得意洋洋炫耀着自己的出场方式。

“我迟到了，各位。”她紧贴裁缝的椅背向所有人问好。

多拉努力控制着自己的声调，“詹姆斯小姐，你的衣服呢？”

“那套男装吗？拿去清洗了。它们有些脏，不太——雅观。”潘沾沾自喜地直起腰。她看起来很喜欢身上那套工装裤。七天前，它还在一个醉醺醺的雇农身上。潘买下后当场换上，从此就再没有脱下来过。

“我理解你的想法。”多拉清了清喉咙，对男仆说，“詹姆斯小姐上楼更衣后会和大家一起进餐。”

潘没有说话，目光从桌上所有优雅光线的面孔扫过，最后重新回到珍身上。珍感觉到目光在脸上灼灼燃烧，她想起原来已经有几天没有见过潘。她抬起头迎向潘，刚才那淡薄的念头突然在胃里激起一阵不适，不适涟漪般扩散。她听到自己的声音遥远又陌生。

“詹姆斯小姐。”

“约翰小姐。喜欢我的新衣服吗？”

“丹东先生下午就要走。或许您可以在他走之前，试穿一下礼服。”

丹东先生就是多拉重金请来的南方最好的裁缝。潘明白了珍的意思。“所以，我最好现在回房洗掉一身的脏泥巴，所以，因为待会要试穿礼服，我最好空腹别再回到餐桌，好让其他人安静体面地吃完这顿饭。”她本可以大声说出来，就像她一贯做的那样，然后更加大声地加以嘲弄。她本可以这样做，她们也知道这点。她们看着她，等着那一刻的到来。潘眯着眼睛，多拉紧紧攥着刀叉的手让她着迷，她不由自主地去想象那爆出青筋应该是什么动物来着。

“詹姆斯小姐？”珍把她从无边无际徒劳的想象中唤醒。

潘摇了摇头，转身离开众人。

“你不用餐了吗？”身后有人喊。

“不了，约翰小姐——是个聪明人，我喜欢她的建议。”说完，她忍不住咯咯地笑起来。

那个下午，潘·詹姆斯再次将自己瘦长僵硬的身体展开置于裁缝的软尺下，任凭珍珠光泽的塔夫绸、银针、贴身女仆的摆弄。缭乱的光线落在全然不属于她的躯壳上。那躯壳仿佛一具死物，周身散发着莫名的不祥，对发生的一切无动于衷，直等到它们如潮水般退去。人们簇拥着丹东离开，房间里只剩她，还有珍。

“别这样，潘。”珍盯着她的眼睛。

“别什么？多拉喜欢我这样。”

“她怕你！”

“不管我做什么，人们都会害怕不是吗？”她逼近珍，“为什么你看起来喜欢我的小把戏？”

“你只是想招人讨厌罢了。”

潘定在那，既无法向前也无法退后，既无法挣脱也无法彻底被压垮，她被某种强大到无法违抗的力量禁锢在此时此刻，作为她来到这个世上的惩罚。她抬起头。那是一张受到震动的面容，五官紧紧挤在一起，忍受着某种陌生而神秘的痛苦。很久之后，从女孩喉咙里挤出短促的叫声。“和我去看看吧，珍·约翰！”

“看什么？”珍问。

她没有听到这个问题，即使听见也无暇顾及。现在，必须集中所有气力去抓住那点声音，不让它们消殒在石化的身体里。那是她的火，她的火星，她要一直说下去，不能停下。

“这些天，”她嘶哑着嗓子，仿佛说出的每一个字都要耗尽全身力气。本来就重的口音在这种撕扯下听起来像动物的悲鸣，“我一直在那边转悠。就是那边，那个山坡，我们本来要一起去的。我想去那片树林里看看。”她停下来，看着珍的眼睛。那张本来是悲伤的面孔突然不由自主地抽搐起来，挤成一张怪异的笑脸。“我想去那片树林看看。我父亲死在那里，他把自己挂在某一棵树的树枝上。和我去看看吧，那森林。珍·约翰！”

五

她曾在一夜之间失去家园土地，不到一年间埋葬了几乎所有家人，丈夫双目失明从战场上回来，很快死于饥饿和疯癫，七个孩子纷纷夭折，她能给他们的仅剩下臂怀里的那点温暖。没有泪水，早已经没有泪水。一场徒劳无益的战争毁了整个南方，并在战后继续腐蚀吞噬着南方的碎片。

珍·约翰，经受住一个女人所能遭受的最严酷残忍的摧残，在废墟和血里重建家园。她是南方第一个使用机械收割农作物的女人以及——人。她的后半辈子都在和金属锻造的庞大机械打交道，她驯服它们，如同男人驯服女人和牲口，最后，她将自己锻造为机械怪物的一部分。

珍·约翰，南方的传奇，当一切都在衰亡，她却一头扎进丰饶的大地，贪婪地索取再索取，随后将手伸向人群，伸向任何她可以索取的地方，昼夜不休地积累财富，重建她的瑟克斯。

珍·约翰，南方的传奇，她曾以美貌闻名，又因富有家喻户晓，有人爱她，爱得发狂，更多人恨她，因为她心肠冷硬。再也没有比她更心肠冷硬的女人。

即使这样，当她老时，珍也从未忘怀过潘穿着工装裤伤心欲绝地嚎叫。这一幕总是伴随着那匹受鞭打的马一起出现。晚年的她，每每想起那幕，总忍不住喃喃自语："可怜的牲口。她是那么地伤心。"

在珍看来，命运就是一辆双马战车。战马俊美矫健，鬃毛飞扬，长大的鼻孔喷出火焰，它们的蹄子上沾染鲜血。它疾驰而来，无人可挡，人间的一切，万事万物都注定在它轮下碾为尘土。她和潘的最后一次冒险，就是那疾驰而来的一部分。

那一天，早在她们出生之时就已注定。她，约翰家的珍，将和潘一起，去看看那树林。

去看看那森林，没有什么好吃惊的。

成年礼的中午，当潘突然出现在珍卧室的门口时，她并没有人们认为的那么吃惊。

她打量这紧身衣和裙撑包裹下的潘。“詹姆斯小姐，您是怎么来的？”珍问。

“驾车。我自己会。”

“穿着这身衣服？这应该是晚上宴会要……”

潘打断她，“她们要看看最后效果，然后我突然想见你。”

珍忍不住笑了。她能想象詹姆斯府上乱成一片的样子。“好吧，至少你没走着来……”

“珍·约翰。”她直愣愣地瞧着珍，手抓住门框，用指甲抠花清漆。

珍觉得应该说些什么，类似委婉的拒绝。奇怪的是，面前这个举止粗野的姑娘，她并不讨厌。一直以来，她允许潘走近。只要潘心情平和，她也能感到异常深长遥远的平静，仿佛不是来自自己的身体。

“为什么要去？潘。”她柔声问。

“去看看，就是——去看看。珍，我忍不住。”

她们从厨房后门出去，绕过花园、喷水池和温室，借着木兰树和灌木丛的遮挡一路飞奔。侧门的锁生了铁锈，撬开它费了很大一番工夫。接着，门吱呀一声开了。女孩们飞快地交换了一下眼神，冲出院子。

一切看起来如此不真实。四月的阳光透过树叶在她们身上跳动，风和煦醉人，蜜蜂忙于传播花粉，肥料在田间慢慢发酵，万物专心生长播种。她们走在尘土飞扬的路上，要去那片森林看看。

一路上，潘都在说话。词语玻璃珠般不停从她的嘴里蹦出，几十种表情以眼花缭乱的速度在她的脸上更换。珍没有仔细去听她的话。她听出了其中的恐惧，这就够了。珍没有去想自己是否恐惧，现在不是考虑这个的时候。如何尽快地返回赶上成年礼才是她要想的。但事实上，她并没有去想这事。事实上，她感觉不到丝毫的忧虑。

“还是你这一身方便。”潘瞥了一眼珍的便装，撩起裙子连同里面的衬裙，迎着午后闪亮光滑的风，大踏步爬上缓坡。她们已经来到山脚。珍拨开挡在眼前的头发。起风了。风强劲有力，旋转着到处撒野。山坡上的菖蒲荆棘大片大片被吹倒，紧贴地面，几乎露出根茎，随之又向另一个方向翻倒，如同愤怒公牛的皮毛。女孩们不得不按住纷飞鼓起的裙裾，摇摇晃晃地向上攀爬。

风越来越大，狂风刮过树叶灌木野草，天地间充斥着令人心悸的簌簌声。四周似乎在一瞬间暗下。世上的光亮已然背弃她们。如同约好一般，没有人开口。那时候，再也没有话要说，她们所有的想法都被身体牵制，在进行一场莫名其妙的赌博。她们一定要走到树林。只是为了去树林。

黑暗不断聚拢，泥土的腥味直扑而来。她再也不能假装不知道会发生什么。

“潘！”珍喊住她。

潘从桤木后露出一张笑脸。她正准备抄近路上山。

“要下雨了。”

潘收起笑容，盯着珍不说话。

天空在流血。潘的面孔隐没在暗红的光里。直到一道闪电划过，照亮潘的脸。那看起来如同刻意做出的鬼脸，瞬间之后，那张脸退回到模糊暧昧的一团黑影。

“你还走吗？”影子大喊。这不是问题。她已经消失在桤木后。

一道闪电劈开混沌的口子。随后雷声滚近。珍心里最初残存的一丝侥幸彻底泯灭。在她前面，潘没有慢下，反而加快了步伐，娴熟地选择着最佳落脚点，不时隐没在荆棘丛中。那鹿一样的背影随时会跳出她的视线外。珍张开口喘气，像个溺水者般的——泥土的气味潮水般灌进鼻腔。她本能地跟着前面的背影，察觉不到双脚的奔跑。

雨滂沱落下，以凶猛充沛的姿态开局，地上万物如同瞬间坠入深湖。女孩们受激荡水流冲洗挟裹，连眼睛都睁不开，双脚在泥地里不听使唤。他们好像牲口，茫然地只是出于习惯向着地势高的地方奔去。珍差点就跟丢了。荆棘上的一片碎布拯救了她。这片碎布不久前还是宽大裙撑上华美的绣花。珍知道自己的裙子也好不到哪里去。她开始恨那个女孩。

她以为把她跟丢了。身后虚空令她放慢脚步，停住。潘回过头。灌木丛，草地，树木郁积的阴影显出一片可怖的空白。雨水真冷。她抖个不停，喉咙紧得发不出声音。可她想喊，比想一间有温暖炉火的木屋还想，她想大喊，喊出她的名字。珍·约翰，你在哪里？和我一起看看那片树林吧。

心跳得比雨还急。双腿支撑不住身体的重量。她跪在泥浆里，佝偻着身子。那看起来并不像哭泣，没有哭声，没有能和雨水区分开的眼泪，没有任何哭的原因。一只手落在潘的肩膀，然后，她看见了她的脚，然后是裸露的脚踝，小腿，膝盖，被撕去裙边的连衣裙，用裙边高高扎起的长发，还有，怒气冲冲的面孔。没有错，珍·约翰赤脚站在泥水里。裙子膝盖以下的部分都被她撕去当做束发带，将披散乱发高高扎起。

“詹姆斯小姐。”她气喘吁吁地叫她的名字。

“约翰小姐。”潘抹掉脸上的雨水，大笑着向珍伸出双手，“很高兴在这见到你。你知道吗，我真的很高兴。看，快到了松树林。”

“你真的要去吗？”珍问——这也不是个问题。

“我父亲就在……”

“约翰先生是在从酒馆回来的路上摔断了脖子。”珍逼自己说下去，必须大声喊出来，盖过雨声，“人们在路边的沟渠发现他。”

“我听不见你在说什么。雨太大了。”

珍一把抓住她的肩膀，力气大得不容置疑。潘把脸转向如炬的目光。她们挨得那么近，呼出的气息让彼此冻麻的皮肤上直发痒。珍厌恶地重重推开她。

拿去吧。珍·约翰，你要看我羞愧的脸，拿去吧，看看我，看看这张脸，没有羞愧，没有绝望，没有，什么也没有，你什么也拿不去。潘的喉咙里滑过湿漉漉的话语。那些黑色的长着天鹅绒绒毛的微笑也一并吞下。她把它们永远地留在里面。“为什么不像个雇农那样啐我一口？”

“为什么要说谎？”

“去看看吧，看看那片树林。”潘怪叫着大笑起来，口中一遍遍疾速重复这句话。

“为什么总是说谎？”

“为什么不。我喜欢。”潘直起腰。眼睛黑得像一道伤口，“为什么，你为什么要来，既然早就知道。为什么现在揭穿我？为什么？在瑟克斯，人们从不揭穿谎言？”

珍·约翰没有回答，她甚至没有去尝试。有那么一会，她只是望着潘，身姿挺拔地站在暴雨底下，丝毫不为眼前发生的一切动容。突然她动了起来，就像一个受够孩子哭闹的母亲那样，拖着潘的胳膊向山上走去。“既然你那么想去，我们就去看看。”

毫无预兆的，潘掉头朝山下跑去。一道闪电照在草原上。树林就在前方一百码处。珍试图叫住潘，但没有成功。短暂的犹豫后，她跟着潘往山下猛跑。天上，雷声，风，闪电助长着她们的疯狂。珍摔了一个跟头，然后像被传染似的，没多久，潘也打滑摔倒在地。女孩们手脚并用伸手去够灌木丛，树皮，泥土。摔倒，打滚，再站起来，然后又摔倒，如同重复滑稽的舞蹈。珍感到冷，身上不计其数的细小伤口使她渐渐什么都感觉不到了，原先盛放那些感觉的地方空荡荡的，只有惊慌像酷暑的烈日暴晒着这片空地。她仿佛被拆散了，又被重新组装成面目全非的样子。

突然，她撞在什么东西上。那东西阻止她被水流带走。它留下了她，是水坝？不，是另一个女孩的身体，潘的身体。

“我们到了。”有声音说。

珍瞪大眼睛，试图看见这声音的意义。然而奔跑时扑面而来的景象仍然在眼睛里面旋转疾流，久久不去。远处有人唤她的名字。那声音一点点坚固她眼里颠乱的景象。珍·约翰安静下来，瘫倒在詹姆斯家的客厅。

六

舞会如期举行。那一晚，多拉·詹姆斯意志如铁，刚强冷静，掌控舞会的每一个细小环节，没有一点差池。舞会从头至尾优雅欢快，客人们兴致高昂，而主角的出场——比预想的还要成功。

珍·约翰身着琥珀色塔夫绸夜礼服缓缓向下走来，在她身边挽着她的男人无人认识。他穿着簇新黑色燕尾服，容貌俊美，身姿挺拔。然后他们认出了她，并高兴她们这不寻常的安排。“之前的礼服出了点问题。”多拉如此解释道。人们并不在意。“看，他们多神气，就像一辆双驾马车上的两匹战马。”有人这么赞叹道。

双驾马车的两匹战马。少女躺在床上睁着眼睛思想，任由这句话反复碾过头脑。舞会已经结束。华尔兹的余音尚未完全消退，然而她从未真正听进那些声音。她的冷漠不亚于一头牲口。潘·詹姆斯孤零零地躺在床上，忍受着莫名的折磨无法入睡。这折磨纯粹来自肉体。杂音混沌在体内敲打，一如它曾经折磨她的那样，野蛮粗鲁东奔西突，自内而外的爆裂，就如同寂静的夏天夜晚在玉米地听到的神秘声响，然而又不完全是，它时而鼓噪时而沉重时而尖锐冰冷。她无法为之命名，无法忍受命名。少女模模糊糊地感到它与她也许相互属于对方。

忽然有一刻她觉得天亮了。想象中的光亮如潮水淹没。她大汗淋漓，用尽全部力气望着天花板，前所未有的疼痛和渴望。她下床走到窗前，在可怖的黑暗中站立，仿佛凝固一般。没有人知道那个晚上潘·詹姆斯站在窗外到底向什么投去目光，她到底又看见什么，或者被什么看见。连潘·詹姆斯本人也没有答案。当她的耳边被河水奔流不息的声音所充满时，到底真正发生了什么。她是否以某种方式得见那暗处不可见的河水在翻滚奔涌。

钟声敲响三下，也许四下。天空再次闪过明亮的幻觉。潘像头打摆子的牲口，止不住地颤抖起来。她挪动脚步，不靠摸索，几乎是轻盈地绕过种种障碍在黑暗中穿行。她走出客卧，下楼，赤脚踩在花园的碎石上，然后打开大门来到路上。她开始奔跑。这奔跑重新获得力量。眼前掠过的影子，比黑暗本身更浓重的影子如此鲜活。她奔跑，投身于自己扬起的芬芳的尘埃里。

流水声逐渐清晰。月光落在河面，河水黝黑闪亮，月光的碎片如同小的浮冰互相碰撞。她踩过岸上的野草，尖锐的石头，拨开芦苇，笔直向着闪亮跳跃的黑暗而跑去。水浸没脚踝，膝盖，等快到腰的时候，她便迫不及待地扑入河水中，然后，几分钟后迫切地摆脱那股包容裹挟她的力量。

瑟克斯的河流就被她甩在身后。潘·詹姆斯气喘吁吁地爬上河岸，穿过大路。当看到那幢石灰石建筑里还亮着一点灯光时，她放慢脚步，也许还有点惊讶。然而潘·詹姆斯迅速恢复了与河水角力所消耗的体力，她越过种种设置在面前的障碍，来到了帕拉迪奥式门柱下面。

第二颗小石子打中二楼卧室窗户的时候，珍·约翰出现了。她看见的，起初不能确定，借着屋内灯光微弱的照射，勉强看见一个湿漉漉仍然在往下淌水的身影。直到她出声喊她。

"珍·约翰，约翰小姐。"

那刻意压低从牙齿缝隙中透过的声音并没有让珍吃惊。那个多年后闯入她家最后被她开枪射杀的男人也同样没让她吃惊。此刻，她高高在上，俯视着潘，将她看得清清楚楚。曾经令她迷惑甚至着迷的特质在那瞬间被剥离得干干净净。她看清了她，也就厌烦了她。

"詹姆斯小姐。"

"我来看看你。你看。"潘从身上拧出一摊水，"我游了过来。桥太远。"

"现在这个时候并不适宜。"她干巴巴地说。

潘张口，要回答她的话，声音却梗在喉咙里出不来。她发出可怕的呜咽声。毫无预兆的，一个非人的声音经她的身体向世界发出信号。

潘捂住嘴巴可是已经太晚了。那句话脱口而出。“珍·约翰，陪我去看看那片森林吧。”咯咯咯的笑声从指缝中不断流溢出来。

珍收回目光，如同古老的神祀面对祭品，她对那弓起背笑个不停的身影不感兴趣了。“詹姆斯小姐，你需要休息。”说完，她关上窗。

潘垂下手臂。在流水的寂静中站了几分钟后，她潜进屋子。客厅的壁炉里还生着火，借着火光上了二楼，手指敲响珍的房门。第一响，肉体恳求死去的桃心木回应。一切都完了。她，潘·詹姆斯，她的伪装，她的骄傲，她的狡黠，她的不可测与疯狂全部都分崩离析。

太晚了，一切太晚了。她放弃抵抗，内心比任何人都冷酷残暴地加速着这种摧毁。她扒在门上，对着门缝低声下气地说话，夹带着哀求咒骂嘲笑威胁，口吐飞沫胡言乱语。她说不是为了让情况好转，甚至都是改变什么，她说只是为了彻底毁了自己。她和珍也都知道，她不会也不能一直这么下去。天快亮了。她和珍都知道，在房门那边是一颗比死还冷酷的心。那颗心不会为任何人开门。

天快亮了。

她疯狂地奔跑，正如不久前在大雨中的狂奔，正如之后无数次丧命般的逃离。潘·詹姆斯，倒霉的詹姆斯，南方的异类，女人中的怪物，无法放慢脚步，也来不及辨识方向，被耳边猎猎风声惊吓，只有竭力奔跑。

骄傲的帕拉迪奥式门柱在她身后，恬静的家园在她身后，珍·约翰在她身后。她没有回头，没有去看火苗轻轻舔舐穹窿的模样。起初那模样几近温柔，好像闪亮蕾丝花边缠裹在南方美丽的建筑上，好像梦，那么不真切。

她没有回头。热风吹到身上的时候她张开嘴巴从身体深处发出嘶嘶的叫声。她闻到焦灼的味道。是亚麻窗帘，还是上千本的藏书，还是中国绣花屏风，还是别的什么。潘·詹姆斯不知道。她以自己最快的速度狂奔不停，并且可笑地坚持着一种奇怪的姿势努力向前——她探出上半身，向空中伸出双手，十指分得异常得开，好像怕它们彼此玷污。

也许有人会从呛人的浓烟里惊醒，会在那幢着火的房子哭喊求救。但她没有听到。她们哭喊，像她曾经哭喊。但她没有听到。潘·詹姆斯来到河边。河面格外璀璨，如同放着烟花的天空。它映出潘·詹姆斯没有回头去看的火光。那幢南方美丽的宅子在她面前静静燃烧。

这也许是她一生所见过最瑰丽的情景。一朵巨大的火焰色梨花绽放在漆黑的河水中，在夜风中颤动。约翰夫人引以为豪的宅子不过是为此刻而预备的。然后，由她和她的厄运亲手点燃这朵足以吞噬整个南方的闪耀花朵。

潘平静下来，即使有人正在因为她死去。没有关系，整个南方都在燃烧。她迈步迎向水中的火焰。

五年后，她将独自去北方闯荡，成天混迹在北方人，尤其北方男人中间。她将挺直脊背，显出更刚硬更强势的模样，一副男子汉气概。然而在那下面，炙热目光所催生出对男人天然的恐惧与依赖却悄悄生长着。在人生最生死攸关的时刻，潘出其不意地被注入一个女人的灵魂，孤身成为他人，历经4个月的海上漂泊，至遥远大陆陌生国度。在那里被背叛，被杀死。

而在南方，在瑟克斯，珍·约翰也将一路奔向她被淬炼成铁的命运。

在余下的日子里她们再也没有见过彼此，也从未提起过对方。她们谁也没有停下来，她们倾尽全力向前奔跑，远远抛下共同遭遇的那个春天，迫不及待地奔赴故事的结局。谁说来着的，她们就像两匹双驾战车上的战马，矫捷强壮，向着相反的方向奔跑，在她们身后是熊熊燃烧的南方。

六　白赛仲路

满月那天她被杀死在自己的床上。

对此,她并没有太吃惊。还能企盼什么离奇的结局呢?

她的故事不过如此。不能再好,不能再坏。

她不是这儿的人。十年前,在海上航行四个月后抵达此处。船将靠岸时,目光越过漂满白纸花的泥色江水,落到码头上攒动沸腾的人群,她猛地抓住护栏,闭上眼睛,任那股突如其来的晕眩将她掩向更深重的黑暗。他们绝大多数很瘦,而且矮小,周身覆盖着金子般的皮肤,很难在那些扁平的面孔上找到类似表情,他们冷漠精致的五官介于古老神像和早已绝迹的古生物之间。需要花很长时间区分这些彼此相像的面孔,然后用更长的时间明白那讳莫如深的空白表情下面可能真的只是空白或者一些简单的欲望。

她并没有在那上面花那么长的时间。她只是疑惑,并接受那疑惑,甚至不花工夫将这份疑惑搁置到一边。她任其横陈,不加掩饰,就像在其他事上一样。

“你会喜欢这里。”她丈夫在信里这么写道。那封信要求她从横跨大洋奔赴另一个世界和他团聚,“这里充满机会活力,每时每刻都有奇迹。”

那个精力充沛却不善于言辞的男人本可以不必费力来劝说。只要提出要求她就会顺从,离开一座城市去另一座城市,为什么不,没有区别。

按他的嘱托诸事处理妥当,变卖百分之七十的铁路债券,转让造纸厂的股份,遣散仆人只留下管家看管宅子。还有她的狗,送给珍妮,他的妹妹,那姑娘一直就想要来着。

一切都被安排好,连行李都是管家为她打理。那个五十多岁的寡妇一声不吭地决定着她需要带上什么,她在那边需要什么。

用她丈夫的话来说,没让她操一点心。他管她叫“我的小姑娘”,双手捧起她脸颊注视着她眼睛里奇怪光晕的时候他会唤她“小J”。她那么娇小。初次相遇时她站在太阳底下,看上去几乎透明,似乎仔细看便能看见她身体里的脏器与血管,似乎再用力些就会破碎。他在她身边停下。他还从来没有为一个女人这样做过——停下来,站在身边,假装和她一起穿过马路。血液在血管里发出海啸般的声响。来往车辆的喇叭声,周围人们的谈话声,他假想的她的呼吸声,也汇合进来一同经过他每一根血管每一条神经,被不断放大,放大到目盲的噪音。

天知道他并不想占有她。只是如果不那么做,她就会碎掉。他跟着她一路走到公寓门口,一个和她寒酸穿着相符的住处。他盯着她走上楼梯。十五个台阶。他用来决定他后半生命运所需要的时间,就是一个女人走上十五个台阶的时间。他冲上去。在门口他拦住她,向她承认自己一路跟踪到这里。她听着他结结巴巴地告白着,低垂眼目,没有丝毫表情,连睫毛都不曾颤动。

“那么?”

“一起喝杯茶。”

如果不是他,也会是别的男人,他们被体内巨大的噪音驱动跟随她,请她喝茶,看戏,去画廊,挽着她在一条林荫道上来来回回地走,在某个重要节日把她介绍给全家,然后一个意味深长的烛光晚餐,他取出黑天鹅绒面的盒子,在人们的窃窃私语下打开。

“你还不了解我。”

“不,J,看着我,如果你看着我就会知道我比你以为的更了解你。”

她抬起眼睛打量面前这张面孔。

那是个玩笑。于是她笑了。

“你知道怎样站在一幢着火的房子里却不伤了自己吗?”等他笨拙地给她戴上戒指的工夫,她那么问道。

将要成为她丈夫的男人愕然地停下手上的动作,确定这问题并不会影响他正在做的事后,继续将戒指往第二个关节送。

戴好了。他松了口气。女孩的手指比看上去粗,差点就戴不上戒指。男人忙着庆幸一切顺利,已经忘记刚才那个问题。

不是个重要问题,丝毫不会影响这个意义非凡的美好夜晚。

侍者开始上菜。男人心满意足地看着眼前的一切。他为她点的菜。他给她的戒指。他给她的将来。

她真美。

“你说什么?”放下酒杯的时候,她轻声说了句什么。男人没听清楚。

“我说，这里的音乐很棒。”那不是真话。她道破谜底，用沙哑嗓音低吟着。她独自走过她和这个男人今生都不用再跨越的距离。他不知道他曾经真的快要够到她，够到她的秘密她的核，够到河水中火焰的倒影。她在那里，从来都没有上过岸。

那时，能娶个南方姑娘做妻子是件很时髦的事。她们温柔可人，知书达理，知道如何打扮得体，还会弹几首舞曲。这些南方长大的幼鸟，被各种原因震荡离巢，第一次踏足陌生土壤，北方，茫然无暇自顾，轻易就会为偶遇的温柔动心，留在遇见的第一个巢中，成为他们中的一个。她在人们面前如此表演，时时自己都会混淆，但偶尔也难保一时走神游离，但在别人看来，只是更加茫然和楚楚可怜的样子。她说自己是孤儿。这令她的丈夫更加怜爱她，要给她最好生活。尽管血液中噪声渐渐平息，他仍尽最大努力兑现承诺，抑或只是无法忍受本就属于他的静寂，他所追求的也许只是再次被噪声俘获。

他成了第一波探险者，横跨大洋去那片传说中的大陆行进。定时有家书辗转传来，诉说他在那里种种奇遇。他仿佛被丢入妖精王国的凡人，全然需要另一种尺度去重新衡量周遭世界。他不断地惊叹惊叹惊叹，渐渐忘掉其他。终于有那么一天，他在给她的信里写下：“真希望你也在这。”一时冲动写在信上的那句话让他惊慌，为了安抚这惊慌，他不断提起这个念头，在之后的信里，强烈表达出的意愿不再受控，一次比一次更加强烈，也更加真实。最初的那句话如同无意落下的种子自行生长。没过多久，他开始认真考虑将她接到身边的可能，接着着手安排。远在另一片大陆的男人有条不紊地更改她命运的路线。她顺服得让周边来往的女人们惊讶不已。

她们暗自议论以为她一定深爱她的丈夫，或者放心不下别的什么。要如何让她们明白这个高楼林立的文明世界不过是个栖身之地。

“北方,你一定要去看看,那个地方神奇极了。”她曾经那么说过。即使在当时,就已经是谎言。她从没喜欢过这个地方。

她只是需要一个别的什么地方。

她真的来到那里,信里边的仙境,小人儿们的地盘。

汽车带着她横冲直撞,梦境般离奇的景象毫不容情地向她扑来,尽管没有看清楚,脑袋里却装满了被抛在后面这一路怪诞离奇的画面。没多久,汽车从混乱拥挤的码头开进这片她熟悉的天地里——像她丈夫那样的男人在其中画出专属于他们的地盘,按故乡的样子打造。现代文明,这里的人是那么形容这一切。路灯,柏油马路,汽车,洋行,电影院,舞厅,咖啡馆,藏在香樟树后面的小别墅。

司机把车开进其中一栋,女管家带着仆人列队在屋外长廊等候。信中说他们中的大多数都会说她的语言。她被扶下车,目光掠过每个人的面孔,掠过屋内所经一扇扇或开或闭的门,珠帘,纱幔,最后落在房间深处的暗影。那张巨大的华盖床俯伏在更为巨大的房间里,大得几乎难以辨别轮廓,犹如岛屿。管家悄声退下将房门带上。

屋里更暗。她原地站在那,看着她的丈夫。

“公司有些要紧的事情处理,我只好安排司机去接你。晚上有个迎接你的舞会,你先休息一下。”

他停下来,脸颊绷得紧紧的,探究眼前这个女人。他是那么迫切,因为过于迫切而不清楚自己到底想要找到一张熟悉的脸庞,还是要找出一点点变化,哪怕是蛛丝马迹。

她微笑。男人放松下来。他开口说话,一开始就停不下来。他对她说这张床的材质是昂贵的紫檀木,镶嵌铂金与祖母绿,“完全当地风格。出去透透气?”

她几乎是被拖出卧室。

“这是书房,收藏室,宴会厅,阳台,餐厅,酒窖。”他好像创世纪的神为造物命名般大声念出每一间房间的用途。螺旋或者不螺旋上升的楼梯,好久没有那样飞奔过,他牵着她的手,跑在前面,他的背影在她眼前激烈晃动,在某一刻突然不再真实。她仿佛再次孤身面对动荡的泥色江水。被人握住的手心过于温热而不真实。

当然她必须说谎。她不确定——他问她是否喜欢这一切时,她是否表现得足够欣喜以及感恩?

他们在楼前草坪慢下,“看见那个吗?”

是的,是的。她点头。她看见不远处圆形喷水池。水池中央,巨大的贝壳张开,半裸的美神站在其上,正要离开诞生之地,从海里回到陆地,她没能上岸。她将要迈步的身姿连这一瞬间被石化,成为一座喷水池里的雕像,忍受细密水珠无休止的喷洒。直到世界末日。

“我把你的照片给了设计师。”

“这——太好了。我很喜欢。”她发出深长的叹息,眼睛盯在水池中那张与她相似的面孔上。

二

“您是南方人?”

J抬眼打量面前的人。他说着她们的语言,却实实在在长着小人儿的面孔。细长的眼睛里跳动着碎玻璃的光。

“我是说……那边的南方人。”

“那边。”大厅里爵士长号飙出战栗的高音。她被走廊壁灯的灯架分了神。花茎扭曲的太过分。

“他们都这么说。”

她一定是重复了他的话。因为那个男人似乎得到鼓励，凑近她又说，“你的眼睛里有南方的颜色。”

飘移半空的视线再度回到男人身上。他倚靠着墙站在面前，只比她高出一点，穿着不合身的礼服，看起来却很自在。他生就一双讨好人的笑脸，含义不明又凶险的笑脸。

“南方人的颜色？”

“傲慢。”

她想要仍旧简单重复他的话，这次却没那么做，只是不动声色，一遍遍咀嚼他吐露出的真相。

“他们说您不是只对亚洲人傲慢，我欣赏这种公平。”

鼓声炸响。从台上女伶贴满亮片火山般丰硕身躯深处，歌声喷涌而出，疯癫炙热，漫过丝质波斯地毯，漫过舞池中尽情狂舞的人们，穿透红杉木护墙板，穿过砖石墙壁，淹没每条通往宴会大厅的长廊，以及企图休憩片刻的人们。

小人儿在说什么，璀璨闪亮的歌声中，他的嘴唇奇异地一开一合。

下到走廊尽头的楼梯，从那直接通向厨房，步入奇异食物香味中，擦肩而过热气熏蒸下一个个模糊忙碌的身影，她带头走在前面，打开面包炉边上一扇小门，进入更狭窄的过道，又是楼梯，男人不得不点燃打火机，照亮向上的台阶，照亮上面那扇必须弯腰才能通过的门。

他们秘而不宣地站在夹竹桃的阴影里。通往主花园的小径就在脚下，只需要往前走几步，就可以看到主阳台的窗户，宴会大厅的灯光，听到依稀的乐声，交错。在地下，他们竟然已经走出那么远。

小人儿脸上保持着一种被夸大了的吃惊神色。在夜色里格外好笑。多么滑稽的恭维。

她感到胸口在颤，那几乎是在笑。

“很难想象……”他停下来寻找合适的词汇，毕竟这不是他的母语。

“我没有来过这。”她解释。

“所以——您只是蒙对了。”他单手插进口袋，把重心换到另一只脚上，“所以，很可能我们会走不出去。”

他陷入沉思，有那么两个呼吸的间隔，“不过，大不了我们原路返回。很高兴认识您，我叫范。”

“——珍。”

小人儿看起来有点困惑。

“怎么?”她问。

“你听起来像是在念别人的名字。”

他们在林奇太太舞会上第一次遇见后，又在其他几次舞会上碰见。他们并不跳舞，只做寒暄，谈天气谈电影谈哪里又新开的蛋糕房。没有明文规定小人儿不能进舞池，只是他们很难找到女伴。偶尔他们中权贵显要带着妻妾出场，才会有女主人出于礼貌陪舞，随后就将这些笨拙的舞伴交还给他们的妻子。范是个翻译，央行商务代表的陪同，很少会受到正式邀请，但真的来参加舞会也不会被拒之门外。他有着一张讨人喜欢的暧昧面孔，又会说他们的语言，还懂得自嘲。

“您知道，加进我们这样的面孔，会让舞会变得更有本地风情。”范隔着舞池对一个正在打量他的老女人举杯致意。大使夫人的生日宴会他们又遇见了。

“听起来好像是烹制咖喱的秘密香料。”

范笑了，“您应该去结识那位夫人。”

“因为她的帽子与众不同？”

“因为她的帽子与众不同，夫人。”

即使到后来，在公共场合，他坚持用正式称呼称她。他有小人儿特有的心思，对尺度的敏感，那是J最缺乏的。

“您真的应该认识。还有，”他收回目光，皱着眉头看J，“您说话的方式……”

“和她的帽子一样。”

“与众不同。”

其实也只有和范说话时才那样。J并不作细想。

“刚才那位夫人……”范停下，等着J来打断，但她没有，“那位夫人很特别，她的针线活儿很棒，和所有淑女一样，而且她还组织了这么一个……”

“协会？”

“是的，类似这样的组织。一些针线活儿很出色的淑女们聚集在一起完成一些小作品。”他的话流畅起来，口音也更加标准，像是朗读例句。他告诉她们每周五下午会聚集在雷夫人客厅展示独立作品，一起设计图案，偶尔也举办比赛和慈善义卖。

J低头喝酒，事实上只是嘴唇沾了一下杯沿。她并不真的喝酒，从来不。

“她叫什么？”

“雷夫人。”范并不介意再重复一次。

J盯着他，“我记不住人名的，总是会忘记，也许明天就不记得。”

“这周五下午您有空吗？我来接您。”

“你知道我住哪?”

“你们洋人还有什么秘密吗?”

他们还有什么秘密可言？困在他们努力打造成故乡模样的孤岛里，外面的那个世界暧昧险恶自有文明世界其难以辨明的法则，必须靠范那样小人儿打点交涉，穿梭往来两个世界之间，有时候，他们甚至不敢去问一笔曾经被拒绝的交易如何又达成了。

即使在他们的世界里，生活起居的每个环节都受着小人儿们的照顾。一言一行都在小人们的眼皮底下。只一转身，他们就会用你不懂的语言，或者仅仅是一个微小眼神来评判你。

小人儿们比他们更知道发生了什么。

他们，这群可怜的造物主受困于自己创造的镜像，受制于他们雇佣的人们。

他们还有什么秘密可言吗?

J只是奇怪，为什么其他人没有注意到，连他丈夫那样思维敏锐的人都没有察觉。她很高兴有人这么跟她说。

范是唯一一个将这件事道破的人，介于他是小人儿的事实，J觉得更加有趣。范并不明白，她早已习惯孤绝。

当她告诉管家周五下午会有一位范先生来拜访的时候，事情变得更有趣了。女管家低垂眼目站在那里不再出声。J知道那已经是她受到震动的最大表现。

“不需要特别招待，他坐一会就走。”

女管家抬起眼睛。J在那刻突然记起了她的名字。她叫梅，北方寒冷季节怒放的花朵。再合适不过。有着冰一样的表情的花朵。

“他带我参加一个聚会。”她表现得像个顺从的主人，“梅，你只需要准备茶就可以，或者利口酒。”

第一次听到她叫别人的名字。梅白皙的面孔第一次浮现可以被轻易读懂的表情，“好的，英式茶可以吗，夫人？”

“什么？”

范做手势让她等一下，探身向前用当地话交代司机路线，“白赛仲路头上右转。然后……”

J静静听他和司机说话，一些意义不明的暧昧声调，混杂无数暗沉微妙的情绪。司机并不喜欢别人指手画脚。还因为某些她未能洞明的原因，仆人们都不喜欢范。范毫不介意。无论对谁，他始终有他的自持。

“您说什么？”他靠回汽车后座椅中，捋直西装上的皱褶。

“你之前说——帽子？”

“哦，记得夸赞她的帽子。”

“谁的帽子？”

“雷夫人。”他眼里露出经过细心计算的轻微责备。责备她的漫不经心，“雷夫人喜欢帽子。她在哪都会戴帽子，据说——睡觉也是。说实话，她的帽子都很——特别。”

帽子的确特别。

她的确夸赞了那顶帽子。雷夫人很高兴，将她介绍给在场的女士们。她们都是协会的成员。

她环视这一圈人，记不住他们的面孔和名字，她突然理解了那顶帽子的重要性——这些帽子王国的臣民，他们需要这顶帽子，胜过雷夫人本人。

她所擅长的，她永远擅长，小巧端庄的南方女子轻声细语与人寒暄交谈。理论上，那是一次心不在焉的拜访。由心不在焉的交谈促成。除了那台高经织机。

“这是高经织机，我们不止刺绣。”

长脸女人的话引得女人们嗤嗤笑起来。她的法国口音无论说什么都像是在讥讽。

“用来制作挂毯。”范解释道。

她把目光从织机转到雷夫人脸上，“说说协会。”

“我们做挂毯，当然也作刺绣。”有人向J详细描述她们的协会。她是雷夫人的女伴。牛一样温和无神的大眼睛，肉感的嘴唇，硕大的乳房——这些构成了那个向她娓娓讲述协会构成、成立宗旨、主要事务的外貌。她的话和肉体一样蓬松柔软。

“协会的作用就是将女士们聚集在一块进行简单的手工制作。”J打断她。

“艺术创作。我们并不亲自动手。”雷夫人纠正道，她从沙发上站起身，递给J一杯威士忌，“3点钟，还不是喝醉的时候，不过你可以不喝醉。怎么?”

她没法回答。刚刚闯入的那个念头模糊，她和别人一样不清楚那到底是什么。

“怎么?”雷夫人一口饮尽杯中的酒。

“也许你们可以教我编织挂毯。”

“你听到了，我们并不亲自动手。”

范试图插嘴，被雷夫人的手势制止。

“在座的女士都是淑女，我知道在你们南方，女孩们常常会做点小的针线活，然后——”她顿了顿，强调道，“然后拆掉，然后再织。这里不是。我们没有那么多时间打发。协会的宗旨是艺术，女人的艺术。”

“所以?”J打断她。

“我们设计图案。具体制作就交给工人们。”

大厅里悄无声息。人们看着她,等她作出决定。

“我不知道可以做什么?”

“你犯了个错误。”雷夫人猛地仰起脸,下半张脸几欲冲出帽檐巨幅的阴影,“次序。要做好一件事,次序很重要。”

“我不知道。”她停下来,闭上眼,将全身心交付出去感受着从四面八方涌来推动它的力量,“请问申请加入协会需要具备什么样的条件?”

成为会员的第三天,她有了自己的织机。清晨冷冽的阳光里,搬运工人悄悄将织机安置到三楼向南的空房间,好让她的丈夫给她一个惊喜。那个上午,穿着晨衣的她对着那台低经织机许久说不出话。

“谢谢。”最后,她对那个从背后环抱住他的男人说道。

她的丈夫不记得她提到的是高经织机。当她向他描述雷夫人的织机时,他恰好走神了。第一个请来的织工并不擅长编织挂毯,通过梅的翻译,她费劲地向她的雇主解释挂毯和其他编织不完全相同。

“没有梭子没有梭子。”女人不停地比画手势,叫嚷着同样一句话。直到他们厌倦了,支付一天的工钱打发她走。

第二个织工是范找来的,一个编织挂毯的好手,还会一点他们的语言。当J拿出在雷夫人客厅绘制的方格图纸时,女工扫过一眼,说:“这就是你们喜欢的样式了。”

她以为女工要离开。女工却已经在织机前坐下,准备工作。

只需要一个礼貌的笑容就可以,她想。

然而命运早在那里等候她。

那时候，目光落在系好棉线的铁棍上，看女工将它绕过上梁又绕过下梁，紧接着放平底梁。几乎同时，棉线已经由上梁前方拉下，在支经棍上绕过一圈，再次从上梁后方拉下，经过底梁在支经棍上缠上又一圈，又是一圈。就是那样了——一遍又一遍重复之前的路线，心思纯全地缠绕，仿佛无时无终，只是简单重复，最终渐渐在梁架上展开。她忘了要走，也忘了要去哪里，痴迷于那枯燥又机械的劳作，任自己丢失在棉线缠绕的路径中，直至女工完成最初 97 根经线抬头发现她没有离开。

之后的几天里，人们发现 J 守在织机旁的时间并没有比织工少太多。几乎从一早睁开眼，一直到织工回家休息，她都会坐在边上，痴迷地看着织机运作，甚至为此推掉两次重要的晚宴。她几乎是看着那条挂毯如何织就。谁也不清楚为什么在别人看来简单枯燥，被重复无数次的体力劳作却令她那么着迷。

织工并没有受影响，她生就一副本地女性少有的大骨架，天生务实从容埋头做事的劲头，毫不在意 J 的出现，在规定时间内完工将挂毯交到 J 手中。

“下周你还来吗，我会有新的工作——给你。”

织工从织机前站起身，“您来试一下？”

她睁大眼，犹豫着。

“很简单，从头来吧。上经线，但记得先要调整底梁的水平。这样子。”女工弯腰抄起扳手拧紧底梁两边的螺丝。

第二次去协会，她带去一张编完的挂毯。“让我看看你的小作品。”雷夫人在灯下将十二英寸的挂毯和原稿反复比对。“阴影部分差一些，整体不错。这次可以教你些更复杂的。”她仍是顺从温柔的样子，也不打算告诉雷夫人她对阴影不感兴趣；也不会告诉她们这拿来的挂毯有一半是出自她手。

编织挂毯对她来说似乎并不是难事。她学得很快,一旦坐到织机前,那双手就知道该做什么,仿佛摆脱她意志的独立生命体在她眼前雀跃不已。“要是你和我一样穷,我会劝你来做这行。”她的织工这么评价道。

“谢谢。”

“所以说?”

“什么?”

“我害我自己丢了饭碗。你打算什么时候……”

“不,不会的。”

“为什么?”

“我对阴影不感兴趣。”

第三次去,除了挂毯她带去了另一张底图,一张截然不同的图纸,无限蜷曲缠绕的绿叶遍布整个画面。雷夫人看完摘下眼镜,“你知道,这东西看久了让人头晕。”

“做成墙纸怎么样?”她问。

雷夫人盯着她的眼睛,“亲爱的,我们做刺绣也做别的,但我们不做墙纸。”

“很像园艺工人画给女儿的东西。”雷夫人的女伴捡起被搁在杯碟中间的图纸,“太简单太世俗。”

“也许它就该贴在园艺工人的墙上。”她说。

“我认为你可以做的更好,难道不是吗?”雷夫人将图纸从女伴手里交还给她。

有生以来,还是第一次,有人看起来对她寄予厚望。她朝镜子里那个黯淡身影匆匆一瞥,转过脸对着那双紧盯着她不放的眼睛。那失去光泽的灰色晶体上映着她的身影。

她执笔坐到桌前，有人指点她设计底图的基本要点，画满藤蔓的图纸搁在一边，一半被光照着，一半在阴影里，即使这样，一眼望去，也让人头晕。胖夫人的话并没有太错。她差点就成了园艺工人，或者别的。

但现在，阴差阳错，她来到这个城市，被一群淑女围着，止步于不同颜色的圈叉之间，它们代表着光线阴影透视。也许真的像雷夫人所说，她的确有点天分，再加上勤奋，不倦地反复练习，她的技艺越发纯熟。每周交出的挂毯越来越接近雷夫人的要求。

第六幅作品远远望去像一幅油画，受难的圣人在血泊中睁大灰色石头般的眼睛。雷夫人很高兴。

“差不多是协会成立以来让我看得最高兴的东西。”她给予远远超出作品本身的赞美，周围的女人们纷纷附和涟漪般的赞美。那好像是三月的某一天，外面格外阴冷，客厅里炉火烧得格外旺。明暗交替的脸围绕着她，屋子里又那么暖和。她和她们一起闪烁着眼睛，说着比屋内空气还暖和的话。到很后来才觉得胃部钝钝的不适，接近胀痛又不是，仿佛被乱七八糟的东西填满快要溢出，类似棉絮般的事物。

一直忍到上车，脸色惨白软在座上。司机不敢开快，车子在爱伦路经过街心花园的时候，她仰脸看见枝头冒出香软的粉花，清清楚楚感到恶心，原来是恶心。那一刻，她知道自己再也不会回到雷夫人的客厅去了。

她甚至没有再踏进织机房。不费吹灰之力，她便回到那之前的生活，日子轻快得不露痕迹。至于那个房间，连同织机以及里面曾经发生的劳作都被遗忘，等待日复一日蒙上积尘。那样子过了一周零一天。

“如果你没有活儿要做，就直说，告诉我以后不用来了。”

她从书本上挪开视线，吃惊地望着面前大声说话的女人，费了点工夫才认出她的织工。

“啊。”她张着嘴很久没有说出话来，突然近乎羞怯地笑起来。

“怎么？”

“我把你忘了。你来的时候外面下雨了吗？”她走到房门口。女管家的身影从走廊远处闪过。

“别那么孩子气。”

也许织工以为她要夺路而逃。

她是吗？

“那么，”她转过身对她的织工微笑，“你来的时候下雨了吗？”

“如果我不干活你每天也照付我工钱，我也无所谓。”

“可以。”她脱口而出。

“当初我真该毛遂自荐。”范从外面走进来，向两位女士致意，“雷夫人让我转达对你的问候。她听说——你病了。”

“是水土不服，或者久坐，我可能不太适合久坐。”

天边响雷轰隆滚过。屋子里的人纷纷把目光转向窗外。下雨了。四月的此地，雨格外频繁，大多数时候雨水细密绵长，总是无声无息将万物浸润。

“四月的雨很少这样。”范走到窗前喃喃自语。

他们再次各自落在自己的沉默里，对着窗外那一方被隐隐洗亮的灰色世界出神。

有人为他们打开灯，外面的世界瞬间暗下。不知道什么时候外边的铁门开了。蓝旗亚沿着车道蜿蜒驶到楼下。她的丈夫从车上下来，仆人忙前忙后为他打伞提包。又过了一会，仆人又撑着伞将他送进车里。他的丈夫已经换上晚礼服，准备参加晚上的林奇家的酒会。

范和她并肩站在窗前俯瞰整个过程一直目送蓝旗亚在铁门后消失。

“那是什么？”范回头发现织工正趴在桌上读什么读得出神。

织工抬起头，看向J。范的目光随之也跟过去。

“空下来画的一些小图案，没什么大意思。”

多少年之后，也没有一个人能将她的画解释清楚，所有试图在其中找寻意义的人，无论他们带着怎样清晰的预设，都迷失于那些连绵不断扭转穿插缠绕的枝茎中。

那些枝蔓会生长。如果你看得够久。

在一次采访中，她对记者这么说道。人们将这话作为理解她作品的秘径，甚至是意义所在。

然而并不存在意义。

对她而言，没有什么比意义本身更值得厌恶。

只是做一件事而已。

记者并不轻易放弃，追问她事情端由。可是哪里又有什么端由，真说要有，那应该是她请来的织工。

初次闯进她起居室后没多久，那个健硕的女人有一天再度闯进来，手里捧着一卷小挂毯。

“范让我照着你画的图织一张小毯子看看。”

她接过挂毯在桌上展开对着光细细看。简单的葡萄纹路呈对称卷曲拉伸，音符般织物上铺展跳跃。她认出挂毯上的图案。

低头看得入神的时候，并没有察觉她的心跳加快，只是一味忧心这一捧小小的织物不够藤蔓生长。

直到织工出声打断她。她朝女工犹犹豫豫地投去目光，一时不知道如何作答。女工又问了一遍，原来只问她是否喜欢。她当然喜欢，却夸赞地十分潦草，因为心思已经恍惚到更远的地方。那是她那么久以来，再次想要去做什么事情。游离世间太久，猛然间心底有一个真真实实的愿望升腾起来，一颗心却无限沉下去。

“明天你会来吗？”她问。

“明天是星期天，太太。”

她点点头，把脸凑近挂毯，目光顺着手指在枝叶藤蔓游移，直等听到脚步声，才抬起头，一脸惶惶地目送那背影离开。

“你知道我一直没有问过你。”

“问什么？”范从里面房间出来，走到她身后。

她仍是背对他，脸朝窗外，“为什么带我去雷夫人那里？”

“我是掮客。”

“认真说。”

“您总是一副需要做些事的样子。”

从那时候起，她只按心意画。郁金香、蛇头花、银莲花、莨菪叶、雏菊、葡萄树，甚至连名字都不知晓的植物，也许有的根本就不存在。她只是想画他们的花朵、枝叶、藤蔓，看他们缠绕延漫纸上。织工拿到图，面露难色，“买不到那样蓝的线。”

她没想过这些。事情到了落实处，总有各种难以想见的问题，“你去找相近的颜色。我看看效果。”

“您有没有想过并不是一定非要盯着挂毯不放？”晚上舞会上，范听完她的话提议道。他们并肩靠着二楼阳台栏杆，四月末的小风熏熏然有些醉人。她空腹喝下两杯马提尼，思绪轻飘飘绕着远处幽微的光转。

“做别的也可以。你画的画不一定非用在挂毯。”

“比如?”

“墙纸,布,还有地毯什么。”

“颜色还是个问题,你绕不过去。怎样能染出我要的颜色?”

“对不起。”女主人的堂弟硬挤进他们中间,说话前先将黑领结从左侧挪到右后方,“你需要一只狗。”

“你知道最早的染料是一条狗找到的。腓尼基人的一条狗。他们在海边。有一天那狗从海滩回来,一脸的血红,主人以为它受伤,其实是贝壳。我前面告诉过你们的,他从海边衔了一只贝壳回来。狗把贝壳咬破……”

酒气不断地喷在她脸上。她并没有被吓退,入迷地听他讲完故事——腓尼基人如何在贝壳里提取紫红色染料的故事。

“我可以给您找人。”醉汉走开后,范说道,“如果你想清楚的话。”

“不,我没有。”她真的没有想清楚什么,那甚至不算念头。

“这里或许没有贝壳,但有能提取染料的植物。几百年前就有人这么做。”

“你见过我要的颜色,没有那样的染料。”

“您可以试试,我找熟悉印染的人来帮你。”范停下来。女人在笑。

“再请一个工人?我怎么能让我丈夫相信我不是在开作坊?”

“也许有一天您会有您自己的工厂。”

“你醉了。”

“是的,大人。管他呢。”

当提到需要一个懂得传统染色师傅,她的丈夫从《商报》上抬起头。

“这里的传统染色?”

“对,夹缬。”

“很不错。”他站起来,打开雪茄盒挑出一根,走到窗口削起来。

他又问了句什么。她并没有回答。无关紧要。

事情交代给范。

两天后,她有了她的染色师,还有卢姆波里街一栋旧楼的地下室。

范站在及腰的陶缸中向她摊手,一捆捆黄绿色靛青叶横在中间,她不得不侧身走过。

“里面还有一间。”范咧开嘴。

他们并肩进去。她将在那里脚登厚底木靴,穿戴围裙,将袖子捋过手肘,埋首于数不尽的织品材质,任染料沿着手臂滴落,用火和化学试榨取植物羞怯的灵魂,注入到材质中,得到她想要的颜色,那些茜素红,木犀黄,忍冬绿和小人儿们的青蓝色建造她一生永未抵达的彼岸。

“怎样?”

“你好像比我更高兴。”

范咧开嘴,“您一定会在这里做出点什么的。”

“我想要的挂毯。”

“忘掉挂毯!您可以做更多的。”

“也许。”范的眼睛在暗处不同寻常的光灿,她端详起那张脸,觉得陌生,“要是我不想,我随时可以停下来。”

“没错。这张写字桌您还喜欢吗?”

她喜欢。

隔天,她把一楼也租下。织工和织机就安排在那里,“虽然现在还不用做什么，但方便以后免得我来回跑。”

“没错。告诉范，他知道怎么做。”丈夫站着让贴身男仆给他打领结，下午他在俱乐部有牌局。

“范认为也许我还用得上二楼。”

“好的。”男人打量镜子的时候发现妻子仍然站在原地，“怎么？”

“没什么。”她微笑。那微笑和身姿同样轻盈，轻盈得一旦离开便什么也不留下。

那已经是将近五月的时候，这样的天气再适合发酵不过。不到五天，染色师傅将染缸里的残叶捞去，加碱剂搅拌过程中渐渐看到火一半的蓝在水中聚集凝结，最后沉淀。即使还没有过滤，她就能确信那是她要的颜色。事情到这里还算顺利，等拿到制作成膏剂的颜料开始染线，真正的难题才出现。那线的颜色的确是蓝，市面也的确没有这样颜色的羊毛线，但却也不是她要的。

“就是这种颜色。”范把染色师傅的话翻译给她听。

她摇头，“不是。”

“看到膏剂的时候您说是的。”范提醒她。

“膏剂是，但是染上去就不是了。”她把羊毛线递给织工看。

“用羊毛线只能到这样的效果。”织工回答。

“不，不是这样毛糙。我要更——”她抬起手，试图表达词语无法明确的意思。十指在地下室昏黄的灯光徒劳划过，停在半空，“光洁的蓝色。”

“毛线不可能做到。”他们中的一个回答道。

“可以，一定可以。如果不行，图案，挂毯，这里的一切都没有意义。”她的目光一一落在同伴们的脸上。那张美丽娴静的脸上因为出现赌徒般的决绝而变得明艳，“只要熟悉它的肌理。”

当天晚上，染色师和织工离开后，她仍旧继续试验。晚上十点，管家带着一个年轻女仆来到地下室。在里间写字桌上摆开足够三个人冷餐。

“您需要吃一点东西，夫人。”

“我不饿。”

“您饿了，而且您需要休息。”

她摘下围裙，啜饮女仆递来的咖啡。

“我有点事需要处理，晚安，夫人。”范告辞道。

“晚安。”她说。

女人们目送范离开。等到门合上，管家用几乎算得上责难的眼神看着她，“夫人。”

“我可能还需要再工作一会。”

“府上也需要您。”

J戴上手套开始着手下一轮染色。她没有时间去重复说过的话。

“您要知道在一个家里每个人都有她应尽的责任，即使她是女主人。如果她不……”那是管家说过的最长的一段话。J没有听到结尾，又或许管家根本没有说完。她不去分析，说到底，那对她无关紧要。这一次，她决定加上另一种添加剂，也许能改变羊毛的特性。

“我很遗憾，夫人。”管家恢复了平日里的冷静和克制，“既然这样，萍会留在这里照顾您。”

“萍？”她对这个名字没有印象。

“您的贴身女仆。夫人。”管家深吸了口气，示意旁边站着的姑娘表明身份，“她伺候您有半年了。”

姑娘忙上前一步，深深向她鞠躬，“夫人。”

J回头冲姑娘歉意地笑了笑，继而对管家说：“我不需要她留下来。我只需要——不被打扰。”

管家不回答。她双手交叉在身前，低着头一直站在那。盘着紧紧的两条辫子的乌黑后脑勺固执地对着投来目光的J。

那天晚上，贴身侍女留了下来。

之后每一次她在工作间留宿，那个叫萍的美丽女孩也都会留下来。

在作出决定之前，J并不明晓决定是什么。在作品完成之前，她也并不清楚地知道在手上劳作让她筋疲力竭的事物最后将如何呈现。

四天通宵达旦的实验后，她得到了她要的蓝，然后是她要的绿，然后是红，还有更浅更蓝的红，六十七天的时间里，她创造出她那时需要的全部颜色。

五月进入梅雨天气的第一场雨里，织工抱着第一幅真正完全属于她的挂毯站在床边，等她醒来。

她已经病了一周，极度虚弱，大部分时间陷入不可测的昏睡中。床几台灯昏弱的灯光半落在她小小的脸上。

“真奇怪。”织工小声嘀咕道。

范拉了一把椅子坐到床边，“什么？”

“她现在这个样子看起来才正常。”

“天生一副持续高烧的样子。今天的粥喝了吗？”

萍听不懂他们的话，却知道后半句是问她，她答道：“上午喝了一点点，医生来看过，还是说前段日子太辛苦，需要调养。”

三个人各人想各人的心事，一阵沉默。原以为还要等好一会才能醒来，而她却仿佛被什么强力拉回到这个世界中，突然睁开眼。第一道目光恰是落到那张挂毯。

织工领会心意，将灯光调亮，缓缓展开挂毯。挂毯全部展开的瞬间，J脸上也仿佛被灯光点亮，不，她本身就是一盏炙热的光源，半埋在层层叠叠褶皱重生的被褥，透过缝隙射出一道道强光，点燃挂毯上郁郁生长的野生植物。

用金线勾勒出轮廓的巨大花朵被无名的热风吹动，向旁倾倒，蓝色的花蕊愈加丰满，子房在火焰中受孕膨胀鼓起，甚至能听到轻微爆裂的声音，仿佛火中的硬壳果实。没有可见的火苗。当炙热的气息扑面而来，房间里三个人并没有感到惊讶，他们睁大眼睛着魔般望着正在生长的植物。枝叶不断伸展蜷曲缠绕，密集有序地遍布整个挂毯，花朵悬浮于这细密的线条上，被热风中催成更烫人的金色。

在没有光焰的大火中，植物仿佛被热风唤醒不断疯长，攀附墙壁，吊灯，壁炉，梳妆台，甚至向人逼拢过来。

那个雨天下午，他们共同目睹了一场无迹可寻的大火，它在挂毯上熊熊燃烧，蔓延至整个卧室。直至织工在最后一刻醒过神，织工将挂毯再度卷起，房间才恢复正常。

关于那天发生的事，三个人从未向任何人提起，就连彼此之间都绝不谈到，连隐射都没有。极度默契的缄默中，共谋者们试图坚信他们所看到不过是闷热或者别的什么造成的晕眩。怪诞离奇的记忆在刻意忽略中如同脱水的植物完全失去实感。只用了几天，他们之间就不再刻意回避与挂毯相关的话题，重新恢复最初那种适宜气氛。

除了J。

她并没有比其他人更明白什么，只是懵懵懂懂感到安慰。因为有了这样的安慰，甚至忘了惊讶。本人并不知觉珍贵的安慰，事实上那是她有生之年遭遇极为稀少的温柔情绪。在内心深处贪婪体味的同时,她已然忘了它的出处。也就是说,她并不真正记得发生过什么。

在床上安静了几天,一直休息到医生满意为止。一个星期后,她重新回到卢姆波里街,投入到更为紧张的设计制作中。假如不在做染色实验,她也乐于坐在织机前编织挂毯。要是必须待在家里,她多半会扑在桌前设计图案。那是她最爱的事。

到了八月,第二张第三张她设计的挂毯相继被制作出来。令人担心的事并没有发生,新挂毯没有引来任何奇怪的事情。至于第一张挂毯一直放在J的卧室,没有再被打开。

当第四张挂毯仍在J笔下没有成型时,范告诉她他们已经收到十张订单。

“有人要买我的挂毯?”她试着逐字逐句去理解这话的意思。

范挥动手中订单,将它们在书桌上一字摆开,“蓝色花朵图案,三张;鸫鸟,五张;剩下的是——夫人,您的作品都有名字吧?剩下的都是玫瑰图案。”

“名字,我从来没想过。可是范,我们只有四张挂毯。”

“我可以请到更多的织工,如果您愿意的话。”

她小心翼翼地把笔搁在笔架上,仍然有一处颜色在纸上晕开。她看着那处污点,脑海里想象着卢姆波里街许多台织机并排工作的情形。

“我并没有想过要卖给谁。这只是兴趣而已。”

外面的蝉忽地哑掉。明晃晃的光透过纱帘少了大半的气焰,软绵绵地落到屋子里。他们彼此打量着,像两个陌生人,可能比陌生人还要谨慎。

“夫人，我们可以做得比现在更多。人们喜爱您的作品。这些都不重要，只是您不想试试看您的染料在其他的材质会是什么样子吗？您仍旧只需要关心你感兴趣的那部分，不感兴趣的那部分，请原谅我的冒昧，我愿意为您打理。”

她掉转身，坐回椅子。既然处在背光的位置，就算眯起眼睛也很难看清楚对面沐浴在一片柔光中的男人面孔。她不愿劳神。

“我只做我喜欢的事，范你明白的，是吧？”

她全然不清楚原由，事态如何演变。她的挂毯成为炙手可热的物品，他们对她的挂毯不惜溢美之辞。她被推进众人的视野，成了他们争相讨好的对象，从未想象过这些会发生在自己身上，却也应对得体。毕竟除去最开始的尴尬，也就不觉得有什么。与其说这些是她的问题，不如说是范的。

“大使夫人为了炫耀您的挂毯，特意将儿子的生日提前一个月设宴招待。”像这样的事，范一般都会按捺得住，不特意和她提。这次例外。

“这是什么？”她打开他递过来的信笺。是请柬。

“他们特意邀请您参加酒会，不是作为您先生的太太。而是——女艺术家，协会最出色的代表。”

“我早退出协会了。”

“雷夫人不这么认为。她声称您是协会里她最看好的成员。”范随手从桌上拿起一张纸，折成帽子，模仿雷太太从帽子下打量人的模样，“她的作品最好地诠释了我所提出手工艺精神。”

那似乎是好笑的事情，却离她很远。

“这对我们没有坏处，夫人。我们，需要一些正面有分量的评价。”范摘下帽子在手中展开，“这是什么？”

“草稿，不怎么适合。对挂毯来说，图面太立体了，你看那些枝叶茎蔓，应该给它们更大的空间。一个完整的空间去填满。”J拿过草图出神地站在那。

“你去吗？今天晚上。我应该前几天就给你送过来，但最近太忙了。

“什么？”

范朝她挥动手中的请柬。

“手上画着的草图就差一点了。用一个晚上……”她看到范的表情，立即知道他会说什么，“好吧，我无所谓，但是要问他。”

范点点头。她当然要和她的丈夫一起出席，“好。我们晚上在那见。另外您把这几份文件签一下。”

她签完字，注意到范带来的一个梅美百货的粉色大纸盒，“这是什么？”

他露出只有单眼皮细长眼睛男人才有的笑容，让她拆开自己看。

一双银朱色缎面皮里浅口舞鞋。

她突然笑起来，“你不会让我今天晚上穿这个吧。”

范耸肩。

她拿起来端详缎面上的绣花，突然好像被什么打中。一个念头在眼前落下，却偏偏砸中脑袋，皱眉苦想的几分钟里，范已经下楼。

走前他好像说了句话，听得不真切。等她察觉他离开时，再想那句话又不记得。

正好管家进来，她井口就问：“范先生，走之前说了一句什么？”

管家立时拉下脸，“我是在楼下遇见范先生的，他在上面说什么并不知道。”

即使她这样迟钝的人，也察觉到管家近来频频给她脸色。在中年妇人所遵从的礼仪举止中，总有什么额外的东西，比如一个眼神一个手势，暗含指责。

“你没有听到。”她好脾气地重复对方的话，心不在焉地向楼下张望。丈夫的车不在院子里，“先生今天中午回家吃饭吗？”

又是那种眼神，“先生交代如果十一点前没打来电话的话……”

快到十一点。她本来可以等一会，然后再确定是不是当面询问他晚上的安排。但她转身拨通了公司电话。好的，好的，先生上午来过公司后又去见客户了。只打了一个电话，丝质晨褛已经黏在身上。连呼吸都透着吃力。正是一年中最热的日子，潮湿闷热，没有一丝丝的自然风。

一杯加冰的柠檬水再好不过。她四下张望。

“萍呢？”她问。

“在厨房。夫人您有什么需要？”

等管家为她拿水的工夫，她看了三次时间。画了一半的图纸在电风扇的风里翻飞，镇纸压着并不能真的飞走，好像一只慌不择路的陆禽恶狠狠拍打着无用的翅膀。她坐下又起身，来回走了两步，弯腰再去看刚才那张的草图。

是什么呢？

模模糊糊感到错失了一些东西，又隐隐约约能看见它们，她来回踱步，柠檬水送上来直到冰化开才发现。已经过了十一点，她又给他办公室打了个电话。和上次一样。

放下电话的瞬间，她突然省察到自己的焦躁。

朝图纸再投去一瞥，午饭前她不准备再逼迫自己思考了。J下楼去图书室，经过二楼过道时一个影子飞快地消失在走廊尽头。这就是这里的夏天了，每个人都热气熏蒸下成了一团模糊的影子。连植物也是，繁茂到失去形状。门打开，宛若水下的幽秘世界豁然敞开，层层叠叠的绿色暗影飘浮过来，这些窗外树木投来的影子鬼祟灵巧，匆匆从眼皮下溜走。

她有些晕眩，慢了下来，一边想着要来找的那本书该是放在外间还是里间。一股冒着热气的荤腥味若有若无，却又始终不散。从关着的里屋传来一阵动静，她停下来听，里面又安静了。除了自己的房间，她最喜欢的就是图书室，书籍散发出阴凉老朽的安静气息，再热的天，也能使她静下来。目光回到书架上，想到画册类都被放在里屋。她要的那本应该是第四层。里屋更暗，她随手开灯，发现进来时忘了开灯，指肚轻蹭护壁镶板摸索中找到开关，按下去的明灭间，范的话在脑海里炸响。

墙纸——他说的是墙纸。

念头飞转，图纸上的图案被无限复制，覆盖里屋所有墙面，她的忍冬花放肆地摆弄花瓣，大张旗鼓地盛开在黑暗中。即使黑暗也不能遮掩他们，要用金色做花瓣。

灯亮了。

她眯起眼环顾没有忍冬花的图书室。黑漆桃木组合书架，桃木书桌，从德国运来的包豪斯椅，他的丈夫还有萍。

“我以为您不来了。”范从前排挪到她的座位旁小声说。刚从英国学成归来的年轻音乐家正在为客人们演奏小提琴。他也是客人，受邀演奏一段小品在晚餐前助兴。

“可是我们早到了，不是吗？”

“您没有给我电话。”

“哦。”J飞快地看了一眼范。她完全忘了电话的事情，“我们下午才遇上，他还有其他事情要处理，很晚才决定来。”

“人呢?”

“领事找他谈事。”她能感觉到范在看她，不自觉地流露出一丝笑意。

“怎么了?”

“你的那句话，是认真的吗?”她不再佯装好听众，转过头，目光灼灼盯着范，“墙纸，我们也可以做墙纸。”

“您是认真的?”

他们互相看着对方，探究其中多少疯狂的成分。如果足够疯狂，那为什么不认真。他们中的一个，不知道是谁，先败露出要放声大笑的征兆，另一个人紧跟着也濒临失控。他们仓促走出客厅，由花园之字形灌木丛引向八角亭。按照当地古典美学建造的奇妙小亭子，在暮色里显得古怪疯狂，和他们一样。他们靠在深红圆柱上大笑不止，直到最后笑声却无，身体震颤如同胸膛插入荆棘的鸟。

“你会帮我的，对吧?”她斜睨已然坐在地上的范。一滴眼泪从眼角滑落。

“太疯狂了。我应该早就看出来您是疯子。”

“我是。”很早之前就有人说过类似的话。无论怎样变，她还是她自己，“从明天起我要开始研究适合墙纸的图案，还有墙纸本身。挂毯很好，只是太小。”

“你还想做什么?”

“亚麻，棉，羊毛，其他布料，还有瓷砖，镶嵌玻璃，所有这些都可以，不是吗?”

“那不是野心。那是什么?”范走近她，太近了，不适于观察，“徒劳的热情?”

“只是疯狂而已。”

那天晚上，他们都喝醉了。回到酒会上，范不停将她引荐给各种人。她还是记不住那些人的名字，尽管他们为她惊叹。一次又一次碰杯，听到相似的赞美，报之以相同的回答，她踩在一支又一支圆舞曲的鼓点上，不停旋转，比以往任何时候都灵活。她的新舞鞋。

一位俄罗斯画家请她跳了三支舞，不停地讨论色调光影，为了引出她的看法不惜激她，然而一如既往，她没有什么给他，连听完一句话的注意力都没有。音乐一停，她挣脱开对方，躲进人群，低头穿梭，在楼梯井找到一片没人的阴影。一只郁金香杯从肩后伸过来。

“您被烦到了。”

她听出范的声音。“快到十二点，我还丢了一只舞鞋。”她说。

他们不约而同地低头看那双新舞鞋。范笑了。“我妹妹一直很喜欢这个故事。长大后还是，真是不明白。”

“你有妹妹？”

“有。”

今晚之前，他们从来不谈私事。

“我没有妹妹。”

范走到她身边。他们靠在墙上，轮流饮杯中琥珀色液体。

“您有过什么？”

记忆如汛期溃堤的赤色泥浆水般汹涌滚来。瑟克斯的一切突然被记起，又在瞬间，消失于此地的暑气中。

“什么都没有。”

“您爱过人吗？”

“没有。”

“您被人爱过吗？”

“或许。”

“然后呢?”

她摇晃着杯子里所剩不多的威士忌,想了很久,“我们不合适。”她顿了顿,问,“你知道怎么保守秘密吗?”

“怎么保守秘密?”

她笑了。那是范见到她最接近真正意义的笑,诡谲残忍——一个比谜面更无从解开的谜底。

“说出来。”她再次露出同样的笑容,“说出最近似秘密的谎言,卸下秘密的负担,又永远保守了秘密,没有人会知道真相。不存在真相。”

她是认真的。关于壁纸,还有地毯,彩绘玻璃,印花布料。一旦开始考虑其他产品的制作,设计草图起来就获得更多的自由。不必过分受限于媒质的纹理,尺寸,用途,对她而言,无疑是进入更为广阔的天地。更多的时间精力投入其中,她随身带着本子和笔,在极其重要的社交场合也毫不顾忌。没有任何力量拦阻她沉浸于此。范为她雇来匠人,找到她需要的原料,以及有策略地出售。他在不同时间售出两件以上的制作品,不再公开预告新作品的完成,利用买家之间的攀比心抬高价格,甚至想方设法在美术馆里为她的作品办了展览。

“手工品就是艺术,艺术就是昂贵的。”这是范最爱对她说的话。他仍旧是最初见她时的谦卑模样。她很难想象其他时候他是什么样子,比如管理工人,清算账目,接受买家贿赂的时候。然而人们买他们的账。有她设计的制品尽管已经不动声色地成批制作,却仍然无法满足需求。往往范透露出一点风声,为了得到制品的明争暗斗已经开始。

事情进展顺利的程度近乎所有人共谋的一场篡位——她就是个

无知的暴君，毫无阻力地落入网罗。也许正是她亲手编织的网罗。沉醉在笔下缠绕的草木中，安心于双手无数次的重复劳作中，生生再造出她的梦魇。

人们将无知无觉地住进她的梦魇，并以为美。

冬天的时候，她隐隐觉得哪里不对，也许桌上某个摆设被移位了，也许是因为日光稀薄的关系。这是她待在这的第一个冬天。直到某个清晨醒来，她突然记起渴望喝上一杯柠檬水。摁下铃不久，一个年轻的姑娘端着柠檬水进来。端盘上还有她通常吃的早餐，女仆摆放餐具的时候她拧紧眉头注视着那张脸。没错，小人儿彼此长得很像。

“萍呢?”她问。

女仆停下手里的活。管家很快出现，“夫人，这就是您的贴身女仆。”

“萍呢?”

“她离开这里是秋天的事了。”管家停下来，缓和声调道，“四个月来一直是这个女孩做您的贴身女仆，夫人。”

她觉得自己应该道歉，却感不到应该有的羞愧，“可是，萍去了哪里?”

“她死了。夫人。”遣走那个早就惊慌失措的女仆后，管家开口讲道，把原委也一并讲了。事情很简单。宴会专用的银餐具少了，是萍拿走典当。事情败露后，先生拦着才没报官，只是将她辞退。两天后传来消息，姑娘回家后当天就自尽。

管家没有具体说萍是怎么死的。其中的很多细节，推动事件进展的因果关系都被省略，只剩下一个空洞的事实。萍死了。

她对着盘子里的早餐。培根冷却，流出的油脂在盘子上凝结成膏状。动物的肉体一旦冷掉就显得异常不洁。

“太太,早餐凉了。您要吃的话,我再热一下。”

“不,我不饿。”她放下叉子。管家看了她一眼,什么也没说就撤走盘子。就在她快走出卧室的时候,J开口叫住她:“你在生我的气?”

管家目光下垂。一惯的恭敬,“夫人,我不明白您的话。”

她们从不开口责怪,她们用沉默来表示,无法辩驳,难以指责。审判般的沉默,仿佛她才是应该对整个事件负责的人。

她应该置之不理的。但这件事太过离谱,为什么要责怪一个最后才知情的人。“梅,我知道你在生气。这是场悲剧,不是我可以改变的。”

管家已经走到楼梯口,听到最后一句转过身,看着她,“您本来可以阻止的。现在,您让别人做了您应当做的事情。”

“什么事?”

“一个女主人应该做的事。”

当她向范解释为什么想要在她的设计上加入东方元素之后,她提到了这段对话。与其说是对话本身,不如说是管家的眼神将不安嵌进她的心里。那眼神让她害怕,提醒她一些早该忘记的事情。J莫名感到不安。

“她那样看我……”

“您都不敢吃她送来的食物?”

她尽力去体谅话里使人宽慰的成分。这是范的一贯方式。说一点这些,再说些那些。

“过两天要去西北。”范停下来,等她真正听进他的话。他告诉她,市场上出现一种特别的羊毛,来自一个完全不出名的产地,“您一直想要用刺绣的方法来模拟挂毯的编织效果。”

他再度停下来，等她像个见到新玩具的孩子一样贪婪地睁大眼睛。

J没有看他。她将右手伸到灯下，着迷地望着食指。沁出的血珠鲜艳刺目，少见的滚圆大颗，却始终不滚落。

“会有点疼。”范一一为她清除手上的倒刺。堆在墙角的茜草无论是叶缘背后还是枝条上都布满倒刺，他曾经提醒过她要小心，现在只能叮嘱她小心感染。

她静静地听他说话，或者只是不说话，直到舒出一口气。

“怎么？”他问。

“我要的——就是这样子的红。”

也许真的像坊间传闻里说的，她从很早的时候就已经疯了。又或者是来到这里之后，因为她丈夫的关系。他们夫妻的关系一直是上流社会热衷议论的话题之一。起初并没有偏帮。夫妻间的这点事对于这些世故老练的人们而言是再平常不过，但他们不掩饰。或者，她不掩饰。没人知道确切在什么时候，发生了什么，她被归纳到无法归类的那类。

那个曾经是她代理的男人这么形容过她的不同——她只是有点怪。这是在他们关系最融洽的时候他所持的态度。

对于外界的看法，她迟钝到令人发指。

几年来，她以众人皆知的方式放任着，任由自己浸淫到各色染料中，在沸腾的水和光里，任她的造物肆意凶猛无限生长，不经意造就一个世界。饱满到可怖的花朵，扭转牵连的根茎枝叶，荡漾水纹的镜面，眼神闪烁的飞禽。哪一个世界更为真实？

这个问题并不重要，她没有时间去思考这类问题。

只要自然地选择一个更可亲的地方就好。对她而言，那个地方就是卢波利姆街。

那个冬天快要结束的时候，她织成一张新挂毯，用机纺三股羊毛线按照基德明斯特方法编织成。一只垂死云雀嘴中含着野莓，羽翼半合倒在百合交织的枝梗花叶上。它的胸口那一片红，红得像血，也许是野莓的汁液，也许不是。

那是她卖得最好的一张挂毯。

两年后，她失去了这张设计图。

仍旧是冬天，她正在研究玻璃染色的理想效果，范打来电话告诉她以后不能再制作这个图案的产品。

“为什么？”

“这张挂毯的设计卖给别人了——雷夫人。”

她听到奇怪的声音，不是从话筒那边传来。

“这不是什么大事。夫人。”

什么声音？

“我应该让秘书来打这个电话。明天，明天吧，我让她写个文件。”范还在那边说着，小人儿说他们的话时特有的节奏感，“说点什么？夫人，说点什么？”

是寒战。牙齿在打战。她挂掉电话，当四周安静下来，轻易就找到声音的出处。

闯进范的公寓时她不再打战。正是深夜两点。电梯停了。楼道的灯一明一暗。靠摸墙壁一步步踩在高而窄的台阶沿紧绕电梯井盘旋而上。铁栏杆雕花数不尽的影子迎面掠过。同样的景象交替循环出现在面前，分不清到底哪个楼层，她似乎在一个圆圈里走到气尽。四楼楼梯口的盆栽救了她。她敲响范的门。

“有什么重要的事您可以在电话里说,不用亲自过来。”

“为什么?”惊讶于范的异常细小整齐的牙齿,她差点忘了要说什么。

他报了个数字。不可能更合适的价钱,相当于出售制品的二十年的毛利。

“不可以。”

“这不是什么大事。”他试着走近,被她躲开。

“我们可以生产,为什么还要卖?”

“只是一个图样。夫人。”

“如果你不觉得这很重要,就会让秘书来通知我。如果你觉得不重要,你就能看着我的眼睛。”

“您没有听到那个数字吗?”

“不能卖。这是我的图。”

范退到茶几后的圈椅前,岔开腿坐下,仰脸瞧着她好一阵不说话,“您会在雷夫人的新年酒会上荣获最杰出艺术家奖。”

她试着把前后对话联系起来。

“您需要一个奖,您的制品需要一个奖,来自官方的肯定。情形变了。这个城市里,几乎每一个像您这样的家庭都至少有一件我们作坊的制品。如果谁都有就不会有人争抢。况且您的制品虽然完美,但都不是唯一的,不能算艺术品。这几个月的销售数字并不乐观。您需要一个奖,夫人。”

她需要——她费力想那三个字后面到底是什么?她需要?她想要的只是回到她的作坊,“我喜欢那个图样。”

“您总得付出点什么,夫人。”

最初的迷惑连同激动一同消退。她突然想起自己应该是谁。

直到那时才真正慌张起来。她明白必须要假装一颗冷酷的心——去决断。她非得真的失去什么，由她选择，从那些她不惜一切想要留下的事物中选择舍弃的。她应该那样，却并不完全是。她是J，她是南方来的少女。

是吗？

什么声音。她听到一些声音，无从形容难以捕捉。什么声音？

骤然出现又骤然消失。引得她从对话里走神。

她重新面对范，胸口积满絮状的莫名之物，形不成言语。她再也没法像以前那么说话。J紧紧咬住嘴唇，一旦开口，就会无休止重复今天晚上讲过的所有的话，连同急促的呼吸一起吐出。因为，她确实没有理由去反对。

怎样才能讲述并不存在的理由。

“没有别的办法吗，范？”她在他面前缓缓摊开双手，好像沾满血污的凶手，“我只想做点简单的事。”

“没有什么是简单的。”

响声轰然而至，震耳欲聋，却只有她听到了。人们安然酣睡，范平静地站在她面前。

“范。”她闭上嘴，为那近乎呻吟的呼喊感到羞耻。疼痛令她无法开口。巨大的空缺横亘在她的颤音与之后的沉默间。她扶住椅背。抬起头，与那个男人面面相觑。

男人的脸好像一张面具，被极其舒缓地拉开，显现出被撕裂前那一刻的极度明确。

“您根本不懂得用脑子。”他说。

光怪陆离的暗夜街景划过眼睛。艳丽的女郎，醉鬼，两两三三围在电线杆附近的西装男子，点燃灶火的点心铺伙计，拆卸折叠木门的肉铺老板，紧紧走在灯下的小女孩，快睡着的巡警，还有被碾死的狗，在汽车从他们身边经过时，漫不经心地投来一瞥。她摇下车窗，外面飞进的白色碎屑沾在睫毛脸颊上，冰凉湿润。探出头张望，煤气灯点燃的夜空密密麻麻往下投注碎片，仿佛天空深处某个废弃已久的星辰掉落的残骸。

很久之后，她看到司机张大嘴满脸喜悦。

“什么？”

“太太，您看，下雪了。”

下雪了。伴随那三个字，城市深夜细微冗杂的声音纷沓而至，鱼贯落入耳中，好像春天开始解冻的河水。这城市这街道，眼前一切都从遥远无声的画面重新成为充满实感，无法逃脱的具象。就连灯下飞扬的雪都有它确确实实的重量。

那个城市，七八年也未必能见到一场雪，然而那一年冬天快要结束的时候，却下了一场罕见的大雪。连着两天的大雪将城市打造得银装素裹，厚厚的白雪覆盖下，本来熟悉的事物不禁显现出童真的模样。等到第三天太阳一出，雪迅速化了。雪块崩塌落下，雪水顺着沟渠树叶往下流淌。冰雪王国在阳光下亮晶晶的消逝。不可挽回的颓败之势，如同她的卢姆波里街的旧楼房。

四月，范卖出了她的第二张设计稿，还是给雷夫人。

五月，辞退两个从内陆请来的刺绣师傅。

七月，关闭玻璃彩绘实验室，因为原料紧缺。

范只是打电话来告诉她这些事，或者等她自己发现。她变得更加迟钝，也更加专心笔下的描绘。当范告诉她又卖出三张设计稿时，她不再追问原因。

“第一张设计图。”电话这边过了很久她才像从瞌睡中醒来一样开口说道。

“什么?”范耐心等着。

“不要卖。第一张设计图,不要卖。”

从那天起,她变得嗜睡,也不再往工作室跑。醒来后很晚才能起床,然后扑在书桌上画上一天。没有人能看到她到底画的是什么。起初还会接到工作坊或者范的电话。两三周后,几乎不再有电话。

“你的小作坊最近怎样?有一阵子没去了。”回来换晚宴礼服的丈夫看见她还是在家里,难免觉得意外。

“应该不好吧。”

“你不去不要紧吗?”换装完毕,他示意贴身男仆离开。

她站起来,走到窗前。羞愧隐秘却强烈,她应当得体平静地去接受失败,或者假装着一切从未发生。从表现来看,这两者并没有区别。

“我听到一些传闻,你和范之间有点……”

小时候她救过一只受伤的幼鸟,有一天清晨起来后发现幼鸟已经死去,她看了一眼,确定那具僵死冷硬的身体不会活过来,就像扔一只断掉的笔那样把它从窗口扔下。她告诉自己,她从没有养过鸟。

“你们之间应该有合约吧?”

她困惑地望着他,“我以为是你和他聊的那种事。”

“那种事?”令人哭笑不得的措辞。他好像重新回到第一次见到她的那条街上。她看上去几乎透明,“我的参与的部分仅仅到——你问要什么,我给你什么的地步。明天给我看看你们的合约。”男人抱住她的双臂。怀里的人近乎羞怯地整理起刘海。他抱她抱得更紧,“晚上和我一起去吗?雷夫人主持的慈善拍卖会。”

她不确定。站在她前面的是她的丈夫。他们已经很久没有一起出现在人们面前。南方小姐从不让丈夫难看,她们总是丈夫最强有力的后盾。

在那本佚名的传记里,作者使用地摊小说惯有的廉价伎俩,将那场慈善拍卖描绘成她倾尽全力反戈一击的战场。当你身处厄运,总得做点什么。

参加那场舞会的人们也是这么认为的。他们多多少少听到一些关于她和范的事。具体内容连当事人都不得而知。当她从车上下来,踱步走进宴会厅时,人们不约而同地期待着,一些与这个宴会不那么一样的事发生,不那么珠光宝气,也不那么乏味。

舞会出奇盛大。协会得到了法国大使馆的支持。对很久没出席舞会的人而言,过分光灿,视线转向哪里都会被钻石般光芒截断反弹回来。她走进人群,好像走进一千面破碎的镜子。人的面孔随着舞曲节奏快速更换。那些告诫自己不要看她的人,他们的目光在她身上滑来滑去。

只有一束目光例外。从它落到她身上起,就再也没有离开,露骨地注视着,简直是在引起他的注意。当然,远远隔着舞池,隔着交谈着的人们,隔着深海鱼群般无法清算的目光,她早就应该看到那顶帽子。

不知道什么时候,那只紧紧抓住她胳膊的手松开了。丈夫在她耳边轻语,然后离开。

只剩下她们。

她和雷夫人,相互对视,给予对方礼仪层面的微笑,等待着交锋。

只差人群为她们让出一条道来。

“见到您真高兴，夫人。”她用了足足一分钟去判断眼前这个突然站在面前的小人是谁？

没想到在这里会见到范。或者说已经很久没想起这个人。她希望自己看上去还好。

“你是想邀请我跳舞？”

范挑起眉毛。“如果您愿意。不过我们可以出去透透气，让眼睛也休息一下。”

“他们为什么在地面放那么多盏枝形吊灯？”

即使现在，他们仍能让对方发笑。一路笑到二楼阳台。没了烟味和香水味，空气还原成温热的湿布，沉沉贴在两具身体上。他们停下来，看笑意从对方脸上一点点消失。

——还记得第一次见面的时候吗？

——那时候我们向下走。

——现在我们是在上面？

——所以，你看，事情是往好的方向发展。

他们并没有那样说话。他们只是两具默默出汗的身体，遥遥相望。可能其中一人想到了初见的那次舞会，但是没有人提起。

“见到我让您觉得意外了？”范开口道，马上又摇手示意她别开口，“我很意外。见到您。”

“他们邀请了我丈夫。”

“对了，您向来贤淑，是一位非常传统的夫人。”

“在这点上我们没有争议。”她平静下来。面前那双黑眼睛里隐隐透着怒火，可她不想费神弄明白是怎么回事。出来的时间太长，她该回去了。

“别做傻事！”

她回头瞪着范，明白了他的担忧，“你又卖掉了什么？”

“全部设计图。除了第一幅。”

“这次不是为了协会奖。”她点点头，转身走了几步又回过头，“其他人呢，其他人怎么办？”

“他们找到了新工作。”

“你给他们找的？你们——还是同事，对吗？”在眼睛的里面，还有一双眼睛，看着她轻声细语，说着一件和她没关系的事。

“您什么都不懂！”范吼道。他伸出手，想要抓住她的胳膊，却在半途停下，徒劳地挥舞，“知道吗？您什么都不懂，什么也不关心，什么也不想知道。您只在乎您自己。”

“谁不是呢？”

“所以您到现在也不知道这一切究竟为什么会发生。”

“人们有权要得更多。”为什么她看起来更像一个赢家？“协会成立了新作坊？”

“公司。”他说。

这么说，她什么都不剩下了。“他——我丈夫想要看一下我们的合约。你那儿有吗？”

从他的喉咙里发出莫以名状的声音，仿佛被人掐住脖子，直到胸腔开始震动，听起来才更像是笑声。她的心跳到很远，看眼前比自己还难过的那个人怎么也不明白。

合约这种东西是一式二份的。

“您那儿也有。在您梳妆桌右边的抽屉里，您找找。”

“总有些事情是可以简单的，不是吗？”

回到宴会厅，她没看见她的丈夫。台上正在拍卖一名协会成员的挂毯，气氛刚刚好，竞价在四个人中间展开。两轮叫价后，两个竞争者退出。

“好久没见到你了,小姑娘。”

没有谁可以躲开雷夫人。“夫人,很高兴见到您。颜色真热烈,很特别。”她由衷赞叹帽子上的鸵鸟羽毛。

听到这类的话,雷夫人仍旧受用。她亲昵地拍打J的手,“你总是那么可人。脸色不那么好。你太瘦了,需要好好休息。”

“以后会有时间的。”

一个年轻的中尉最终拍得那张挂毯。人们鼓掌祝贺。

“年轻人总是勇敢。”雷夫人向中尉举杯,一个戏谑的致意。

J注意到底下很多人交换着别有深意的眼神。

“有多勇敢,就有多愚蠢。”雷夫人撩开面纱,抿口雪利酒,突然想到什么发问道,“告诉我,小姑娘,你在生那个掮客的气吗?”

“恭喜您,雷夫人。我听说新公司的事。”

“什么?啊,能想象吗,他们居然建了工厂,不是很大,但以后谁知道呢?他们——都很喜欢你的设计,那些花花草草,有意思。如果有人问我的意见,我更倾向古典趣味,从大师们的油画上借鉴。”

“上帝之光。”这词雷夫人过去常提及。她此刻再提起,她们相视一笑,好像回到仍是协会会员的日子,好像协会并没有夺走了她的设计图、工人、作坊。

“你的也没那么糟,有些细节还是很不错,有着中世纪艺术的特色,比如那张云雀挂毯。他们想把那张设计图用到墙纸上。”

“那张图只适合挂毯,作为墙纸缺乏深度感,必须要有他元素来形成空间感。”她停下来,让自己平静下来。她不在乎人们的贪婪,但是愚蠢,愚蠢是另一回事。她想到她的云雀,她的玫瑰……“对不起。我不想失礼。”

已经有好几双眼睛露骨地看向她，但是雷夫人似乎并不介意。“所有人都知道你会生气。可是，真没想到——你为什么那么在意那些该死的设计感？”

“我希望他们看起来美。”

“你是个傻子，或者是有史以来我所见到最出色的大骗子。珍·苏。”

“请您重新再考虑一下设计稿的用途，它真的不适合用在墙纸上。雷夫人。”

巨大的帽檐突然间如同被狂风掀开般上抬，帽子下的脸暴露在灯光下，丑陋苍白，布满皱褶，如同一只柔软的肉食动物。

“这么说，你不知道？!”雷夫人低头发出乌鸦般的笑声。她突然握住J的手腕，拉近她，对着她的耳朵喷出热气：“协会现在的主席是安妮。她——很能干，这次晚会靠她从使馆得到资助。我的时代过去了。”

“你的时代？”

“也是你的。”J笑笑，试着抽出手腕。这些事和她无关。雷夫人却抓得更紧。“在我的时代，我只是干掉那些挡路的人。而安妮，安妮不同，所有不站在她身后的人，都会被铲平。珍·苏，南方来的小鸟，你也一样不能幸免。”

“是吗？”

雷夫人洞穿了她最后那点虚弱的希望。她叹息道：“可怜的小鸟，你从来就没花心思了解过这个世界，从来都不知道发生过什么，就像你丈夫从来没……”

舞会一直到第二天凌晨，尽兴的人们面色惨白从使馆走出，游魂般消失在各自开来的各种车的轻烟里。没有人留意J是什么时候离开的。这是人们最后一次看见她。她的丈夫一直留到舞会结束，带着他送给妻子的礼物，醉醺醺地推开卧室的门。

J在吵闹声中睁开眼。

“看，这是我给你的礼物。”

男人半跪在地上，目光热烈，右手一展。一张挂毯缓缓在地上铺开。

“这是什么？”

“挂毯，你不喜欢吗？看。”说着，手指戳进毯上一只云雀，“你不喜欢吗？小鸟？”

他为她在拍卖会上竞价拍下一张挂毯，一张有着云雀的图。“你喜欢有小鸟的挂毯不是吗？”男人笑得和孩子一样。她坐在他面前，细细看那张挂毯，手指抚过上面周身发光的年轻母亲还有她的月桂枝。

“喜欢。”她说。

男人跳起来，疯狂地摸遍身上每个口袋，从裤子到马甲到外套，J瞧着他颤着手痉挛般抽搐，神情狰狞，手上上下下，进进出出，直等到下一刻，一只拳头缓缓从马甲口袋里伸到她面前，摊开——祖母绿镶银的耳环。

“又一个礼物。”男人仰望着她，身子慢慢滑落，嘴角仍然挂着笑，“和你的眼睛一个颜色。”

“你会帮我买回我的作坊吧。工人，设计稿，还有其他我失掉的东西。”

“我会的。你要什么我都答应你。”

说完这句，支着身体的右胳膊肘也渐渐放平，整个身子横躺地上。

已经不必让他知道她的眼睛不是绿色了。已经不必让他知道她明白他远胜过他以为的,已经不必让他知道她懂得什么的未来在等待她。

J站到镜子前面。她看见自己。一双眼睛看见她看见自己。

视线无法清晰。

又听到那声音,不堪,又无法回避。到底是什么声音?

她来到壁橱前,取出一张挂毯。那是她的第一张挂毯,在雨天下午燃烧过,如今静静任人搬弄,不置可否展开在J面前。她不敢去碰触向旁倾倒的巨大花朵,那上面还有上一场大火的余温。她盯着它们,等着,心中越寂静,耳边那声响越是隆隆无穷滚来。她只是跪在铺开的挂毯前面,盯着,等着,这一次看到了火光。第一点火光在花蕊间闪现,轻轻一跳,和露珠一般,她还以为是看错了,接下来橙色光点荧荧闪闪,好像一群萤火虫在一片花瓣后面飞出,连成一朵小小的橘色花朵。火焰颤动着踌躇不前,一点点优雅舔舐挂毯上的花朵与果实,精致如谜般的花园景象。

J一动不动,痴迷地望着火焰蔓延,无比怜爱,好像是她织出的心血作品。火光在她眼里闪烁,一双眼睛看见火光在她眼里燃烧。

那个叫作南方的幻影仍然在燃烧。

七　大世界

今天晚上，就在刚才，吉尔死了。

我的第二个女儿。

人们都认为我偏爱堇，我的第一个女儿。即使她在婚礼当天离奇消失之后，我仍然不顾所有人反对，将她定为我的唯一法定继承人。我表现得好像她只是出门看场电影一般。

没必要惊慌。我足够冷酷顽固，比那个男人更像他自己。凭着生意人的直觉，我相信这个女孩迟早会再次出现，在百合花的香气里，显露她试图遮掩的面目。

我们是一类人，我因此疼爱她。我照顾着她，像一个罪犯照顾另一个罪犯。

人们以为这是出自血亲之爱。

那些白纸般清白的人，怎么向他们解释——怎么向活人解释死亡？

吉尔也不明白，却坦然接受。作为世界运行法则的一部分。

从她还只是个婴儿时起就是这样。

那天，她躺在谁的怀里，黑白分明的眼睛斜向我们。堇，她的姐姐坐在我身边，抱着一个娃娃，却并没有睡着。我从报纸上抬起头，撞见吉尔的目光。一个婴儿怎么会有这样眼神？夜里的桂花香飘进来。月光亮。树影摇曳。

她似乎是笑了。

那笑意，浅得几乎难以辨别，缓缓地从那婴儿的身体里渗出，透过幼滑柔嫩的肌肤泛开，没有牵动任何一丝面部肌肉，持久地留存在空气中。

屋子在我眼前轻轻摇晃，报纸上的字也是。抱着她的人是谁，也许是我的第二任妻子，也许是奶妈，那个人对我说着什么？一些不连贯的陌生音节从远处飘来。我抓住它们。

回应。回应着无关紧要的一些事。悄无声息地借着这样的话语重新潜入那个秩序稳固的世界。吉尔的笑容令我不安，当时我并不明白那其实是她给出的应允。

——在出生不到一岁时，便匆忙给出的应允。

她应允了无条件的爱和牺牲，并且应允——将欣然接受那个无法被改变的事实。

“我生来就是你的第二个女儿，永远也变不成那个第一个。”

“你说什么？”

她又说了一遍。那时她 11 岁，能将心中所想付诸言语，就这么清清楚楚简简单单地抖落人前。我惊讶她的伶俐，沉吟怎么接她的话。

宴会大厅的乐曲飘到阳台外廊。是我举办了这场盛大的舞会，庆祝堇的生日。在那边，枝形吊灯的珠链上，雪白肌肤缠绕的珠宝，丝绸缎带映射出无数的旋转人影。

闪光的碎片。

我被脑海里想象的碎片扰乱，迟迟找不到话说，对着眼前这个小姑娘。

她从哪里继承来一双让人心慌的眸子？

“我不是你第一个妻子的孩子。”她眨了眨眼，“没办法呢。”

“谁说的？”

“老嬷嬷。”

“她年纪大了，糊涂了。”

她脸上泛起一阵红，“你是说老嬷嬷撒谎了咯。”

“她记错了。人上年纪都这样。”我蹲下来，对着那具珍珠缎包裹的身躯，细声慢语跟她讲老嬷嬷如何糊涂，她甚至以为是她抚育了我们家三代 18 个孩子。

“可是，爸爸，你不是这里的人。你以前住在很远的地方。那个地方老嬷嬷从来没去过呀。”

我点点头，意识到只要伸手就可以抱起我的女儿。“爸爸，等我长大了也会有和你和堇一样的蜜色头发吗？”

不知道从哪里飘来的香气。是什么，像柠檬，我分了神，不该是夹竹桃。

她转动眼珠，身体忽然从我身边滑开，消失在宴会厅的金色光亮里，留下一串笑声。宴会大厅里，十指翻飞划过钢琴琴键，香槟般的乐声翻滚而来。

一只，两只，三只……金色卷毛的羊只鱼贯而出。

我数着我的羊，仿佛无穷无尽。

送走客人们，我独自待在书房到深夜，直等到这栋房子里的人们都睡去。是的，连房子也睡去的时候，仔细听，能听见砖墙随着那均匀深长的呼吸声轻轻起伏。我的女儿们不会梦到我。从书房出来，顺走廊来到尽头边角的楼梯，接着薄纱般的月光，我看见自己的影子先上楼，没有声响，贴在雕花栏杆和楼梯之上的暗影，并不浓重，几乎也并不成形。四楼楼顶低低压下，一只金色鸟笼悬挂在楼梯口，我侧身从边上绕过。那鸟后弯的脖颈直起来，露出埋在羽毛里的脑袋，黑溜溜的眼珠在黑暗里警觉地转动。我在一扇门前停下。从里面传来老年人浑浊沉重的鼾声。对了，就是这。即使隔着门也能闻到她身上的味道。身体里慢慢残败朽坏，混合着渗进每道皱褶里的肥皂味。

突然我生出一种错觉，离奇可笑，并怀着不相干的心情嘲笑着这份错觉。

当然，门是锁着的，并且用长椅抵住，凭靠老妇人特有的疑神疑鬼，她一直活到现在。自从几年前城里第一起绑票撕票案发生后，她就拒绝踏出家门一步。

四楼逼仄的楼道的黑暗，既不轻盈也不沉重。我纹丝不动，等着什么。

门里面，老女人翻转身体，发出含糊的叫声。

我还是等着。

老女人们的梦呓，晚上和白天没有区别，絮絮叨叨无意义的音节，自以为是的真情。说话对她们来说比呼吸更重要。

我站在那。隔着一道门等着。

吉尔也许是唯一会难过的人——那老女人若死了的话。

两年后，巡捕房通知我们去认人。老嬷嬷被发现死在路边。她已经饿得不成人形，看上去和其他死在街上的乞丐没什么两样。偏偏接管那条马路的巡捕之前跟长官来过我家，吃过老嬷嬷递上的绿豆汤。“那年夏天特别热啊。”掀开尸布的时候他这么说。他还说她是在离我家两条马路的另一栋别墅门口被发现的。“那家大门口和你们家挺像。”我抬起眼睛看了一眼。他错开目光，识趣地闭上嘴。

“她认错了门。”吉尔的声音传过来，“老嬷嬷想要回家。”

巡捕房的电话是她接的。她硬要跟来，答应我不进停尸房。即使只站在外面，对一个小女孩也意味太多。我回过头。她站在门口，对着屋内森森然的白布一点表情都没有。

去年年中起，当地局势骤然恶化。政局一贯的混乱，这一国的各个派系互相倾轧，没想到邻近小国不知不觉在此地立住根基嚣张跋扈，和本地人剑拔弩张。到年底，闹出命案。对方直指是我毛巾厂的工人行凶，放火烧了工厂。几方求安稳，商量来去，我决定关厂了事。以此为契机，我拿出一笔感谢金，辞退家里老嬷嬷在内三个老佣人。

那时，街头流民的尸体渐渐不再稀奇。时局混乱，不少工厂倒闭，当地做生意搞实业遭殃。没有恶习的壮劳力活下来都艰难。

我们再也没有见过老嬷嬷。吉尔甚至再也没有提到过她，一直到巡捕房通知来认尸。当她站在停尸房门口说话时，那张脸上讳莫如深，没有半点蛛丝马迹。我几乎忘了她的年纪，也忘了她是我的女儿。这么对着的是一个不知道从哪里来的陌生人，对着她就仿佛有冷风吹进胸口。

只过了一年，我们又一起站在了巡捕房里。隔着拘留所牢房栅栏，她又拿出那副表情，一动不动坐在地上，只有黑漆漆的眼珠跟着我转。她并没有受太大苦。关的是单人牢房，虽然恶臭扑鼻，到底没有把便桶当饭桶粪便到处都是。牢门打开，她轻轻从里面飘出来。我上下仔细打量，确认她没有受皮肉之苦。

“爸爸。”她冲我笑。

“啊，我们并没有动粗。因为当时小姐要硬闯，兄弟们不得已才把她安置在那。怎么说，要不是她长得不像本地人我们也不会误会。不过，我接班的时候看见她就……”通知我的巡捕一路跟在我们后面解释。

他已经说得足够多。我只想办完手续赶紧回到银行。

签完字，正要走，被吉尔拉住。

“就这么走了，爸爸？”

我清了清喉咙，“银行有事。”

“不能把他留在这。”她仰起浮肿的脸。

在拘留所里关了一个晚上，不知道见识到多少阴森残酷的事，她锐气未挫，没事人一样。我的女儿，她温良又坚定，坚持要求巡捕房交出门口被倒吊的那个男人。尽管那时候，那个男人已经被当作间谍直接给处死了。巡捕房认为这样说不定可以引来他的同党，最少也能起到威吓警戒的作用，却没想到等来了吉尔。吉尔与他素不相识，却不惜冲撞巡捕，企图放下男人的尸体，幸好她年纪幼小巡捕并不怀疑她是同伙。

她真的不知道自己差点遭遇了什么？

“回家。”

“为什么不帮他？”

“他不需要了。”

“他们不能这么对他。他们看不出他已经死了吗?!”她央求道。别的女孩在这个年纪只会为了玩具和衣裙而哭闹吧。如果那样我会蹲下来安抚她，满足她。她应该记得我告诉过她，在这个城市，许多事我们不可以插手。

“因为他是本地人，因为他的眼睛和皮肤和我们不一样，我们就不管他了吗?”吉尔的声音高了上去，没了孩童的柔和。“我和你长得也不像呢，爸爸。”

“我们有我们的麻烦。你会知道的。”

她的眼睛一亮，小动物般安静下来，那种带着牙齿的安静。她也许看出我的厌倦和狼狈。

我们一路来到一楼大厅，办理最后的手续。警务长官过来寒暄的时候，她从我身边跑开。眼角看见她走进门口白茫茫的光里，我知道她不会跑远。

她果然在路边等我，身边站着个学生模样的青年。那青年瘦高个，学生服又脏又破挂在身上。走近了发现他身上脸上都挂了彩，脸色白里泛青，似乎受了不少折磨，随时就要倒下的样子。

“隔壁牢房的。他走不动了，我们送送他吧?”吉尔说。

这是她变通的决心。我没有拒绝，反倒是青年迟疑畏缩着，等司机把车开到跟前，还是吉尔把他推上副驾驶座。

司机借着后视镜看我。我点点头。

“去哪？送你一段。”我说。

“康西路。”他用我们的语言流利回答。

车子发动起来，按着喇叭，在人流里强行开出一条道。行人推挤向前。那些茫然木讷的黄色面孔几乎贴到车窗。

“你住在那儿啊?”吉尔问。她的本地话和嬷嬷学的，带着乡音。

许多人会觉得好笑，但青年并没有被打动。他似乎更加警觉，不自然地收了下肩膀，从胸腔含糊地发出嗯的声音。

“我家住在白赛仲路，有空来玩。”吉尔说。

青年不做声。嘴角下撇。

“他们为什么抓你?”

青年沉吟片刻,说:“社会科学同盟支部。”这八个字好像钥匙,一下子打开青年的话匣。他开始滔滔不绝讲起他们这些学生要建立的小组织,强调着这个将要成立的组织的重大意义。他是相信自己的话的,连声音也恢复镇定起来。那嗓音清亮。

像一个恶兆。

空袭的警报第一次响起在城市上空时,大多数人都没有辨识出来。陌生空洞仿佛永远撕扯下去的号叫声灌入城市每条街道暗巷,每个角落。我刚签完合同,将江东丝厂卖给一个本地实业家。警报变得短促。我和那人隔着办公桌站起来。另一种声音霸占了头顶。玻璃被震碎。

顷刻,江东成了火海。

脚下仿佛踏空,地板随之崩塌,然而只是一阵阵急颤。轰炸机从低空呼啸而过继续投掷炸弹。不远处的街市也被炸成废墟。年轻的实业家忽然跪在我面前呜咽。我看着他。我们之间有一道鸿沟,一如这城市自始自终有一道无形的隔断,即使战争也不会逾越。轰炸集中在本地人管理的区域。从办公室的窗外看去,外面发生的事看起来只是混乱。人们在死去,但城市还可以修复。

我们可以安然度过的,毕竟这只是别人的浩劫。

轰炸后是围困,一条街一条街的拉锯战,最终守军还是被迫撤离,留下无法落逃的本地难民纷纷要涌进侨民区域。侨民巡捕全副武装,设置铁蒺藜,路障日夜守在边界。那又是一场战争,更加惨烈。或者死于敌军屠戮,或者逃离时死于踩踏,或者试图过界被巡捕枪杀。

我的办公室很高，足够隔开下面的世界。无论人们如何哭喊，都只是一些渺茫的人声。应该是在那段时间吧，吉尔开始频频外出。她悄悄从家里拿走一些食物衣物，有一次，还拿了钱。我并没有戳穿她，任由她按自己的主张行动。

让她有自己的事可忙也是好的。小孩子无害的冒险。

我知道她在家里花园的亭子和人接头。好几次在夜晚看见她将东西转交，再打开花园的边门把人送走。来的那个人之前见过。第一次见面的时候我就知道以后还会见到他。巡捕房外的那个青年学生，黑眼仁下大片青色的眼白，肉感深色的唇。如果看过的人多了，就自然有了这样的眼力：人们皮肉下面隐藏的东西会向你自动浮现。当初第一眼见到他，我似乎就已经知道他是个不要紧的人。吉尔竟然又找到了他。他们一起从事隐秘的小勾当，一起擅自夸大着行为的危险性，为幻想中的图景奔波。青年的意图显而易见，但是吉尔，她在想什么？

在这个乏善可陈的男人身上，没有任何可以令她着迷的地方。他们小小的抵抗运动也不足以激起她的热情。我不由地探究起吉尔，仿佛她是个陌生人。在多数人的眼里，她就是一团光焰。爱笑，吵闹，好奇心重，不知道什么是危险，也不懂得拒绝。人们也许会认为她不过在玩玩，一次天真的冒险。

你知道的，那些富家小姐无聊生活需要这样的调料。青年会对他的朋友这么谈论吉尔。

她看上去太简单了，简单到似乎不需要花时间去弄明白她。

始料未及，在吉尔 15 岁时，我怀着冰冷的兴趣打量起自己的女儿。

开始真正打量自己的女儿，怀着不为人知的全然纯粹又无情的好奇，像一个旁观者那样，暗暗在一边观察起她。

隔着长长餐桌测量她脸上跳动的阴影，透过窗户计算着她潜进夜色里奔跑的步幅，或者隔着一道墙壁，听着客厅里她和姐姐支离破碎的对话。

最开始，只是小打小闹，一群孩子对正义的假想。他们所做的连历史剧都不算，不过是最差劲的戏仿，他们的双手比他们的面孔还要干净。停战后的第二年事情发生了微妙变化。只是些细节，但所有细节都指向一个可能。吉尔的反抗活动不再限于简单的捐助，她被卷入到更危险的密谋中，被迫进入沸腾翻滚的深海。一切发生得太快，她甚至都未必明白发生了什么。但她出乎寻常得镇静，若无其事地继续以天真任性的面貌出现在人前，几乎没有一点破绽。

有一次青年以还书的名义登门拜访。借机试探他几句之后，我发现，就连他也并不知情。他只是自以为知道。我微笑着从那个沾沾自喜的年轻人身边离开。

为什么贸然涉险，将自己置于可怕的处境。我无法想象。

不仅仅是出于内疚，不仅仅是因为热爱冒险，也不仅仅是为了跟随一个年轻异性，不仅仅如此。

她是爱那些受苦的人，却也并不仇恨我们这个阶级。她爱着我们，她影子一般的家人，也真心喜爱每一个到访的客人，总是带着孩子气殷勤招待他们。客人们大多数乐意和她攀谈，毫无戒心地回答她不着边际的问题。她轻易就能让人愉悦放松起来，这恰恰是来我这进行商谈的人所需要的。有时候我会故意让那些人等在客厅，听他们和吉尔聊天。吉尔漫不经心地推进着谈话，丝毫没有意识到自己正在刺探消息。

我的女儿已经成为一团谜。她无限向内。一座向内生长的迷宫,路径幽微难以辨析,人们甚至不会察觉到迷宫的存在。

我没有试着走进迷宫。直面它的瞬间,冰冷微弱的光芒随之湮灭。对吉尔冰冷的好奇随即戛然而止。在我看来,那已经可以算是答案。

相比起来堇的离开更像是个谜。她以骇人听闻的方式消失在自己的婚礼上,毅然而然舍身进入那幽暗不可测的异地。我没有强迫她们中任何一个按照我的意愿去生活。事实上,我并没有那样的意愿,也不再有那样的余力。侨民地区渐渐被战胜军侵蚀,横在本地人与侨民之间的鸿沟不知不觉消失。侨民区武装被全部解散。我们未能幸免。年底的时候,名下两家工厂被征收,流动资金半数以上被强行虏走,和大巡捕名下一起开的跑狗场被另一个当地流氓强占。

我们只是受优待的俘虏,暂时还有自由,然而进出都会被监视。就连在熟人中间,也出现了闪烁不定的目光。表面看,这个城市已经有了新主人,新势力新地盘在密谋交涉和背叛中缓缓浮现。和难民不同,我手上还有筹码,如果足够聪明,就能在新局势下争取一点特权。

通过几个中间人,我见到杜先生,代表和R军合作的本地势力的头目。最初安排在他坐镇的茶馆。他在那里约见所有人,安排协调各股势力,听人倾诉烦恼,用自己的方法解决。

然而一场未遂的暗杀打破了他的惯例。我们约在大酒店的总统套间。

我讲了跑狗场和纺织厂的事。他点点头。本地人宽松的府绸衣服松松垮垮落在他黝黑壮硕的身体上。他比他的前任更年轻,也更贪婪。

我用了更多的钱和股份说服了他。他说他喜欢我的行头。我一愣。他的一个手下凑到我耳朵边解释说行头就是西装，suit 的意思。我笑笑，告诉他可以把我的裁缝介绍给他，说着摘下古董袖扣搁在他面前。

传闻说他入行前曾经留洋读过书，我猜他大概知道这对袖扣的价值。他目光掠过，面无表情。“苏先生来这里多久了？”

“快二十年了。”我以为是简单寒暄，但不是。

“哦，难怪。”

从厚眼睑里射出两道光，看得人心里发凉。虽然有身边人告诉我那是好话。杜先生欣赏我人情通达。

跟班一直尾随我进到电梯。我有些意外，原来以为他是护送我出门。电梯门合上，只剩下我们俩。我略微错开目光，假装并不会意。他果然主动开口了。

“苏先生，你家里人都好吧。”

“挺好。”

“世道乱，外面骗子多，要小心交朋友。”

“都是女眷，平时不出门。”我转睛盯着那人。他身体一缩，向右倾得更厉害。原来是个瘸子。

“苏先生。”他避开我的目光，谄笑着递上一个信封。

信封里放着一张照片。好像听到远处有人用乡音说了荤段子，我感到一丝模糊的笑意。照片上的吉尔露出成人模样。她正从一家书局出来，手里拎着一个可疑的包袱。“这家书局我们前两天刚查抄。去的时候他们还在印传单。”瘸子投来试探的目光。他或许没有看见在照片左下角不起眼的位置那张熟悉的面孔。

我把照片还给她，“凑巧。”

瘸子笑了，“哎呀，没想到你本地话学的那么好。”

到了一楼，我跨步走出电梯，被他拦住。眉骨下一双深陷的大眼忽然露出凶光，“苏先生，今天你不听我把话说完你一定会后悔。”

没想到有朝一日会被人威胁。我逼退他径直到门口。“你上哪儿？我送你一程。”

瘸子告诉我的事，大多数我知道的。那个青年组织一共二十几个人，除了吉尔其他都是师大的学生，说到底不过是学生自发的组织，背后没有任何势力支持，也没有明确的行动纲领，所做的无非是救助难民，印刷反战传单，去各国使馆门前请愿。

“小孩子的玩闹。”我说。

“幸好上面也是这么想的，一直没有严查，否则……”

“所以你现在是在警备部做事，还是给杜先生办事？”我问。

瘸子耸耸肩，“没什么区别，都是在R军眼皮下混口饭吃。”

我笑笑。他以为可以从我这里捞点好处。

瘸子看到我不说话，也不着急，打开车窗，给自己点了根烟，眯起眼专心致志吸了一口，看样子不吸完整支烟是不会开口。

我使了个眼色给司机。车速立刻慢下。瘸子一看形势知道不好再卖关子，“苏老板，我刚才跟你说的，你肯定早就知道。你心里笃定，是因为你以为你对你女儿的事了若指掌。昨天江东有人捞起一具浮尸。你猜那个人是谁？你手底下的那个姓白的买办。没想到吧，你不过派他监视你女儿的行动，暗中保护她，没想到却让他送了命。死得很惨呢。”瘸子说着要拿证据给我看。

“不用了，你说下去。”

“苏先生，我诚心问你，你女儿的事你了解多少？”

“就是你刚才说的那些。”

瘸子点点头，自以为掌握了主动权，绘声绘色讲起吉尔如何获得组员们信任，又怎样渐渐树立了自己的威信。多么奇怪。她明明年纪最小，身份也最可疑，竟然不知不觉成了骨干。

“苏先生你们家小姐特别啊。我的探子混在里面，他说这个小姑娘就是让人心里觉得可以亲近，放心。他可是个受过训练的探子啊。本来带头的那个人，那个小白脸，暗地里不痛快了，经常找茬。其实他是你女儿的那个吧……”

“你在说什么？我的两个女儿足不出户。”我问。

他僵在那，“照片……”

我微微一笑，撸了撸袖口，“偶尔买几本书算什么？”

瘸子急了，声音高上去，“你需要我的。令嫒的事不那么简单。”

瘸子证实我的猜测。吉尔被地下反抗军吸收，秘密成为他们的一员。她遵守纪律，没有告诉任何人，包括青年同盟组织里所有的伙伴。

“到现在为止，她只是被招募接受训练，还没做什么出格事情。我也还没有向上面汇报，杜先生和警备部都以为她只是学生组织里的小孩子。”他仰靠在座位上，掏出一根劣质香烟。

我把我的烟递给他。他不客气地抖出一根，剩下的揣进兜里。

“你说的，都未必确凿，不过倒提醒我，回去要和小孩子好好谈谈。”

“苏先生，有没有这回事，由上面决定，但我这里隐瞒不报是要冒风险的。”

“哦，哪件事你没有汇报？”我认定他手中没有底牌。如果真有确实的证据，他早就亮出来了。

他果然语塞，猛吸几口烟，镇定下来，侧过身看我，“你以为你那个姓白的买办怎么死的。我一路追他的案子，发现和令嫒有关联。”

低头，目光落在我的一双手上，明明看着它们十指交叠安静俯伏，却从虎口处感受到实在的强力挤压，连那皮肤的触感都真实无比。被这强烈幻觉攫住，我忽然失声。

在这个城市，金子是最过硬的解决方案。瘸子从我这里拿走了三根金条。我开始疏通关系，尽早将吉尔送回国。晚餐时，我向所有人宣告了这一消息。我的妻子没有反对，很多年前她就已经学会无条件尊重我所有的决定。堇觉得有些意外，她提醒我吉尔从小在这里长大，那个国家对她而言全然陌生。我告诉她迟早有一天我们都会回去，也许就在不久之后。那里才是我们的故乡。堇没有再坚持，她太疲惫了，没有气力争执。

只剩下吉尔。

自始至终她一言不发，专注于盘中的食物，仿佛那是世上最美味的食物。

“吉尔，你听到吗?”我问。

她看向我，嘴里仍旧不停咀嚼食物。

“我定了两周后的船票。”这话并不完全属实。船票需要提前预约，通行证并不容易搞到。

吉尔没有戳穿这个显而易见的谎言。她不打算说任何话。咽下食物的同时，她往嘴里送入更多的食物，塞满口腔。

我等她。她迟早会停下来。

盘子空了。她示意让仆人添菜，然后吃下满满一盘子食物。

两次，三次，我不阻止她，也不会像堇和我的妻子那样，选择先行离开。

我等着她输在她自己发起的战役上。没有仁慈，没有饶恕，也没有惩罚。我目的明确，势在必成。就在今晚，她必须明白她在这个城市的生活已经彻底结束。我不会给她接触外界的机会。她会被软禁起来，直到上船那一刻。

我们相对而坐。四周一片寂静，只剩下刀叉轻微撞击的声音。座钟敲响九下。我示意仆人们退下，只剩下我们。吉尔，我的女儿，她看我时，右眼向外微斜，仿佛被什么分神；她的头发乌黑笔直，体形娇小；她的笑容——是好人才会有的笑容。

就是这样，她才让我不安。

她不像我，也不像我的妻子。每当她在我面前晃来晃去，总让我想起那张面孔。不用说任何话不用做任何事，她的存在本身就威胁着我。我很早就已经知道，那个不可以被撼动的信念会在她面前分崩离析。

不会的，苏先生不会这么被打败。

我品味着她勉强咽食的模样。脸色越来越苍白，吞咽越来越困难，手在颤抖，很快就握不住刀叉。

我等着。

她会停下来的。

在不在暗处，我的耐心都非同寻常。

她开始呕吐。刀叉掉在地上，她甚至来不及跑进盥洗室，当着我的面就把几乎未消化的食物倾泻而出。像野兽一样的声音随身体抽搐而爆发。空气里充斥着难闻的气味。

不用多久，她会把胆汁也吐出来。

我起身径直进到书房，打开桌灯。面前放着将要建起的军工厂图纸，但在吉尔来之前我什么都没有看进去。

她没有敲门就进来了，悄无声息地坐在我对面。这种潜进房间的本领，是受训习来，还是天赋？我打量着灯光下这张虚弱的面孔。

她已经把自己收拾干净。前额的碎发还是湿的。我在看她的时候，她也在用同样的目光打量着我。冷漠无情，就像一部机器——照相机。

“明天起，你就在家收拾要带去的行李。”

“父亲。”

我惊讶她用本地人最正式的方式称呼我。她从来没那么和我说过话。

黄色光晕微微震荡。天气真热，我应该开窗让风进来。

那一刻，吉尔笑了。浅的不能再浅的笑意，从她血肉筋骨缓缓渗出，将光亮处镀得更亮。

那目光。我看着她，她看着我。隔着绿色银行桌灯，或者一面镜子。

吉尔，我的女儿。

她看上去就是我。

我跳起来——这念头让我发狂——一把抓住她的肩膀。

“你做了什么？”

“太晚了。”她颓然倒在我怀里，“为什么——原来，我是这样的人。”

她被派去执行的第一个任务是暗杀。如果我不是在这个身体里待太久，我就应该事先料到。本地人管这个叫投名状，但也可能是别的原因。他们太缺人了。侨民区沦陷后，军队和巡捕还有流氓联手，反抗组织遭到重创。他们需要新鲜血液。

没有比吉尔更合适的了。

第一次任务一共派去七个人，都是新手。他们甚至不知道暗杀对象的名字。只给了照片，出没地点，时间。几个人商量白天在街边动手，得手后各自散开。她扮作那抱孩子夫人的同伴，乘着目标下车进蛋糕房前动手，其他三个人做路人掩护，分散保镖注意。女人们做得干净利落，一刀肝脏，一刀肾脏，还没等目标身体瘫倒，就上了接应他们的黄包车。他们并没有走远。警哨响起，沿路路口立刻设了关口。黄包车中途把襁褓中婴儿交给小巷里人家，又把女人们按预定计划送到两条街外的电影院后门入口处。女人们摸黑找了座位坐下，等四个小时连场电影结束混在人群里一起出去。

“没想到警察在电影院也设了关卡。挨个检查电影票。同伴姐姐吓蒙了。散场的人流涌动，前面的人被后面的人推着往关口走。这时要逃也来不及了。眼看就到了关卡，警察一个个核对电影票，连日期场次都看，在他们后面站着五六个穿黑长衫的男人，没有声响，只是挨个盯着从他们前面走过的人。看得人心里发毛。再有一个就是我们了。同伴姐姐手心全是汗，握都握不住。我松开手到包里找手绢，心想她要是真的……”吉尔的声音低下来。

以前我听说过有些组织手段阴狠，派人做要紧任务前，也给他们一粒小药丸，以防万一。要是那个女人真的当场崩溃，吉尔一定会把自己的药丸给那个女人吃下。那种情况下，是对所有人的恩慈。除了她自己。

“然后呢？”

“我摸到了票根。就在包的夹袋……查地形的时候我顺便买了两张票。上头没有教我这么做，可是我做了。”

鬼使神差般地让吉尔做了对的事情，保全了同伴和自己的性命。然而我明白她的慌张，对从未发觉的天赋慌张。好像她生来知道得该如何做手上沾血的事，好像她生来就是为了杀人的。

所有这些话，事无巨细，唯独略过刀刺入身体的情景。她不讲我就不问。

做父亲的怎么开口问自己的女儿,你杀人时候什么感觉。

我还从未见过她这样。目光涣散,连身体骨架都似乎要散开,只差一口气,一呼一吸,她就灰飞烟灭。

“这几天,你哪里都不要去。”

我说了我唯一能说的话。

青年大吼。他气极了,以至于罔顾这是在我家的事实,而对着吉尔咆哮。听不到他具体说什么,只有只字片语落进耳朵。换平时你不可能想到他这样一个读书人会说出这种话。我站在二楼阳台看着亭子里这两个年轻人。仆人们在一楼。如果青年太出格,他们也会请他出去。

无论青年说什么,吉尔都淡淡笑着。她会在他愤怒地挥舞双手时,握住他的手或者突然做个鬼脸,摇晃着身体凑近男人,轻轻踢他的胫骨,然后笑着逃开。

她努力在让他们的对话看上去更像一场游戏,而不是正义方的发难。

吉尔被软禁后的第三天,青年找上门了。他还是第一次从正门进来,想必是鼓足勇气。迈进大厅的那步走得相当艰难。我远远看见那张脸青得吓人。他从牙齿间挤出模糊的问候,我和妻子点点头,把吉尔叫下楼。吉尔一路蹦跳着跑到他面前,完全没有心思的样子。青年望见她的第一眼,脸便涨红,眼里湿乎乎的,嘴唇抿得更紧。他呼吸分明急促得厉害,却到底连一个笑容都不愿给她的。

吉尔看向我,我点点头,算是给他们最后的告别。这种时候,我们不在场更好。青年对我们的厌恶显而易见。吉尔说他家里……

也许是吧。我不觉得这因此就是我们的过错，也想象不出一个男人为什么要对别人说这些。

我移步上楼到阳台，看他们俩一前一后沿着花园小径走。青年走在前面，每次吉尔试图走到他身边，都被他大步甩开。他就这么一路走进亭子，在那里等着吉尔。

他已经知道自己要说什么，但是吉尔先开口了。她只说了两句话。我能猜到内容。青年睁大眼。他不会料到吉尔会突然就这么离开，离开他，离开他们的战斗，离开这座城市。他应该想到的。吉尔是我的女儿，我们不属于这里。迟早有一天，我们都会离开。吉尔的黑发黑眼睛流利的当地话让他一度忘记这点。直到最后，她告诉他她要走了。忽然间，青年来之前准备好的说辞全部失效，在脑海中演练无数次的讨伐溃不成军。

他僵在那。身体佝偻，仿佛挨了重重一拳。

太远了。我看不见吉尔的面容。有那么一会儿，我的心悬空。

那两个人的命运确实已经相互缠绕。他们静止相对的身影这么告诉我。如果不亲眼看见，我不会真正意识到这点。吉尔爱这个男人，以一个女人的方式爱着。那个男人，以无法自制的方式回应着她的爱。因为这样，他们才被迫以被困斗兽的模样相对，死死盯着对方的眼睛，说不出话来。

从什么地方传来蝉鸣。夏天是要结束了还是刚开始？

男人咧开嘴，像是在大笑，然后开始咆哮。他们变换站姿，站位，开口说着我听不见的话语。亭子里发生的一切，如同舞剧，充满张力与悬念。起风了，刚刚被刈过的草地飘来沁人的甜味。我听到叛徒两个字。

会结束的。我心想，转身进了屋。

没过几天，瘸子来我办公室要厂里工会成员名单。我们都知道他并不是非要从我这里才能得到这份名单，我们也都知道交出名单这件事对我比较重要。

“听说你这两天一直在疏通关系。”瘸子手上翻着我给他的名册，忽然来了那么一句。

我把准备好的名册和现金一起给他。他接过来，也没有要走的意思。接着就冒出刚才那句话——他是冲着吉尔来的。

“趁还来得及，早点把她送回国吧。一不留神，她都快成当地人了。”他说。

“这倒是真的。”

瘸子起身给自己倒了杯威士忌。想了想听下来问我，“苏先生，你要吗?”

“不客气。你喝。”

“哎呀，累坏了。你也看报纸了吧。投诚的反抗组织头头被人杀死在蛋糕房门口。一点头绪都没有。”

“是吗?”

“是啊。”他仰起脖子喝了一大口，舒口气，将身体伸长摊开。

我等着。

“你还记得那个青年学生同盟的小头头吧。出事后他可很活络啊。他是不是前两天还去府上找过令嫒?”

“当时我在。”

他点点头，从书柜雪茄盒里拿出一根雪茄。看他直接要点，我递上雪茄刀。他脸色难看，很快恢复过来，继续刚才的话。“那个小赤佬，是个真正瘪三，就是无赖的意思。”瘸子怕我听不懂俚语，又加了句解释。“你知道吧，他常跟人说他家里怎么穷怎么苦，其实他妈妈根本不是是河北棉纺织厂的女工，而是——侨民区里猫房的幺二堂子，年纪大了只好在西德华路做做水手的咸肉生意。”

我穿上外套，准备出门。

“你出门啊？”

“晚上你们杜老板四姨太约我看戏。”

“哦，那顺带我一段吧。我回局里。”他跟出来，对我嘿嘿一笑，“其实我是探长。我跟着杜老板，也帮新政府做事，偶尔也给你这样上道的朋友帮帮忙。”

“你刚才想说什么？”

瘸子收回笑脸，伸出四根手指。

要的比上次还多。我冷笑：“这次你有什么事要告诉？”

“好，我先说。苏先生是真正绅士，不会赖账。青年同盟的那个小赤佬要做（杀）掉你女儿。”

“什么？！”

“我的线人说他到处跟人说令嫒是叛徒。前段时间书局查抄，一些人被捕，全是令嫒告发。他好像自己也相信这屁话，所以其他人也信了。前段时间不是有个大案子吗——有个投诚的反抗组织大头头在蛋糕店被暗杀了。他们似乎受到不少鼓舞，所以打算清除叛徒。应该就在这几天……”

我冲回办公室，抄起电话。响了三声管家才接电话。

“小姐？小姐正要出去。”

“叫她听电话。”

管家颤着声使劲叫着吉尔小姐，吉尔小姐。许久，还是她在电话那头。“吉尔小姐急着出门，她跑远了。”

“锁门。拦住她。不许她出去半步。”

“她已经出去了……她说同学约她去‘大世界’,临行送别。”

我想象着她一路飞奔来到街边,坐上黄鱼车满脸是汗的样子,额前碎发都黏在一起。我拼命回忆今天早餐她穿的是什么衣服。我假设在青年走后的那天晚上如果我们促膝而谈,如果我坐下来听她讲话,或者像其他父亲那样一味愚蠢地说教把想法强加给她,或者只是正眼看她一眼,事情会不会还是这样。

一个人坐在车上的时候没有什么事可做,除了脑海里飞驰狂涌的念头,什么都是静止。我被撕扯着,却感觉不到疼。那些没有任何用处的念头占据了脑海,所有关于吉尔的念头都是没有用处。

“撞人了也不要停。快!”我对司机说。

车在离大世界两个个路口停住了。福熙路上一行说书女先生的轿子经过,路被堵得水泄不通。我跳下车。瘸子一把拽住我。“这游乐场上下五层楼,你怎么找?我叫几个兄弟。”

这游乐场我从未来过。纵然它如庞然大物,两栋主楼两栋附楼相连,中间奶黄色12根圆柱支撑起六角形尖塔,经过时无法忽略它的存在。尖塔顶,四式走廊,连同主楼的天桥和假山花园水池并置。电影院舞蹈房与中央露天剧场一起。这里更是当地人游玩的场所。布局如同百货商店,层层可以吃喝玩乐,剧院、木偶戏、摔跤、歌手、食品店和有奖游戏,也有他们的地方戏,洋溢着古怪的乡村气息。永远人山人海,永远嘈杂肮脏,一座充斥着人和噪音的巨大迷宫。

怎么能在这里找到我的吉尔?

横穿马路,右转,我从附楼进了游乐场。穿过哈哈镜前面傻笑的队伍,镜子里的影子依次拉长变瘦缩短胀胖忽大忽小,挨个闪过拖在身后跟着我冲上二楼。大厅里挤满了更多的人。身穿长袍手持折扇和手帕的说书人在那弹奏琵琶,一阵急弦暴雨般泼打下来。黑压压无声攒动的面孔中，浮现出青年的面孔。那一对眼白，好像探照灯下惨白的石头。

他这样无关紧要的人，不会有什么胆量。

手上沾血的事情，他一定要拉上别的人一起。

不，他不会让自己的手沾血。他们那些人都是，所以他们把吉尔叫到这里。

吉尔！我折返冲下楼，在过道撞上瘸子。

“怎么？”

“去塔顶！”

“这边有过道通主楼，从主楼上塔顶。”

瘸子从来没像现在这样可笑。他浑身扭动，试图用身体其他部分来补偿无法向前迈的右腿。他气喘吁吁地在前面跑着，有时候还要在人群中挤出一道路。

我们经过了人工瀑布，花坛，小吃街，在舞蹈房边上找到安全门，推开进到过道。过道没人，灯很暗，四只脚踩在瓷砖地上像有千军万马。这过道真长，不知道要通到哪儿，看似要到头了谁知一转转向几格台阶。往下再走，又是一条长长的甬道。

“这直通到露天大剧场的后台。”瘸子说。

我什么都看不见，但依稀觉得前面有道门，从门背后传来剧场开场播出的可怖强音，伴随着观众的掌声欢呼。

我几步超过瘸子，飞奔扑向那扇黑暗中应该存在的门。

高墙上面的玻璃碴没难倒我。花园迷宫的小径，葡萄架树影交错也没有难倒我。经过喷水池，绕过花房。三联式拱门就在门廊尽头。去的不是那里，偏门在东门廊。从那进去，上楼。柚木镂空扶手的楼梯螺旋形上升，我不断地经过那扇彩绘玻璃窗户——就是在街对面看到的那扇窗户，然后在三楼停下。

在那，走廊两边无尽相似的房门也不会难倒我。

我知道哪扇门后面有我要找的人。

白赛仲路七号。我来过这，不止一次，不止在门外。

白天的时候我来过这里，被带到花园草坪，宴会大厅，餐厅，休息室，起居室，收藏室，酒窖。男主人请我来拍全家福，却又不仅是家人，还有他引以为豪的宅子与陈设。这些投机成功的异国商人都是如此，蓝色的眼睛闪烁不定，急着展示自己的财富。在宅子前的绿茵草坪上，男女主人连同他们刚出生不久的婴儿摆好姿势，在我底片下留下一个幸福的反影。

右边超南的第四扇门——没有上锁。我转动把手，闪身进屋。

她孤零零地躺在一张青铜架床上，那个草坪上的女人，在底片上留下黑色面容白色目光的女人，瘦骨嶙峋的身体几乎完全被毯子埋没，只露出半张小小的脸。那看起来小而畸形，比不远处窗外挂着的那轮月亮更小更畸形。今天是满月，月亮为什么那么红？

猫步来到床边，拿起一只枕头。就在那时，小小的脸上豁然裂开两个大口，漆黑闪亮的光从里面射出，一路爆裂迸射到我身上。

这女人并不怕我。她也分明明白我为什么这时候出现。

手心微微作痒，好像睫毛轻扫，又好像眼皮触动，总之哪里出了小小偏差。

我知道她。从几年前开始她突然不再说话，独自一人住在三楼。即使他设法让她怀孕生子，也丝毫没有动摇她的决绝。她不说话不微笑不顾忌礼仪，人前、镜头前都是如此。

这样的女人是不会对着我尖叫的。女人直直盯着我，叵测而热切。五官随之扭在一起，好像风暴前的大海。而我已经在那海深处。

动弹不得。手上还拿着枕头。不想放下。我深吸一口气，却被空气灼伤。

女人身后的挂毯径自燃烧起来，光焰在飓风中。

墙上的挂毯径自燃烧起来，图案上的光焰在过往夏日的飓风里静止。

那火，只在挂毯上燃烧。我想起在哪里见过这挂毯的图案了。

女人望着我。

还从来没有人这样深切的热望等过我。

那天晚上，我用枕头闷死了女人。珍·苏。她是第三封信上的那个名字。是那夜第二份被赠予的死亡，是第一个紧紧拥抱的人。

那天的夜晚格外漫长，黎明第一道光迟迟未到。我本应该从三楼山墙轻轻滑下落地，却顺着楼梯下到二楼。

人们并不知道他们的眼睛会出卖他们。对一个拍照师傅来说，只要看见，就会知道。我在女人眼里看到纯粹求死的热望，也在别人的眼里看到了杀意。

推开卧室门，男人毫无察觉。他沉浸在美好的梦里，等待清晨醒来发现妻子的尸体。他们不是唯一一对彼此憎恨又必须生活在一起的夫妻。

男人做了多余的事情。信上的笔迹与给我的支票上的笔迹一致。小卖部老板难得疏漏。他不会写外文，于是直接把雇主的纸条给我。

默默注视男人沉睡的侧影后，我用同样的方法杀死了他。

不着急了，夜晚被死亡拉得很长。我找了把椅子，坐在卧室的阳台上。身后是横卧在床上的尸体。

我不再费心考虑之后的事。那天晚上,似乎一切都奔向尽头,以无限绵长的方式。

也许,我早就期待着这一天。

一只羊,两只羊,三只羊……

天快亮了。

天亮了,太阳暖暖地晒在脸上。我睁开眼。楼下有人在叫,屋里也有人在叫,大呼小叫的声音错落起伏。我不准备动弹了。椅子很舒服。

"先生,先生,你没事吧。"一个仆人紧张地看着我。

我不明白。早晨的风带着玉兰花的香气飘进来,我懒懒地笑了。

"先生,你没事吧。医生马上就来,太太她……"仆人带着哭腔喊着。真是奇怪,他用着另一国的语言和我说话,而我竟自然而然地明白了。

我远远看着这发生的一切,无动于衷,不明白仆人们待我如待男主人,也不想去弄明白这无关紧要的事。

没多久警察会来,人们会发现两具尸体,明白这栋别墅的主人都已经死了。

视线顺着思绪落到床上。

那个男人……

瘸子没有说错。过道通向露天剧场的后台。一路冲过半裸女人的尖叫和香粉,我上了剧场舞台。正是白天马戏的时候。一群白马从我面前跑过。我躲开吹喇叭的彩衣侏儒们。

到达塔顶的电梯就在剧场另一头,只要横穿过去……

她就在我几米外。事情发生时候,我是场上唯一没有看见的人。

吉尔从高空落在我身后。她身体落地的声音，我找不到词可以形容。我扑过去抱起她的身体。她的眼珠吃力地转到我这边。

吉尔，我叫她。

太晚了。眼珠的光彩涣散开来。

我的女儿死在我怀里。她一点点冷掉，我没有办法。人们把她从我怀里抱走时，我甚至怀疑她是否真的是我的孩子。她的黑发黑眼，她的微笑。

我是什么呢。那天早晨，我在洗脸镜里看到的，正是现在这张不懂得如何哭泣的面孔。

八　无名盛宴

A

一

她不知道母亲是否爱过父亲。在母亲的陈述中，她能窥见的只有当时所发生的事情。不管事情本身如何离奇，母亲都能以平淡无奇甚至无聊的口吻予以讲述，仿佛那只是一段在集市上偶遇熟人的插曲。母亲近乎白描，简单地勾勒出事情的来龙去脉，但对故事里那两个当事人即她和她的父亲的内心世界则讳莫如深。关于那一部分注定被埋葬。母亲坚若磐石毫不动摇，直至死去都不曾向她谈及心中所想。

12 岁那年，母亲第一次对她讲述起这段往事时，她并没有把它和自己联系起来，故事里的人物与她没有关联。同样，她对父母的了解也并没有因这个故事加深。

但这并没有困扰她和母亲。她们生活在荒凉的山脊上，靠天然的岩洞遮风挡雨，在贫瘠的土地上耕种粮食勉强度日。在她们身后不远，是万丈深渊。

母亲说，那是你的父亲。

她接受下来，一如她接受下母亲的奶水和温情。12 岁的她毫不怀疑，身后那道深渊便是她的父亲。

你要是从小在荒野上长大，就不会去怀疑什么。疾风裹挟沙石，大地龟裂，蝗虫，暴雨，长时间的沉默，饥饿，母亲忧伤的微笑，噩梦醒后的迟迟出现的黎明，这些都是真的。她生活在其中，以为那就是全部。

她从来没有怀疑过她的母亲，尽管她听见人们说她的母亲是个疯子。没有人相信母亲的话，就连她的舅舅也不相信。虽然如此，舅舅从不管母亲叫疯子，至少在她面前是这样。所以 14 岁时，她听任他将她带离岩洞，带离母亲，深渊，还有她的童年。

布头舅舅出现之前，她从来不知道自己还有一位舅舅。母亲对他只字不提。不只是他。遇上父亲之前的日子，从来没有出现在母亲口中，仿佛，母亲的一生只存在于他出现的那段日子里。其余的时日，只是那段时光的投影。

也许因为这样，在母亲死后很久，她都并不觉得有什么不同。她仍旧早起耕种于高山荒野，在岩洞里求得一点遮风挡雨的庇护。直到后来，舅舅出现，带她辗转一路来到城市，她还是不觉得有什么变化。马路，梧桐树，洋楼，教堂绵延的钟声，广场上空的鸽子，曲窄弄堂里趿着拖鞋吃泡饭的人们，这些并没有让她吃惊。她仍旧在母亲旧日时光的投影下，懵懵懂懂。舅舅本业是货郎，如同候鸟一样，每年循着固定路径，扯着卖货的调子，从一处到另一处售卖微不足道的零散货物，也会被相熟的人家委托捎上一封信或者一个物件。她跟着他见到一张张陌生面孔，和她自小见到荒地的石块并无不同。城市的人很多，却似乎更荒凉。

她安静顺从，不善言笑，她似乎并不觉得生活悲苦。无论被差使做什么事，都能很快上手。一天，他们在路上坡道遇到抛锚的汽车。布头舅舅认出司机是自己的老客人，便上去帮忙推车，等车引擎重新发动，掉头找之前停在路边的货担，却见她小小身躯扛着齐人高的担子一点点跟上来。

她已经看惯了他的背影，就像之前看惯了母亲的背影。

天渐渐凉了，连续好几天阴雨霏霏，去到相熟的客人家，有时候会被请进屋喝口热茶。舅舅会和主人家拉家常，她坐在边上一声不吭，不理会寻常人情里的搭讪，却又会跑去接手别人手上的活，提水，卸货，洗衣，择菜，捡布头，哄逗哭闹的婴儿。那姿态过于自然，令对方错愕。即便不是第一次，好多人仍然不适应，对着她的背影，慌慌张张赞誉一番，掩饰心中的困惑甚至不快，冲舅舅尴尬一笑。

私底下，舅舅教训过她不要做多余的事，然而他也并没有说出什么所以然。灯下支吾含糊的只言片语，每个字都喷出劣酒的臭味，往往话还没说完，人就睡着了。梦里仍然是怨怼的话，怨恨沿江边开出的几家百货公司。生意并没有一落千丈，只是天凉了，什么都显得萧条。

十月末的一天，舅舅趁着和裁缝店三师傅聊天的空儿，差她去给裁缝家顾客送衣服。按照小徒弟画的路线，走进淅淅沥沥的雨里，一往一返天已经暗下。街灯和霓虹都亮起，脚下湿亮的柏油路面远远近近也亮起灯影。重重叠叠斑斓的光彩下，她恍恍惚惚险些迷路。

“你舅舅走了。以后你就在这了。”

三师傅没有说舅舅为什么走，也不交待她为什么留在这。边上的小徒弟识得眼色，推搡她上阁楼，指着角落一处用布隔挡的地铺，告诉她以后就睡那里。

虽然单薄，但寝具还算齐全。她躺下。床单枕头上，不知道以前谁睡过，一股动物油脂的气味。温暖粗糙的臭味。半夜，她醒转过来，一时间竟然睁不开眼睛。动物般的气息浓郁得有了重量，像一条沉甸甸的毯子，蒙住她的脑袋。她腾地坐起起身，背脊紧贴墙壁，咬牙等眼睛能够适应黑暗。夜一定很深，楼下大马路上都听不见人声。只有包围着她的彼此起伏的沉重鼻息声，还有——鼾声。

她看清了。在没有被放下的布帘那边，沉沉睡着六七具男人的身体。

半夜骨头噼啪作响，好像火柴扔进火堆。她警觉地坐起环顾四周。没有人被惊扰。人们睡得香甜，鼾声四起。她躺回去。这里也一样。没有人听得到她体内这声音。她早已经对这声音习以为常。从记事起就常常听到，一度以为所有人体内都有这声响，所有人也都能听到彼此声响。直到母亲确凿告诉她那声音只有她一人有，只有她一人能听到。

她就被留在了那家裁缝店，没有荐头人来做她学徒期的担保，也没有签拜师协议。严格说，并不算拜师学艺。没有一个人告诉她，她在这店里算是什么。店里不明不白多了个勤快的劳力，没有人想去细究这事。若真是细究起来，反而不能爽快地使唤。

后来她才知道那家店是沪上有名的老裁缝开的，六开间新式楼房。一楼店铺二楼作坊三楼大师傅一家居住，而阁楼给徒弟们打地铺睡觉。除她外都是男的。他们给了布帘遮挡，只要不伸手掀帘，就可以当作彼此不存在。

第一天起，她就适应得很好。整理布料，给客人送衣服，三楼家事，可以一刻不停地做。没过几天，已经看着学会点清钞票。小学徒给客人用漂亮的外文写单据，她在一边算账。

就是饭量大。师娘这么抱怨她。她无动于衷，下一次吃饭照旧。店里的人不懂她。三师傅赌马赢了请她吃冰淇淋，她对他不比别人更亲近。大师傅的三个女儿一起作弄她，嘲笑她和男人混睡，她无动于衷。小徒弟好事，问她为什么从来不问舅舅去哪了，什么时候来接她，她也不理会。为什么要做多余的事？这城里多余的东西泛滥。人们白白为她所累，平日里进出的华服客人如此，六开间新楼房里的每个人也是如此。

那时的她和别人一样，没有注意到一件事。第一个注意到的，居然是那个店里最忙的人。

约莫是她到裁缝店的半年后，天乍暖还寒，春日里一道斜光打进店铺深处。大部分人出去吃饭不在。她捡起地上的纸样走进微尘飘浮的光柱里，对着纸样的粉红色粉笔样一阵探究。

"你在看什么?"大师傅头也没抬就问她。手上的活照旧，一刀裁开羊驼毛布料。

"这是昨天带副官来的那位先生的纸样吗?"她问。

"是。怎么了?"

"他的左肩低。"

大师傅没有再说什么。那天晚上，刚入行的小徒弟练手工的时，大师傅也把她叫过去。从此她和他们一起热水捞针，牛皮上拔针，练手上基本功夫。半年后先练手工，不能直接用缝纫机的部分，都要用手缝，越是高级的西装，手缝的部位越多。大师傅教她怎么用针箍：

将针箍套在中指第二节，运针时候手腕手指发力，肩膀不动。用针箍用好了，拉起的线才平直均匀，以后洗，才不皱缩。她学得又比别人快些，平日里到处找衣服练手，许多客人坐人力车来，她就给那些人力车夫缝补衣裳。不收钱，针脚细密，修补得几乎看不出之前有过破洞。

“就像被她碰过的衣服，自己就补全了。”车夫们这么传她。找她的人越来越多，直到店里觉得这太不像话出面把苦力们打发走，严禁她帮忙。而那时，她的手功已经可以给大师傅打下手了。

有人问大师傅，教给她这些不该外传的技能，他有什么打算？大师傅闷了半天，回答店里打杂能帮忙总不坏。

那时候在这座城市400多家裁缝店里，倒也有女缝工，但都是有国外背景的店才会这么做。自己人，还是做男装的，从来没有收过女徒。也许还出于更实际的考虑，她继续以暧昧不明的身份待在纸样皮尺划粉布料中间。顺着大师傅的意思，学缝纫机的操作。

两脚踩上缝纫机踏板，上线穿过针眼，布料就位，右手转动轮子，脚就势匀速下踩，布料向前送。

“直、圆、不裂、不趋、不拱。”大师傅的声音淹没在那声音里。

她一时什么都记不得，昏昏沉沉，掉落泥沙翻涌的大江里，受赤黄色动荡汹涌的波涛裹挟，没了自己的分量，从来没有过的安心。

那时，她第一次隐隐察觉到自己的喜好，但并不认得这周身轻盈的感觉就是快乐。

春夏秋冬兜转，手功、车功、刀工、烫功，依照行业教授徒弟的教法，大师傅全部传授给她。两年工夫，她已经技艺纯熟。因为不是徒弟名分，所以也没有出师一说。量体选料这些和顾客打交道的事她不可以做。对外，她仍是西服店小帮工的身份。

“也就是跑跑腿，送个衣服，最多忙起来让她锁眼，钉扣。”店里的人对客人说。

即使当着她的面，说起这话他们神情自若，仿佛的确是事实。夜里，在阁楼，当布帘那边鼾声彼此起伏，她会想起她的母亲。那个声称她们脚下深渊即是她父亲的疯女人。她努力回忆母亲的样貌，她的声音。她依稀记得说话时候左手微微颤动的特别手势，可那是什么？

荒野清晰坚硬的线条渐渐晕开淡去。至于这个城市，被重重叠叠的影子充满。每一个人每一个物件每一句话每一个事实都有着它孪生的镜像，暧昧不清。一个人是这个人也可以是另一个人，一句话是这个意思也可以是那个意思。在夜里莫名心慌，无法呼吸。

只有针引着线真真切切穿过布料，构成唯一路径。她紧闭双眼，双手攥成拳头，一遍遍想象针引着线真真切切穿过布料，伴着骨头噼啪作响。

二

她遇见她，是意外。小徒弟被开水烫到脚。她替他跑腿送西服。西郊大宅子，铁门关得死死的。她正发着愁，那女孩从里面出来。她也曾见过不少异国女孩，如洋娃娃般娇美，然而眼前这个却是用完全不同的材质打造出来的人儿，整个人好像雕琢过的冰雪，棱角分明，四肢健硕，个子甚至比本地男人还高出一点。

“有什么事？”那女孩用当地话问。她说话的时候，自然就带着大人物的做派。

她是总税务司的女儿，她们身后大府邸的主人。人们叫她雅塔拉娜，连家里的佣人也是。起初她的父母完全不能接受，最后双方各自退让妥协的结果是：至少在客人面前，佣人们要称她为小姐。

雅塔拉娜把这些统统告诉她，那时她们才刚刚认识几分钟。既然初次见面互报姓名，就谈到这些家庭隐私。对雅塔拉娜来说，恐怕是水到渠成再自然不过的事，不过是些生活琐事。她抱着熨烫笔挺的西服，在梧桐树的树阴里仰脸看高个女孩的嘴一张一合，不由打了呵欠，腾出酸疼的胳膊捂住嘴。

雅塔拉娜停下来，瞪圆了眼睛看她，“你叫什么？”

很多年后，她仍然记得她问她名字时的神情。那张面容被无限放大，定格，又一遍遍回放。眼角末梢，瞳孔，鼻翼，额角，颧骨，脸颊的色泽，丰厚下唇变幻的阴影，又有流光从雪白的皮肤上滑过。

每一个微笑细节她都记得，一个皱褶一丝阴影都不会错过。

她却记不得自己说了什么。当她被问到姓名时，到底是如何回答。

那天的事，所有有关她的部分，都被遗忘干净。只剩下那个女孩的影像。

她叫雅塔拉娜，从卧室翻窗顺水管爬下楼溜出来。“广场边上有一家冰淇淋店挺好吃，你去吗？”雅塔拉娜问她。

她去了，抱着熨烫平整的西服一路小跑跟在后面。初夏白昼最后一点余光里，她紧跟大踏步走在前面的女孩，不让自己在人群里跟丢。风软绵绵的，光点随树叶吹动而闪烁跳跃。双脚受到什么催动，仿佛可以一直这么走下去。

他们真的一起穿过半个城市，走到了广场。雅塔拉娜给她买了冰淇淋。

她们在店堂里吃，从剔透的小水晶碟里一勺一勺舀冰淇淋。雅塔——后来她一直这么叫她——深吸口气，伸直长腿，畅快大笑。她坐在这笑容的对面，嘴里凉丝丝的，混着江边风的腥味。

“好吃吗？”

她不说话，眉头紧皱。第一次被问到这问题，怎么回答似乎都不够对。

“试试这个。”雅塔强行交换了她们的冰淇淋。

她舀了一口放进嘴里，同样的味道。

“这是香草的，你点的是香蕉味的。”雅塔介绍起冰淇淋，然后又谈到这家店，最后又扯到这个城市里其他蛋糕店面包房的事。

她松了口气，只希望雅塔一直说下去。“不要停。”甜腻乳香的液体顺食道滑下的时候，她的心暗暗说。

不要停。

被那懒洋洋又明朗的声音包围着，抬起眼睛打量四周。远处近处的景色突然变得鲜明，好像第一次见到。她都没注意到西装下摆垂落到地上。

她们吃完冰淇淋又去了江边的公园。逛了一圈，雅塔站停。“我要去会朋友们了。你把衣服送回我家，佣人们会给你开门。”

她点点头，惊讶挂在手臂上西装仍然还在，“你家里有人的对吧？”

“嗯，佣人会给你开门。”雅塔看着她。

她不知道再说什么才对，垂下眼睛。

她们挥手道别。她也不管确切路线，只是惊慌失措地选了和雅塔相背的方向走。走出两步，听见身后有人叫她。

是雅塔，向她挥手并大喊：

“周三晚上家里人都要去看电影，晚饭也在外边吃。你来找我，我们去坐轮渡玩。”

回去和人提起那江边的公园，才知道按道理她这样的人是进不去的。她暗暗吃惊，更把那天事全部藏到心里。细想起来，似乎没有一点道理。她为什么就突然跟主顾的女儿四处溜达。低头看针线，她又回到原来的心境。一天天白开水般过。

那天傍晚，西边雨后的天空落下澄黄金子般的光，彩虹横跨街市。她听到喧闹抬起头，不明白这天上景象有什么好稀罕，埋首继续熨烫衣服，小师傅突然拍她肩膀说有人找她。

正做到要紧处，半途放下来，她不甘心，匆匆跑下楼，看见雅塔，还是那副总税务司女儿的派头，在店里随处转悠，看到有趣的就拿起来研究起来，像男人一样大的双手一刻都不闲。

“什么事？”她问。

“今天周三。”雅塔打量了一下她，点点头，几步走到街上。

她不禁就跟出去，叫住雅塔。“我这边脱不开身。”她低头看自己脚尖，心里毛绒绒的不舒服，因为发现自己忘了约定时间有些焦躁，又或者是因为有人可以悠闲地记住时间而不快。

“噢，那我等你。”对方并不觉得是事，径自回店里坐进沙发。

她回到楼上做事，重新弄热熨斗，往衣料洒些许水，铁熨斗落下，蒸汽嘶嘶往上冒的瞬间，心里的火腾地窜起。凭什么自说自话地就来，随随便便完全不顾忌会给她带来多少麻烦。

推、归、拨、压、起水。手上的动作不禁快起来。越是着急做完手上的活，心中的无名火就越旺，接着就更急着熨完这套西服。

以前都不觉得熨烫一套西服需要那么麻烦，明明是包裹一具身体的，铺展开来似乎无穷无尽。汗顺着背脊不停滴下来。

“手！”一个师兄抓住她的手往旁边盛水的盆里摁。

她疼得直打激灵，整个人缩成一团。手背鼓出大大的水泡。

“傻吗？都不觉得疼！”师兄骂她。

她也不明白这是怎么了。

手上抹了药，一层层包上。师傅说，今天就休息。她出门，沿后巷踱步走，晃晃悠悠，也没有目的，为了走而走，好让脑袋里嗡嗡声安静一点。约莫绕了两三个圈子，天彻底暗下，她突然反应过来自己刚才是从店里后门走的，而店里前厅的沙发上或许还坐着那个等她的人。惊慌起来，却又不甘心就此回去，强迫自己走了十几米，就一步也迈不动了。不能往前也不能往后。

最后还是折返到店里。那时店铺门已经关上。她进到里面转了一圈，雅塔不在那，她又转一圈，接受下这个事实。

等她的人已经走了。

可那个人本应该一直等到她回来。

“周三晚上家里人都要去看电影，晚饭也在外边吃。你来找我，我们去码头坐轮渡玩。”那天雅塔是这么说的。她记得，记得不能再清楚。

支离破碎的各种念头掺杂混合，脑海里只剩下这句话是完整的。也许是因为这样，她不小心将这句话当作确实可信的盼望，相信雅塔会在渡轮码头等她。

那是她人生中少有的盼望，也许更是唯一真正相信的盼望。在江边，她来来回回从一个码头走到另一个码头，甚至去了货船码头。每一声渡轮汽笛，每一个看似雅塔的身影，每一个确信在下个码头会见到的她的预感。那天晚上，她的盼望一点点耗尽，好像封闭室内一点点泯灭的火花。

广场钟声响过第十一下，她放弃了徒劳无益的奔走。太累了。

她的头涨痛，甚至压过手背烧伤的疼。但很快，任何疼痛都觉不到。她无力应付这些，想着爬回三楼属她的床铺，好好睡一觉，合上眼帘，抵挡纷乱起伏的念头。醒过来一切都像没发生过。

她——如同被一场大火烧过的荒地，空出开阔宁静的视野。

裁缝店并没有人察觉她之后的异样。所有曾经长久处于梦魇的人一样，醒时仍然有一半浸透在梦的阴影里。她隐隐觉得会再次见到雅塔，反复提醒自己这念头的可笑，却自始至终抛不开这样的妄想。店里有客人来的时候，出去办事经过那条街的时候，或者遇到身形相似的人。她变得更加安静，屏息凝神，等待越来越渺茫的重逢。

她渐渐发现，她的气息越来越微弱。只要这样等下去，她似乎连呼吸都抛却，只留下最纯粹的安静。雅塔就是在那时候出现的。她并没有立刻认出对面人群中穿着蕾丝连衣白裙的少女。

“去送衣服吗？”从白色宽檐猫下露出大猫般的脸，睡眼惺忪，露出肉食动物的固有狡猾。

“啊。”

“手怎么了？”

“没事。”

“明天。”雅塔向在前面等她的同伴挥挥手，示意她们先走，“明天傍晚你会去码头吧。”

“几点？”

“看你。”

她听见笑声，在她从她身边擦肩而过的时候，雅塔轻轻笑着。那声音又细小又洁白，让人心慌。

她们在码头见了。这是第二天的事。江边的风大，雅塔的长发在半空中飞舞。一转方向走，头发立刻全贴在半边面孔。雅塔一边拨弄一边大笑，仿佛这是世上最好笑的事情。她走到她身后，伸手去拢乱发，盈盈淡金色一把握在手中，缓缓系上发带。裁缝铺不缺上好的真丝边角料，她选了个最美的花样为她做发带，紫藤枝叶缠绕的白底缎面，映衬得这金色微暖。

她们去坐渡轮，来来回回在江面颠簸，间或向下看深色波浪，一起眩晕。夜深了，只见点点依稀灯光，忽远忽近，飘摇沉浮。她想告诉雅塔，这被渡船破开沿两边散开的浪沫像极了她日夜缝制的蕾丝花边。她或许还想告诉雅塔别的什么，但风太大，马达声太吵。她只是笑。

"你怎么了？"雅塔在她耳边喊。

"没什么。"

雅塔的手指抚过她的脸颊，"那你为什么哭？"

三

她不再是那个只知道干活的人。某个时刻，当看着雅塔走路的样子，她突然明白过来自己还可以有其他的事去做。那个人走在街上，身姿挺拔，大步迈开，手臂随意甩动，按照自己的节奏，即使同手同脚也没有关系。她想要那样的步子。

这念头默默落在心底暗处。连本人都不察觉，就像那条发带。生平第一次做客人需求之外的针线活儿。

她又随手做了几条发带。夏天接的女装生意渐渐多了，各样丝绸棉麻的面料也多了起来，一律最规整的旗袍样式。师傅不做女式洋装。第二次见面雅塔把她带到她的府邸，大人们都不在。

"都是没有用的面料。"她把发带给雅塔，看着她一条条试戴。

“跟我讲讲。这些面料原来是用在什么衣服上的。”

她不晓得雅塔为什么突然对这些事有兴趣，但还是讲了。说了两三句变得词穷，她跪在地上掏出口袋里的画粉画起衣服的廓形。

“居然随身带着这个。还带了什么？”雅塔的手忽然从后面伸进她的裤子口袋，摸出卷尺。食指拇指捏住一端，另一端落地滚出好远。一条卷尺顺势被打开。

她不说话，结果卷尺再次收好。

“以后，给我做一件吧。”

“嗯，以后。”

“今天正好就量了我的尺寸。”

还不知道什么时候自己能做出一套衣服来。她这么想的，手中的卷尺已经绕上雅塔的脖子。从肩头到手腕，肩头到肩头，腰，臀，膝，踝，一步步做下去，她的手蜻蜓点水掠过那壮硕紧实身体。雅塔真白，白得发亮，像是白云石做成。

“你不记下来吗？”

她不作声，仿佛置身一场暴雨，雨声喧嚣，并不能真的听清楚对方的话。

“问你呢，不记下来吗？”雅塔又问。

她终于明白了对方的意思，身体微侧让开递过来的纸笔。

“不用，都能记住。”

和雅塔在一起，她就会变得奇怪。因为这样，每次分别，她都如同被释放，急不可待回到自己一个人的世界。独处的时光里，她感到被修复，又不仅仅是复原。身体的感官打开，鲜活又沉静，犹如新生儿睁开眼睛般，她开始张望起周围的世界。那个时候起，她有了散步的习惯。收工后，独自外出。一个人漫无目的地闲逛，任由脚下的路将她带到城市任何一个角落。碎石子路，煤渣路，红砖街，烂泥巷或者带着轨道的沥青路。路面变幻成面貌，执意要将她引向某处，却似乎又没有终点。她的眼睛想要看风景，置身其中几年却从没有真正看过的风景。眼中所见的，陌生新鲜热烈。只是偶尔，经过某个地方时忽然生出似曾相识的感觉——被唤起的熟悉感既不成形也不真切，阴霾般轻轻覆在景物之上，又很快掠过，被她遗忘。

她以一种悠然自得的方式沉迷着眼目所望到的一切：街上的景色，绵延不断的建筑，行走往来人们脸上的神情，某个时段人流会显现出共同的步态，然而最特别的，永远是衣装的细节。

想要做些什么的念头一天比一天清晰，也因此有了热度，让人焦灼。想要排解这股几乎溢出的柔情，凭着本能她找到了出口。某个无法入睡的夜晚，她悄悄潜下楼……

"如果不约你出来，你就不会出现。"第四次还是第五次见面，雅塔突然说了这么一句。她错开视线，看对面街上两个喝醉的水手跌跌撞撞地走远。雅塔或许说的对。"知道我住哪吧？你也可以来找我啊。"雅塔看着她。

不见到的时候，她就不会想起她。明明喜欢和她在一起漫不经心地打发时光。她不知道原因，也不知道怎么应对雅塔。

"我不知道。"她如实回答。

盯在她身上的目光轻颤着融化掉。雅塔笑了。

那天她们去了跑马场。她有生以来第一次赌马，甚至没有看清怎么输的。雅塔让她选了一个数字。"这是你的。"她说着写下相邻的数字，大又丑陋。她说。"这是我的。"她们挤进中年男人中间排了很长时间的队下注，又挤进观众台伸长脖子对着跑道嘶喊，撕掉手里的彩票扔到风里。

她一直在笑。雅塔这么告诉她的，但她只记得日光晒得脸颊生疼，好像回到荒野烈日下耕地。那一天，那个突然从终年水汽氤氲的城市光景脱落下来的明朗日子，怎么回想都不觉得真实。

赌马后，她们去星期天市集。雅塔提到市集时，她还以为是西城早晨主妇们聚集的菜场，去了才发现是另一回事。使馆夫人们组织的慈善市集上，精细闪亮的物品陈列整齐，被同样发光的女人们买卖，在白色蕾丝手套传递。白瓷，珐琅，琥珀，错银鎏金嵌贝的黑漆木。

迎面走过一群女生，认出雅塔拉住她聊起来。女孩子们的聊话，细小绵长停不下来的样子。雅塔还是找了个机会中断谈话，把站在一边的她叫过去。

“这个，”她指了下束发的丝带，对她们说，“就是她做的。她手很巧。”

好几种颜色的瞳仁都转向你。从来没有那么多人这么打量你。

“可以给你们每个人做。”你说。

“好呀。十分感谢呢。”女孩们交换眼神，微笑道别。

“你知道，你们这样的人还挺擅长讨好每个人的。”等人走远，雅塔斜眼看你，“所以你要给他们每个人做?”

像被人打了一拳。

你疼得身体一缩，踉跄快走两步。雅塔赶上来，一把抓住你的手腕。

“你怎么了?”她问。

你不知道你怎么了。

盛夏烈日的虫声在沉寂了十七年后忽然闯进你纤细易碎的血管。

噪声，巨大的带着刺眼光芒的噪声。

难以忍受。你甩开她。

她猝不及防，踉跄几步，在即将摔倒前又找回平衡。你们面面相觑。在她重新找到的平衡里瞪着对方，不止是错愕。

雅塔叫你的名字。

你听到的是带着倒钩的声音。无数小小的倒钩扎在肉里。你好像她嘴里的一块肉。

"怎么了?"她又问。

你说不上话，一步步后退，看她变得越来越小，转身拔腿就跑。

没来由的愤怒和伤心，潮水般冲刷灼热的内脏。你身体里好像什么平白烧着了，连皮肤都觉得疼，随着潮水起落更加深重。你从未遭遇过的陌生灾难，被烧着了，又被什么裹挟而去，断断续续的意识正在发生的事。

你也只是一路狂奔而已。城市像正蜕皮的蛇，扭动着干瘪的景象，在你面前脱落。如果你愿意停下来注视某处，就会发现它又焕生出更新鲜的面貌。但你没有。

你的目光，脚步，心思意念没有办法在任何一处停留。

直到被堤坝拦住。江水浓重的腥湿扑打在你身上，你急促地将它们吸进肺里。

仍然愤怒无法平静，但你不再记得因什么而起，回忆之前的对话，即便逐字逐句再现当时场景，也没有找到最初让你激动的原因。

江水懒洋洋拍打堤坝。没有风，青色波涛好像肥厚的手落在大石头上。你盯着连绵不断的江水，心酸的不得了。只知道委屈，觉得那双大手应该拉住你。

脚下的地面被抽走。你往下坠。一路向下，不知道下面是什么等着你，也不知道中途会撞到什么。失去控制，疾速向下。

坠入无底深渊。

你忽然记起，你的父亲是一道深渊。

她回到剪刀，皮尺，纸样，针线堆中。

被无名之力扭绞的苦涩和躁动被隔绝在厚厚的布料外。

置身于纹理繁复厚重巨大的茧中，安静得令人想要合上眼睛。并非消沉的困倦，而是梦游般的活跃。她又成为裁缝铺最勤勉的人，从白天一直忙碌到深夜。她被她不停歇的双手保护着，以梦游者般轻快的姿态承受加在身上的工作，以及夜晚独自一人的劳作。不到两星期，雅塔送的本子已经被草图占满。四下无人的时候，她打开本子一页页翻看，不能完全相信这些草图是出自自己之手。身体的轮廓与骨骼按想象扭转，找到他们扭转的点，于是就成立。骨骼在图上充满生气。披挂在他们身上的衣物盈盈若舞。图样在手下魔术般跃出。之前受的训练，只是按照固定样式去裁剪。枯燥而精准，却练就基本功。直到真的按照图纸去裁剪时，才意识到在这儿剪一刀，在那儿画个弧线，就可以创造出无限的可能；稍微做一点细微的调整，就可以使领口的造型和衣服的平衡产生很大的区别。

她们再没有联络，她却并不特别觉得日子难过。那本本子，似乎是某种保证，令她觉得她和她彼此关联，并且不必戒备。她忘了时间，也忘了那天的争执，隐隐觉得雅塔也是如此。

“下个月末前做出来吧。我们全家要参加雅塔的生日宴。”商行行长的女儿扭头跟她说话。她花了很久才认出这张脸，市集上的某个女孩，陪她父亲试衣。“雅塔生日，你知道的吧。她邀请了你?”

她正蹲在地上，折客人的西裤边，嘴里含着针，没法开口。

但好像问的人也并不介意她作不作答，问完话就去门口柜台看布料。事后她想起这事，不由觉得这女孩就好像是来特地通知她雅塔的生日宴。

或许又不是。

她忍不住去猜测，每做出一种假设就是再思念她一次，每推翻一次这假设同样是在思念她。她不断想起雅塔，作为人的雅塔。靠本子进行的对话忽然间充满自欺欺人的味道。

是的，她开始——想念雅塔，单纯热烈，在一条没有终点的直线上疾驰。

等到觉察的时候，她已经开始为她做起礼服。

从草图到曹衣。

没有人真正教过她怎么制作女士西式礼服。靠着直觉，借鉴，不断试错，她一点点摸索出连自己都不确信能行得通的方法。白天要给师傅们打下手，跑腿，晚上别人睡着后，用布笼着灯光，人在里面做衣。

真是疯狂。她常常觉得：即使没有灯光，即使闭上眼，也能看见灯光般一团光亮燃在眼帘上。那时候，她已经莫名深信雅塔会邀请她参加生日宴。眼皮下沉，她觉得自己仍是醒着，明白无误地站在宴会厅金色的吊灯下。雅塔穿着她的礼服被人群围在中间，离她几步之遥。她几乎能够到她。心狠狠地紧，紧到醒来，仍旧觉得疼痛。

还有空落落。她几乎起不来。

但是手不能慢下。针线飞快穿梭，如同雪地里跋涉的人，赶看不见的路，在身后留下足迹。路的尽头，是一句她的承诺。

她的骨头噼啪作响。

大门洞开。佣人看着她。她一时间忘了自己来这的目的。

“这是老爷定做的燕尾服。”佣人认出她，伸手要去拿她怀里捧着的礼服。

她抽身闪开。

“干吗？”佣人不耐烦。

低头看怀里的礼服。将要穿上它的人，现在还不知道它的存在。她开口叫雅塔，分不清是轻声呼喊还是嘶声嚎叫。

雅塔站在她面前。脸上的神色已经足够，“你来做什么？”

她举起礼服。手臂像烧着一样。

“这是什么？”雅塔问。声音高上去。

“你的。”她开始说话。清晰有条理的陈述，讲明原委，冰冷的话像蛇一样从她的口里爬出，听起来很有道理，但那不是她要说的。

“你怎么了？”雅塔道，不由飞快地朝屋里瞥了一眼。她感到加倍羞耻，身体晃了一下。差点摔倒。雅塔扶住她，立即又把手抽回去。

“你生日。”她笑了笑。每个地方的人，生日那天说的喜庆话都不同。她并不知道雅塔他们那边的人在这种时候该说什么。她也不知道自己在这时候应该说什么。

雅塔盯着她，那目光又深又空虚，好像她并不在这里。

她闻到花香，从宴会厅里传来。那里正在布置，为了今天晚上。

“我不在这里。”她对雅塔说。

“不知道你在说什么。我不懂你。你不该现在来。”雅塔紧紧抱住胳膊。“不该——现在才来。你什么也不知道。”她重重地吸了口气，更加大声地重复了最后那句话。

你什么也不知道。

她慢慢咽下这句话。在雅塔的眼睛理，始终映着的她的脸，顺服温驯，一匹老马那样的神情。

“我没有想你会邀请我参加宴会。我没有那样想过。”她解释。她知道那是奢望，不切实际的幻想。她要向雅塔证明，她从来没有那么想过。

雅塔点头，没有说话。她对着雅塔，去够那双眼睛，曾经无数次被回忆被想象被眷恋的眼睛。那里面的流转的绿色光芒，她几乎能闻到它的芳香。

她够不到。雅塔在往后退，准备合上门。

她抓住门。“雅塔。”她呜咽。

“你要做什么？”

她要做什么。

为什么站在这里？

想要够到那双眼睛。她看不见，浑身被针扎一般。

“给你，你会穿上它吧，在你的宴会上。我说过，我们说好的。”她要去够那双眼睛。

终于够到。绿色，清晨阳光下的茉莉树叶，从里面正缓慢凝结一层冰晶。那光芒如此耀眼，夹杂着碎铁屑——她多年一次次碰触却无法理解的神情。

“回去吧，你疯了。”雅塔关上门。

B

“你的手真巧。”文姨坐在摇椅上，轻轻摇晃椅身。

她的目光稳稳落在窗边伫立的身影。

文姨玩味着那身影——小女孩特有的清瘦，动作却奇异的僵直，肩膀以古怪的方式右倾着，整个人重心难以察觉偏移。她以前见过这样的情况。一块用来筑墙的巨型花岗岩，斑驳红色，无比坚硬，被安置在路边，无论怎么摆放，总是朝某个方向不自然倾斜。有经验的工程师拒绝接受这块石头，他说它里面有气泡。人们最终发现事实的确如此，几下轻轻击打后，岩石碎裂。

“你的手真巧。”她又说了一遍。

窗前的身影没有任何反应，专注手上的针线活。世界上恐怕没有哪双手能像她的手那样灵巧，让针线顺服她的心意，行进穿插来回。前天在一场小规模争执中被撕裂的紫色天鹅蓝窗帘在她的针线指引下慢慢复原。

她从路上把这人捡回来。游园回来，敞篷马车载着她的两个书寓和女仆，一路行进在城西的林荫道，前面绕个弯就要上沿河的大路，车夫把车慢下来。这时候，始终有个人蒙头不响贴着车走。她打量起那身影，发现这人身上的褂子是舢板船夫常穿的，只是改小了，改得尤其合身。

“走得累吗？”她探出头对那人说。

那人抬起头，才察觉身边的马车和里面的女眷。步子并没有慢下。“还好。”那人回。

“你手里攥着的是什么？”

“针线包。”

“做什么？”

“缝补。”

“停车！”她不知道为什么发出惊叹，又立刻恢复寻常口气，“你上来吧，我们带你一段。”

在她还叫艾宝的时候，就知道该怎么使唤人。教胡琴的乐师，端茶水的丫鬟，别的女孩的熟客，尚仁里书场的老板，小报记者，更不用说她自己的客人。只要看上一眼，她就知道他们可以为她做什么。她懂得人。那是她最擅长的本事。靠这个，她占了头年花榜的花魁，动用非常手段为自己赎身，租下独栋小楼自立门户。她成了这座城市最年轻最美的鸨母。

现在，人们称她文姨。

眼前这人始终无动于衷。被她的目光定定盯住的人当中，还没有一个像这样的。但也并不意外，就这么在路上被人带到深宅，任大铁门在身后森森合上，从冷着脸的保镖身边走过，进到柔媚缠绵的客厅，她仍旧保持大马路上贴着马车行走的姿态和步速，进了客厅，径直走到被撕裂的天鹅绒窗帘前。

似乎，这人在路上走的时候，就见到天鹅绒上撕裂的口子。

文姨没有费心解释为什么将这破窗帘挂了一天也不取下。辞掉原来的女佣，替她的人明天就来。

捡来的人也不关心这问题，站定的同时，已经开始穿针引线，只用了一会就完工收起了针线。文姨将窗帘下缘捧到眼前细细察看，找不到之前撕裂的那道口子。

“天不早了，路上黑，你不如留一晚？”

她没有说错。这一片宅子声名在外，煤气灯朦朦胧胧那点光亮，警察局上下打点的那些钱，对劫匪来说都是不起眼的风险。

更何况她虽然瘦小，穿着船工的衣服，毕竟是个女孩。

文姨话说出口，眼睛紧盯对方，要捕获那张半明半暗的脸上哪怕一丝丝的动容。

一无所获。半明半暗的火焰，但那是很早前，现在，岩浆冷却。

“对了，你叫什么？”

女孩的嘴唇翕动，但没有声音。

像是个哑巴。文姨心想，随口给她一个新的名字。女孩没有反对。但到后来，她们俩谁都没记住这个新名字。

文姨把她安排在一楼走廊尽头那间住下。一住就是半个月多，谁也没提走的事。她这家公馆，人并不多，只有五个书寓，五个丫鬟，剩下的女佣保镖司机加起来也不到二十来号人。

每天下午六点后，女孩们被点到出局——书场、戏院、饭馆、茶楼——直到午夜回来，再睡到中午梳洗打扮。隔三差五有客人来打茶围做花头。送烟上茶递毛巾，奉上时令水果点心，这一套底下人做得周致到位，并且——按她的要求——比别家安静。

来这里的客人也是。大部分是请几个朋友一道，有人也会叫上别家的女孩来这里出局，然而无论是谁进了这宅子，都会不由压低声音，下手落脚都比平时动静小。也许因为文姨执意选了西式柚木家具，装饰也是西式。一切都显得陌生疏远。没了贵妃榻没有八仙桌没有名家真假难辨的墨宝，热热闹闹的图景也不复在。客人拘谨，却没有因此不再光顾的。这里别样的情趣，挑剔的做派都是他们可以拿来炫耀的资本。

如何笼络诱引撩拨这些男人的心？她甚至不用思想。为了与这洋别墅有更搭调的乐声，她托人从国外捎来胜利牌留声机。偶尔放上一起买来的唱片，乐声欢快中又带着煞有其事的庄严和贵气。来的客人要恰好有懂行会玩的，便搂着相好的书寓或者贴身丫鬟，随音乐转圈滑步，说这是西洋的舞蹈。遇上出手阔绰的客人做花头在这里摆宴请客，她更是有出处不明的琥珀色洋酒，以及一年四季都不断的冰块。

客人来这里，觉得是见了番世面。文姨不露声色教给他们玩乐的新方法，教他们如何快乐地把更多钱花在这里。

哑巴初来几天，好几次撞见客人。文姨有意不让佣人拦着，要看看她的反应。

半明半暗，还是一块石头。

她并不惊恐，也不嫌恶。女孩们向客人解释她是新来的佣人，客人继续寻欢作乐。那情形换谁都该明白自己的处境。要能在这个城市活下去，就应该知道这城市对单身在外的女人是如何无情。如果仅止于被拐卖到这，已经算是走运。

然而，哑巴脸上不见任何思虑的波动。平静从容漠然。

她拒绝思考，以任何方式。

几次之后，文姨终于确认那张脸完全真实，不带丝毫伪装。

那是一张已经将自己远远置于安全地带的人才有的脸。

她住在针线交织的时间里。

那僵硬略微倾斜的身体仿佛处在某种神奇的惯性里，每次看见她，她都是在缝补或者拆解什么。连文姨都不知道她的公馆里哪有那么多东西需要缝补。

男相帮问文姨对哑巴有什么打算。她回说再看看。

男相帮忍不住抱怨闲人多开销大，又禁不住说起有一次趁着书寓抱怨衣服的款式不新，他开玩笑让哑巴做一件衣服的事。“当着客人的面，她臭着一张脸转身就走。”

说到底，还是错在不能挣钱。男相帮的话文姨当是耳旁风，倒是哑巴不愿当女装裁缝令她在意。她仔细看过哑巴做针线活，扎、打、包、拱、勾、撩，都是正经学过的针法。不单是针法，如果不懂裁剪，也很难像她这样随意拆解又还原。

哑巴不是不能。她是不愿。

她只想做针线活儿。

针线在她手中令人炫目的方式穿梭飞舞，遮蔽她的身影。

有一次文姨去她屋里闲坐。两人都不说话。哑巴在拆亚麻座垫，文姨在一旁看。屋里静得离奇，只听到布料窸窣，两人的气息。在这声响之后，俯伏着更深的静默。那静默并非无声，更像是一块空白，巨大声响被挖空后留下的空白，抑或是被遮蔽后的空白。文姨试图去听，她能感觉到这屋里应当响彻回荡某个声响。

她听不见。

那时候，哑巴突然抬头定睛看她。文姨心里一惊。她恍惚间觉得哑巴是能听见那声响的，或许只有她能听见。这是专属她的。

到底是怎么的声响，在她埋头缝纫的时候。

要是知道这个，就应该知道拿她怎么办了？

文姨想不起当时把哑巴捡来的原因。

她长得太过冷硬，身形又瘦小，即使做贴身女仆也十分勉强。如果这么留下来，凭空多一张吃饭的嘴，对其他人也难交代。文姨正在犯难的时候，英莲就出事了。

他们是到了晚上书寓们改出局的时候才开始着急。那天下午英莲跟着一个洋行的客人出去兜风。那客人叫瑞生，之前叫过几次局，也做过花头，是老客人介绍的朋友，再加上这次特意从享茂车行借了辆福特，英莲虽然嫌他风评不佳，拗不过还是去了。按规矩，客人要把书寓在晚饭前带会。姑娘们出局不进餐，一晚上在十几个局奔走，不事先垫点吃的是不行的。但英莲没有回来。眼看到六点，文姨接到电话。

“英莲是不是你们家书寓？”那边上来劈头盖脸恶狠狠地问。

“是呢。”文姨淡淡回。

“想知道她现在在哪里?”

“在哪里?”

“我们这里。告诉你,人我们不会白白就还回来的。”

“我考虑一下。”

那边安静了好一会,“我们还没开出条件。”

“我知道,我要考虑一下。”

“谁让你考虑了!”这次,是真的咆哮,“你搞清楚一点,单是她身上的戒指头饰就值个千把块大洋。”

“首饰你们留下,人放回来。”

“你这死女人!”

“我们不声张。”

“人不能白放!”

“那好,我考虑一下。”

那边又是闷了半天。这一次他们挂了电话。

文姨转身进了饭厅,就把这通电话抛在脑后,为英莲随便找个理由搪塞过众人,设法补上英莲的缺儿,又不动声色地给每个出局的书寓加了保镖。等遣开众人,若无其事的轻松样子才卸下。她缓缓滑落到椅子上。

英莲不是公馆里最红的书寓,也不算最美。她胜在肤如白雪,人略微木讷,行为处世透着一股笨笨的不像是这行当里的样子。不少客人尤其喜欢这款。文姨运作有方。前两年新世界办的“花国总统”花榜评选中,英莲名列第四,被评为花务总理。慕名来的客人在她这挥金如土。传说中那枚5000大洋的鸽子蛋戒指——文姨知道——正好端端放在英莲珠宝匣的第三层抽屉里。

那天晚上文姨还想了很多。那之后又来了几通电话,都是别的人和事，她也并不上心。下人们都去前边张罗忙活，她仍旧坐着那里不愿意动弹。等到午夜，出去的书寓都回来，相互捉弄攀比游戏，热闹了一阵都困乏睡去。下人们也跟着回屋。文姨仍旧还在原位坐着，几乎没有人察觉她还在那里，除了哑巴。

哑巴吃完饭回屋后就再也没出来。没想到等屋里人熟睡时她竟悄悄溜了出来。文姨在黑暗中看着哑巴的纸人儿般的身影朝着小饭厅过来，悄无声息地像一片黑暗被另一片黑暗吸引。哑巴走近看到文姨，似乎并不意外。她瞥了她一眼，从她身边经过。她们是一条窄路上两个一前一后走着的过客，用不着说多余的话。

哑巴上了二楼，径直进了文姨的房间，再出来时手上拿了一张唱片。她下楼搬了个凳子坐到窗前，借着如水的月光，打开针线包。文姨默默转身饶有兴趣地望着她挑出一个澄金的线，引进针眼，五指拨弄，手腕翻转——哑巴坐在月光下，开始缝起了唱片。

一针一针绵密扎下去，仿佛只是方寸的绢布。大夜里，她也看不清晰哑巴到底是循着什么在下针，到底是要把什么和什么连在一起。只是她手起手落坚决不容质疑，仿佛每一针都关系人命。

文姨看得微微有些动容。她沉默着，侧转神，头枕在手臂上望着哑巴。哑巴那样缝了一宿，她就那么看一宿。对这两个人而言，哑巴手里那张黑胶唱片才是最重要的。月光暗淡不洁，窗外天空泛白时，哑巴缝好了唱片，将它交到文姨手里。

唱片还是普通唱片的规整模样，上面并没有针脚缝线。直到回到房间看到桌上放着唱片封面套，文姨才记起这是当初买留声机机时附赠的唱片，早先不小心被谁刮坏了没法听。想着早年间那些时光，文姨靠在床架上和衣就睡着了。

正睡得香，英莲从外面走进来，笑嘻嘻地告诉她坐洋车有多开心，比平日里她们乘坐的轿子和马车快好多，就像在飞。文姨退后两步打量英莲，除了衣衫凌乱些，其他都还好。本来要多说几句，楼下的电话铃惊魂般炸开。

电话是巡捕房打来的。他们找到了英莲。龙华郊区的稻田里发现一具女尸，形貌特征与英莲相近。巡捕要文姨派人去确认。文姨答应着放下电话筒，男相帮问派谁去。她说谁都可以。

谁都可以。错不了。那就是英莲没有错。

回来的人告诉文姨，警察说英莲是被自己的丝巾给勒死的。随身的细软，一样都没放过，全部被抢走。珠宝首饰，拎包，皮草外套，就连那件新做的真丝短上衣都被扒下带走。

文姨是在公共租界正经注了册合法营业，英莲又是这城里的红人，新闻界和警局一旦重视，本来就不难的案子很快就破了。抛尸的附近有人看见不常见的高级轿车，车行排查一遍便直接找到了车，正是瑞生带英莲兜风租的车。那车车厢内残留的血渍都没清除。

审问下来。原来竟不是临时起意。叫做瑞生的客人虽然在洋行做事早已经不名一文，在别家长三那欠了一屁股债，才瞄准英莲打算狠赚一笔，他甚至还请了两个帮凶。

这是巡捕房给的版本。报纸上又加了很多热辣离奇的佐料。佣人书寓客人们交头结耳流传的又是另一个故事。只是傍晚那通电话始终不在任何故事里。

只有文姨知道。

她一直不动声色等着瑞生或者那两个同伙招认供出电话勒索的事，却直到结案那几个也没提到电话的事。或许是害怕罪上加罪，又或许他们只想给她留一个要守一辈子的秘密。

她说要考虑一下。那时她是这么回复的。再问她第二回，她一样会这么答。

来来回回的账她记得清清楚楚。英莲虽然还正当红，但年龄已经大了。这一年来，走了一个常客。剩下的那些人花钱送礼也远没以前豪爽。花大笔银子去赎回是否划算？文姨不做亏本的事。

她不是好人，并不想为自己开脱。怎么筹钱，交了赎金是否店还能周转开，她压根没想过这些问题。事情到了这一步，她不会假意自己曾在这些事上犹豫纠结。几个熟客给英莲办了场面风光的葬礼。她参加到一半，中途说身体不适就离开回来。公馆格外冷清，大部分人还在葬礼上，只有少数几个佣人在房间里偷闲。文姨闲来随手从书架抽出一张唱片，到楼下客厅的唱片机放。

琴声如雨，细密幽寒，从没听过的陌生调子，一下子就沁到她心里。文姨轻轻打了个寒战。裸露在外的皮肤察觉到一丝湿寒。哑巴不知道从哪钻出来，踱步到唱机前，弯下腰，脸贴过去，细细察看唱片声槽纹路旋转，唱针振动。

文姨记起原来这张唱片正是哑巴那晚缝补过的。

哑巴已经验查完毕，直起身找个位子坐下。文姨不再管哑巴，正打算闭目养神，却在哑巴身后看到一个身影。这次英莲没有说话。她只是远远站着，冲文姨微笑点头。

文姨僵在那。

哑巴似乎察觉到什么，顺着她的目光看去。

“你看到了吗？”文姨轻轻问。

“没有。”哑巴说。

“没有？”文姨冷冷瞪着哑巴。

哑巴没有回答。她不说没必要的话。大部分的话都是没必要的。

文姨想明白这点自己也笑了。目光朝远处一晃。英莲掩着嘴笑得更厉害了。

文姨把目光转向哑巴。

“说说你吧。来这里前你是做什么的?”

“缝补。”

“为谁?”

“江岸停靠的船上。有个女人在船上生了不该生的孩子,男孩,已经找到卖家,没想到生下来那孩子已经死了。女人没有哭,她一直在流血……”哑巴的脸因为回忆在那刻变得有些恍惚。

“她死了吗?”

“没有,我修好了她。只要有针线。”

“你有一双巧手。”文姨站起来。唱机停了,她走过去重新放下唱针。今天晚上,她不打算让音乐停下。

英莲凑到她跟前,笑嘻嘻解开丝巾露出淤紫的脖颈。

文姨从她身旁绕开。“那些船上的人呢,都不怎么讲究。”

哑巴没有吭声。站在哑巴后面的英莲也没有吭声。她只是徒劳站着,忧伤地望着文姨。文姨和英莲都是那些船上女人生下来的孩子,她们还是小孩子的时候就知道自己的出身,她们还是小孩子的时候就知道自己将来的营生。至于结局,她们现在也算是知道了。

“不是我看不起她们,只是做事实在不讲究。身体不照顾好,还常常偷客人东西。去那的客人都有什么贵重东西。她们也不管什么都偷。名声都臭了。”文姨数落着不用再数落的女人们——她们穷苦悲惨毫无希望。然而文姨停不下来。那晚她的话出奇的多,多到稀释了词语本身的意义,只剩下声音。好像大风中沙子落下的声音。

“不过说起来也奇怪。最近我们这里,好像也是老丢东西,也不是什么值钱的。前两天是鼻烟壶,今天有人丢了新买的刻章石料,再之前,还有说尚仁里茶楼琴师在后台吃了酒回家后发现琴没了,硬是要怪在我们家姑娘身上。太奇怪。你一个琴师丢了自己的吃饭的家伙……”

哑巴听着。站在她后面的英莲也听着。直等到天亮散去。

那晚之后,文姨再也没有这么说过话。只是,财物丢失的情况仍旧不断。起初只是客人的随身小物件儿,慢慢地,书寓和客人的贵重物品也寻不着了。银质烟斗、皮草、头饰、烟草袋、手表、耳环、手镯、戒指、印章,客人送的缎子都被剪去好几丈。每天都有物件平白消失。人们想方设法预防,又请来警犬与警探侦破,仍旧没有一点头绪。

不止是客人与书寓互相猜忌,每个人都在怀疑着他之外的别人。丢失财物的心痛与愤怒一日日累积,勾带陈年积怨。

过了英莲的头七,文姨吩咐佣人把她的房间收拾起来。老佣人开了锁进屋。第一件事就是把明的暗的放置细软的物件都收拾送到文姨的房里。文姨别的不看,直接打开珠宝匣。第三层。

果然。戒指不翼而飞。

佣人们先咋呼起来,忙着撇清自己。文姨一个眼神令所有人收声。

“这件事就你们在场的几个知道,如果传出去就一定是你们当中的一个,到那时不管是谁,你们几个一起走人。现在该做什么去做什么,中午之前把房间给收拾好。”她说。

佣人们被她一呵斥,催眠似地安心了,一门心思忙手头的活。

她也知道这维持不了多久。最晚到天黑前,他们就会再度躁动,向他们觉得可以信任的对象倾吐秘密,把这件事渲染一番抖搂出去。

自英莲出事后她的房门一直锁着。钥匙只在她这。

要说，她才最有嫌疑。

想到这，文姨笑了。她出了房间，侧身贴着墙壁沿走廊走到尽头，下楼，再随便选一条路走下去。这是她的公馆。人，家具，字画，帘幔，熏香，庭院花草，无不都是按照她的意愿打造。而就在其中，无底黑洞隐匿生长，一天比一天壮大贪婪，将要吞噬更多，也许是全部。

游荡在自己打造的世界，真是有趣，尤其是知道不久后它将被彻底吞噬。文姨笑了。英莲也笑了。两天前，英莲的一个熟客做了她的贴身丫鬟。当天晚上，熟客的外国金表丢了。

从那以后，即使白天，英莲也会出现。

再后来，钱跟着不翼而飞。从碎银角、铜板到大洋、金条、开平煤矿的股票，甚至公共租界的道契。

那张道契是文姨当年用重要的东西换来的，但到底是什么，她已经不记得。倒是道契一年比一年值钱，成了文姨最值钱的财产。即便是最值钱的，消失起来一样没有痕迹。

她预料到，还是心疼。

应当是为她人生最后保底的一张纸，没有了。

丢的已经是真金白银，不再是寻常玩物。客人因此少了许多，据说是纷纷都在别家做了新的书寓。这三层的小洋楼往常是矜持高冷，现在是真的冷清。多年的经营计算在她面前缓慢崩塌。

她算了一下账，打算辞退几个人。当然，哑巴也早该走了。这样，还能维持一段时间。只要有时间就会有转机。

被遣走的人听到消息都松了口气。只有哑巴看着她不做声。

“你有话说？”

哑巴点头。

“进屋说。”

两人不理会众人径直上楼进了她的屋。

合上门，文姨开腔。“你说吧。”

哑巴推开窗。天色昏黄。她折回去把桌上的灯点亮。抬头时，有微小的橘色光焰在眼里跳动。

“把荷包给我。”她伸手问文姨要。

文姨吃了一惊，但很快似乎明白了哑巴的意图。她从怀里掏出荷包放到哑巴手里。

“你能修好？”她问。

“试试看。要是修好的话，有些东西就再也不会回来了。”

文姨声音一顿，“你也看到了？”

哑巴摇头。“我只知道你看到了什么。”

英莲在旁边嘿嘿乐。手托着腮，歪着脑袋，那样子和小时候一样。那时候她七岁，刚被买来，也不哭也不闹，成天缠着文姨，“姐姐姐姐”叫个不停。

文姨望着英莲忘了时间，直到江边汽笛声借着湿漉漉的风飘来。

英莲小时候喜欢吃糖，在自己被子底下藏了整整一包袱的糖。后来又跟着她喜欢起梅子，悄悄从她屋里拿了不少去。

“你想好了吧？”哑巴问。

文姨双眼一闭当作回答。

哑巴用了整整两天补上荷包。自那起，公馆再也没有丢过一件东西。公馆很快恢复了往日的秩序与名声，之前流失的客人也都回来了。

所有的人都高兴起来。文姨对哑巴说要在隔壁租一间店面给她当铺子。哑巴说好。

那是她在公馆说的最后一个字，也是文姨他们最后一次见到她。

尽管相帮和门卫都发誓始终警醒，并没有看见哑巴出去，哑巴就是不见了。她像那些丢失的财物一样凭空消失，不见踪迹。

所幸，除了她自己，她什么也没带走。连衣服都是换上原先自己穿来的那套。

文姨虽然觉得可惜，但也没有觉得那么可惜。

C

“抱歉。”

她瞧了一眼桌对面的老人，不明白他为什么要道歉。方圆五十三亩都是他的地。这座楼虽然旧，旁边不远处正在建新的圣公会大教堂，五层楼，有阳台有柱廊甚至有钟楼。老人棕色眼睛里满含歉意，和土地，新楼都无关的歉意。以前从没有人这样过。

她低头饮下碗里洁白的牛奶。

“他们说你是裁缝。”老人切了一块面包放到她面前。

“不，我不做衣服。”她说。

决意离开裁缝铺的时候，她对大师傅也是这么说的。她说要走。大师傅还以为她要独立门户或者被别家挖了墙角。她跪在所有人面前发誓永远不入裁缝这一行。

再也不想做衣服了，她说。

跪着，被人唾弃，无论人们怎么说。她就说这一句——

再也不想做衣服了。

末了，他们把她赶出店，通告城里裁缝工会将她除名，今后城里任何一家裁缝铺都不会收下她。她并不在意。被赶出来之后的事情她也不怎么记得。那段日子，只剩下一些在眼帘后面偶尔会跳闪的碎片。

直到一天，像突然被人从梦中拽出。意识恢复。她发现自己正在一个黑漆漆桥洞，手上拿着针，浑身是血，正在给一个男人“缝”上他的断腿。那人一直在嚎，杀猪般地嚎。也许正是他的叫声，才把她重新拉回到这个世界。那瞬间，万事有了因果原委。每个此刻都有过去现在。她不免遗憾惊慌，却已经回不去。更何况身边躺卧的男人的血正从血管源源不断往外喷溅。她想起来他本来是码头装瘸的乞丐，却不幸真的被汽车碾断了腿。小腿骨早已经粉碎，靠一丝皮肉粘连在身上。

她干得不错。男人中间晕厥了两次，最后一次醒过来发现自己的腿已经完好如初。他扶着墙壁就能站起来走了。

“你不做衣服，只缝补？”

“我能缝补，修好它们。”她盯着老人。

每到一个地方，总是要花些功夫证明她的本事，然后她的本事会被传开。人们会敲响她旅馆房间的门，寻求她的帮助，就像这位老人一样。他说自己是一位神父。从他们的国家来到这里为传播一些安慰人的消息。他说这世上有神。她并不相信老神父所说的神，但她喜欢那双眼睛里温煦的光亮。

“人们告诉我你什么都能修好。”

“我遇上的我都修好了。别误会，我不是说自己创造了神迹。”

“不。这是神迹。小孩，所有的事都是神迹。”神父说。

但是有些事太悲伤了，不应该出于神的意思。而且——她也已经不是小孩。

她咽下这些话。

“你要我修什么?”

老人递给她一摞纸。

打开,摊平,原来是被撕成三份的地图。

她愣住。“只是这个,没必要找我。粘上就好。”

“不,相信我。它会比你以为的难。毕竟,就算在地图上,那也是一段很长的路。”

老神父背过身用手绢擦掉刚流出来的鼻血。他以为她没有注意到,或者他愿意这么去想。

她收下酬金。神父很大方,要她搬来和他一起吃住,直到地图完成修复。

他还告诉她不用赶工。他说他们有的是时间。

动手修复时,她明白了神父的话。普通的缝合无法把地图重新拼合。

工作比预期的要困难。因为“就算在地图上,那也是一段很长的路”。那条路始于世界另一头岛国的渔村。一户贫苦人家里最小的孩子,离开父母和七个哥哥姐姐,勤学苦读到最高学位。家人等着他谋到好生计一家团圆。他却出人意料地要去遥远到只在想象中才存在的国度去传播神的好消息。两年受训,因故被迫乘船绕到另一片大陆,再从那辗转到了那神奇东方国度的最南方。起初被禁止传教,他便在那里的领事馆学习当地语言和文化。又是五年。然后在当地人的引导和出卖下,经历梦魇般的无数磨难,最终走过大半个国家,3年后活着来到这个城市。

这条路线早已经模糊不清,几乎隐没在破碎发黄的地图上。而她,她的针必须准确无误地落在这条路线上,只有那样才能将地图复原。她要缝合的与其说是地图本身,不如说是这条遥远艰辛的路线,或者说老神父半生的生命路径。

针落在起始处，海鸟盘旋啼叫在灰色的天空下，女人们的脸被海风吹得发红，灯下的土豆看上去美味神圣应当被纪念。第二针，仍然在岛上，第八个婴儿诞生，汗水淋漓昏睡的母亲，皮包骨头的兄弟姐妹；第三针，他还是婴儿，仍不会说话，他看到……

每一针下去似乎又回到在原地。缝补以微小到让人失望的速度推进。工作了一天，她仍然被困在那个岛屿。她告诉自己不能着急，毕竟这一次是一个老人颠沛流离的半生。

"那么你呢，一定也去过一些地方。"一天晚餐时当谈到神父曾经去过的地方，神父突然将话题转向她。

"也许吧。我不记得了。"

"你怎么选择下一个目的地？"

"刺痛。不，不是。"她脱口而出。真不该喝那几杯葡萄酒，"我不知道那是不是痛苦。只是如果你走错了路，你会觉得胸口发紧，呼吸困难，整个人都在发抖。如果你走错方向，身体会告诉你。"

只有一个错误的方向。她没有说。

"哦，那你怎么办？"神父问。

"掉头朝反方向走。"

点头。"所以，你用你的痛苦在做指南针。"

这个说法很奇怪。她并不是很接受，带着过于正式的腔调，让人觉得可笑。可能和他是外国人有关吧。他想说的意思，经过翻译，有了微妙的偏差，就成了现在这样的话(就像他常常会对她说抱歉)。

但她不在乎。或许也是因为她不想反驳眼前这个老人。他比她刚见到的时候似乎又瘦了。很难想象这么一个高大的个子可以瘦成这样。倒是双腿不成比例地浮肿着。

她打算告诉他一点好消息，“地图，很顺利。”

他似乎受到鼓舞，但那神情却像在看一头夭折的幼猫，“我很抱歉。”他说，接着又说了些别的什么不重要的话。

“地图，很顺利。”她又说了一遍。

“谢谢。”神父回答。

答案正确。但这也不重要。她站起来道了晚安，回到自己的屋，打开灯开始工作。

神父告诉过她不用着急，他们有的是时间。

但她知道他们已经没什么时间了。在这种事上她从不出错。

神父待在书房里的时间越来越长。他几乎不再露面，后来，索性连饭也在书房吃了。佣人按吩咐把食物送到门口，几个小时后去收餐盘。用不着特别费心，都能看出来神父没怎么碰那些食物。没几天，神父留了张字条就消失了。等到半个月后形销骨立的他重新出现在她面前时，她连一个字都没有问。这个时候说什么都太晚。

神父手摁着右肋冲她笑，问她要不要去书房坐坐。她说好，但是要先回房间一趟。神父说好，他会在书房等她。她朝房间飞跑。脑袋里全是那只青筋暴突的手，还有手背上蜘蛛一样的痣。脚踏进书房时，她仍旧在想那只手——那么使劲，恐怕会把肋骨压断。

神父佝偻着身体冲她笑，仿佛洞悉了她的恐惧。这是第一次来这吧，他问。她点点头，目光落到书桌上摞着厚厚一堆书上。其中有他用了五年时间和人合译的福音，还有他着手译注和编纂的《字典》，一共 4595 页，用了七年。神父还说，这本字典是用前朝年间刊印的《艺文备览》做的底本。她不明白神父的意思。这几本都是秘密刻印，神父还在那滔滔不绝。神父，她说。刻印完了又再去别处想方设法找人排印，神父继续说。神父你听我说，她不知道自己在说还是在叫。

神父收起笑容。那瞬间，好像他额头上的冷汗也冻结了。

“这个，我补好了。”她说着把修补好的地图交给老神父。

“真快。我试着自己做过，根本不行。真好，就像我第一次拿到这张地图的时候一样。不过，那时候还没有这条路线，那时候我还不知道我会去哪里，成为什么样的人。”神父冲着摊开在膝盖上的地图喃喃自语，指头摩挲着那条缄默遥远的路线。

她点点头。她知道了这条路径不单是他来的路径，也将是他回去的路径。她注视老神父。他佝偻着，忍受着剧痛，生命正打算从这副备受摧残的身体撤离。生命，在那天晚上，就像荒野里一片云的投影，默默地庄重地移动，离开。

“抱歉。”

“为什么总对我说抱歉？”

“因为你在缝补的时候，总是非常忧伤。那是我看到过最难过的脸。即使这样，我还是不得不请你来做这件事。”

“这没什么。人们找我就是为了干这事。”

“缝补的时候，在你身上发生了什么？”

她沉默着，沉默着。

我的里面有一道口子。它跟我一起长大，我成了我，它深不见底。

我的身体里有一道深渊。每当我开始缝补，开始修复，它就开始发声。起初只是骨头噼啪作响，而现在，它是云里的雷霆，它是地母粗粝可怖的喘息声，吞噬人间的前奏，它是世上最高音，爆裂粉碎一切事物。那声音，散发炫目漆黑光芒，发出只有我能听见的强音。

我为你们所有人修复。

我的身体里有一道口子，我出生时就带着它。我成了我，它成了深渊。

你知道的，毕竟，我的父亲是一道深渊。

她停下来，在沉默里停下来迎接更长久的沉默。

老神父爆发出一阵剧烈的咳嗽，瘫倒在他咳出的血污里。

医生赶过来用药物缓解他最后几个小时的痛苦。学生们仆人们——那些曾经接受他帮助过的人们，围绕在他床头祷告哭泣，在荧荧烛光中。几个小时后，老神父死了。

在他弥留之际，手里始终紧紧抓住那张已经被复原的地图。不用害怕了。回家的路已经找到。

她远远地站在房门外，看着老神父双眼被医生合上，转身消失在过道的黑暗里。

第一次为一个人的离开感到清晰的遗憾和难过。那个人和她没有任何关系。当天晚上，她离开了那栋屋子。和以前一样，没什么人察觉。

人们总是如此，守着自己的生活，按照原先的步调，来找她帮忙只是插曲，等到事情做完彼此间再也没有牵连。

她经过太多地方，遇到太多人，修复过无数破碎的物件。

结局始终是那一个。无论在一个地方多受欢迎，她都会趁早只身离开，连同那些破碎的回忆一起带走。她从不回头看那些如释重负的面孔。

缝补，是她赖以为生的生计。

她倾尽全力去做。仅此而已。如果有人能因此快乐，那也无所谓。她不数算日子，似乎已经过去好多年，隐隐察觉到自己的磨损，好像一枚不尖利的针。即便如此她也不会停下。

继续做一个亡命徒，往疼痛的反方向逃窜。辗转流离，不信任任何一个地方。

她来到一座方圆不到两平方公里的小城。西边一条小河。人们在那倒马桶和洗菜，喝水，淘米。裹脚的女人们带着伤残的身体在泥路上艰难行走。她在那帮助一个中年男人找回他丢失的金色梦境，并永远缝在他的脑海里。

她来到饥饿和暴力的城市。皮包骨头的人们在宽大的衣服里飘荡，他们苍白浮肿的脸不时被自己眼睛里的磷火照亮。她被招到一栋红砖半封闭的楼里，经过小门穿过弯曲配有几道门的夹弄，进到两百平方米的天井。隔着很粗的钢条，那个年迈的老妇女请求她把她的皮肤剥下来带给她的小女儿。那是一张布满皱褶、斑点，还有各种伤痕的松弛皮肤。

“穿上它，它会告诉她我经历过什么。我遭受的，她不必再遭受。学会躲在这里活着，活下去。”老妇人的话和上扬的那些尘埃一样，在从气窗射进来的软软的阳光里不停飞舞盘旋。

她照做了。

她来到了乌云遍布不去的那座城市。乌云由轰炸机组成，昼夜不停向下面的城市投下耀眼的死亡和噩梦。刚到的第一天，她站在广场上，那里遍布着残肢和伤员和尸体，颓垣残墙和烧焦的树木不停地冒着烟。她不知道为什么一个劲地去找那些该死的鸽子，还有其他的鸟，它们都去哪了。没过多久，她就被人发现。人们很快知道怎么使用她。她被带到医院，套上白大褂，他们甚至给她手术专用的针与线。她不知道在那里待了多久。头上盘旋的轰炸机还有轰炸本身令时间破碎而模糊。她似乎救好了许多人，但死去的人更多。在堆放尸体的地方，有一天她竟然听到歌声。她以为自己是疯了，好几天没有合眼。空气里充满着内脏的味道。本来停在尸体上的苍蝇受到惊动,向她蜂拥而来,围住她,好像她也已经死了。她挥舞双臂,驱赶拢在她面前的苍蝇,小心落脚,以免绊倒在尸体上。

她看到了他们。

严格意义上来说,他们已经不再称得上是人。

受了重创血肉模糊的肉体,早已经被其他人放弃,甚至连伤口没有处理,然而他们却紧紧抓住残留的那口气息,发出轰鸣般可怕的歌声,证明他们还活着。她把他们一个个从尸堆中拉出来。

她不知道他们是谁。他们的衣服早就看不出颜色,变成身体上挂着或者是被血液粘连着的褴褛布条。他们唱歌的样子,或者依靠人的样子,让她觉得他们属于这个城市。这很奇怪,因为连他们自己都不知道自己是哪里的人。

或者,只是她希望他们属于这里。

她救好了他们。

她救他们的时候,其他人正在死去。所以,人们说,是她害死了那些人。

她不在乎。她的深渊在尖叫嘶吼咆哮。

她来到今生到过的最美丽的城市。五条长长的林荫道直通星形广场,道路两边统一豪华的五层高楼,喷泉、林荫道、煤油灯穿插其中。她最爱其中一条林荫道。两边是梧桐,中间草坪,一头通向巨型喷泉。夜晚,卖艺人在咖啡馆拉起小提琴,橘黄色灯火映染河面,风里混合着各种花的香味。她的主顾住在河西典雅的三层楼里,是一名百货商的女儿。她将要处理一个简单的爱情问题。到那的时候已经临近午夜,她被安排在二楼客房睡下。

一开始她以为那是风声,夏季暴雨里摇撼万物的狂风。她睁开眼睛，跌进了比梦里更黑的黑暗。声音还在，但不是风。

深渊叫啸。它张开嘴，以猝不及防的坚决果断，要求来到这个世界，完全吞没，并且替代她。理应属她的身体，每一处都感觉将要迸裂。她捂住嘴，用剩下那点尚未完全被疼痛占据的意识禁止自己尖叫。疼痛。如果有人站在远处，应该会觉得疼痛很美。它像一朵巨大的恐怖之花，深植于黑暗并在那里绽放，决意带着致盲的光焰穿透她——唯一阻挡它的这具微不足道的肉体。

深渊叫啸。只有她能听见的巨响。无从听见的巨响震聋发聩，并将在寂静中彻底震碎她。

疼痛的花瓣打开。洁白的光之刃。

她死死咬住紧握的拳头，在地上缩成一团。有什么东西落下，发出轻微的响声。就在不远处她看见那个东西，是她的左耳。又有什么东西掉下，这次是下颌骨。接着，手臂外侧的皮肤一小块一小块开始脱落，接着是桡骨、肌肉、一小块肝脏、四分之一的肺叶、眼球。

深渊叫啸。她在破碎，一块块掉落。

你叫吧。如果疼的话。你咬牙忍着，不代表你不疼。一个声音在黑暗里说。

她放开捂住嘴的手。

钟声敲到第十下的时候，她才意识到那是钟声，那不是她的哀嚎。

那天晚上瞭望台上的警钟不同寻常地响起来了，连续二十五下。停下来，然后再次响起。

这至关重要的讯息。它警告城里所有的人城市着火了。

位置就在河西的漂亮的建筑群。

这栋楼着火了。烟雾弥漫。房间外传来慌乱的脚步声，尖叫声。人们彼此呼喊着名字，确认他们所有人正在撤离这座房子。

人们的影子透过门缝，在她面前跑过。有那么一刹那，她以为会获救。门缝的光被某个身影挡住了，有人就站在她门口，离她只有一米。

她等着那个人冲进来把她从地上拖走，但那个人走了。她张嘴呼救。这次，她用尽力气嘶声大喊。人们从她的呼救声中跑过。

人声越来越远。外面安静了。噼啪作响，就像人们在野外篝火听到的声音。然后，什么东西轰然倒塌，连带着其他东西一起砸下。

浓烟滚进来。她开始咳嗽。震动加速了身体的破碎，一块块的掉落。

她看见自己的手指尽数掉了下来。这下，她也没法修好自己了。

深渊急不可待，急着要抛开她这副累赘的身体。大火在门口，等着吞噬她。

她闭上眼，火光在她眼睛后面跳动着。无论是大火还是深渊，她祈求恩赐降临，一切快点结束。她太累了，什么也感觉不到。

D

我遇到她时，已经太晚。

她成了一名普通的缝纫女工，终日与缝纫机相伴，似乎仍然温顺沉默，耐心满足工厂主们的各种要求。人们对她总是很满意。而她从不会在一个地方长待，也不会返回之前去过的城市。我跟着她去了许多地方。但无论到了哪里，无论发生什么，她都不会打开那个针线包，不再修复什么。

我的母亲在我出生前就放弃了她的针线包。不,应该是更早。那场突如其来的大病,还有大火。在她一生到过最美丽的城市里,她差点死去。人们在废墟里找到她已经是三天之后的事。她奇迹般地活着,并且完好无缺。她兑现了自己的承诺,帮助她的主顾实现了她的心愿,然后永远离开了那个地方。

她离开的时候,比去的时候更加完整,仿佛获得新生。那场大火中的"大病",比死亡还严厉的疼痛赋予她一颗冷酷的心。在经历所有这些之后,她终于懂得她的顾客们只是一群被宠坏的小孩。

在这个世界上,没有什么值得修复的。

她选择成为一名缝纫女工,做机械重复的工作。不过她的确由衷地喜爱缝纫机,喜爱它的精密,准确,不疲惫,更重要的是缝纫机的噪音可以保护她不受打扰。

她缄默的模样总容易被误会为对冗长倾诉的容忍。有人甚至以为她需要他们的故事。那些他们以为单单只在他们身上发生的故事,那些只有主角才会经历的起伏情节,其实,每天都在发生。

日光之下无新事。

每个人也没有自以为的那么特别。

他们的欢喜痛苦,秘密愁懑,也许只是他们所憎恨轻视的人的翻版。

出于某种原因,人们相信她诚实可靠,不会泄露他们的秘密。

她安静听着,带着一丝几乎隐没的笑容,忍受着,一日复一日地忍受着这些故事。

只是偶尔让缝纫机的哒哒哒声驱散一些过于黏腻冗长的诉说。

"你劝我离开的那个人,昨天晚上,我离开了他。"

"那个人我费了很大的劲儿才说服他,给我独家货源。"

“医生开给病人的药是假的。”

“只要顺利铺完这段铁轨，我会去找她，不顾一切。”

哒哒哒哒哒，哒哒哒哒哒哒，哒哒哒哒哒……

母亲嘴角浮现出笑容，歪斜隐秘的笑容。这和她有什么关系呢？即使是我，对她而言，也并不比这些话更重要。她只是做着养育孩子应该做的事，候鸟般从一处到另一处，工作时将他和布偶放在一边，并不觉得多辛苦，也不用觉得有多快乐。

我不知道母亲是否爱过父亲。她从没有跟我讲述过什么，令我可以窥见当时所发生的事件。

我曾经想象着她是如何深爱着他，即便已经预知有一天他将会离他而去。她接受并带着狂热，以她爱他的那样的狂热，甚至更加狂热，等待着那一天的到来。

想象我的父亲，想象母亲对一个陌生人的热爱，曾是我坐在她旁边时做的最多的一件事。那个像白水一样无味的老女人到底曾经怀有怎样的深情。是否有一天，她会对我，也持有这样的深情。

终于有一天我不再想象。那是在我 12 岁的时候，当时我仍旧固执地将曾经见到过的面孔和身体组合拼凑，想象出一个父亲，一段爱的故事。突然，一股陌生的力量把我从器官游戏里拉到现实。缝纫机皮带轮在吱吱响着，锥形螺丝用它的方式摩擦着转动的皮带。在这之外我屏息倾听，不明来由地认真起来，似乎早已预知这声音必有奥秘。

如果仔细听，足够仔细，的确可以听到一些别的声音。有人在讲述故事。过了很久我才反应过来，那故事里的人正是我的母亲，还有我的父亲。一个不比我想象中的想象更模糊的影子。母亲早已经忘却他，她甚至没有爱过他。也许只是一点寡淡的喜欢。如果给他想要的，那么他们两个人都会快乐。她仅仅是这么想，于是就成为了我的母亲。

我吃惊地看着母亲。而那时，她不知为什么也突然抬起头看向我。她的目光告诉我已完全洞察我，包括我刚才了解的事实。

但是她不在乎。

我遇见她的时候，已经晚了。

所有发生过的，都已经发生。我从缝纫机的声音里听到的那些故事都已经从她身上碾压过去。她心不在焉地活着，以令人心碎的笨拙方式活着。

一天天过去，缝纫机里再也没有话语吐出。她的一生的故事似乎已经竭尽。

“你现在还能听见深渊的声音吗?”一天晚上只剩下我们并排躺在工厂宿舍的床上，我依偎着她的身体轻轻问道。她的身体变得僵硬。过了很久，久到我几乎站起来收拾东西和她告别。

那时我已经 12 岁，应该知道如何流浪，如何活下去。

“工厂接了一批绗缝被单。”

“着急要?”

“嗯。”埋头正做着，从窗户外吹进一阵风，凉丝丝的沁到骨子里。

白色蕾丝窗纱在微风中扬起，在光里变得透明。我睁大眼，当时她眼中闪过的幻象全部落进我的瞳仁。我看见她看见的，思想她思想的。我知道，当微风吹起时，她眼中的幻象，唤醒了她多年前的记忆。她突然想起来，原来最早的时候，她是要做那样漂亮的东西。

“礼服什么的。”我回应。

她的目光从远处落回到我身上，定定看着我。也许是在惊奇我的早熟，也许是在疑惑睡在她身边的这个小孩到底是谁。

她已经老了。有了白发。眼目也开始浑浊。直到今天晚上，她都没有意识到她体内的深渊已经很久没有吼叫了。什么时候开始？她并不知道。毫无知觉地怀揣这空白这沉寂，成为一个冷漠的倾听者，重复简单机械的劳动。她任由自己以这种方式消耗，直到我问起。她试着去探究那曾经是深渊的地带，想知道它为什么沉睡。

那里一片混沌，她感到困倦。她已经老去，虽然不够老，且已不再轻敏，无法唤醒深渊，也无法再逃跑。我和她明白，总有一天她会不得不停下来。她不能总那么跑下去。

距离使他筋疲力竭。并非跨越，并非在脑海中想象从此地到彼处跋山涉水的过程。距离使她疲惫，只要它在那，就让她疲倦。有一天我将独自上路，我们将彼此失散，好像大地上流散的种子。

"今天好安静。"她朝我笑，仿佛为自己找不到话而愧疚。

"他们去看水龙会(注：每年，租界水龙公所举行的消防检查活动和宣传节)了。"

我们沉默了一会。

我对她说："我们也去看看吧。"

那一年的秋夏之交，为庆祝另一个大陆上某个国家女皇在位，这城市举办历年来最隆重的水龙会。江滩上水龙排定次序。在这些椭圆形储水的木桶旁边悬挂五彩的琉璃灯，中间穿插火球、火镜、火字。几乎整个城市的人都涌向那片光怪陆离的灯海。

我和母亲最后决定去看看。并不需要多费力，只要走出工厂的门，被人群裹挟着，缓慢挪步。

在火光流离的人群中，她被一个男人拦住。那男人瘦削而衰残，长着一张饱经折磨的脸。他就像用刀在纸上随意画出来的草图，由凌乱的直线组成。母亲看着这堆线条，她在哪里见过。她理应害怕和厌恶，尤其细长眼睛里无情的光芒。

“我来接你了。”他说。

乐声、说话声、哭啼与惊叹，那个晚上的喧嚣如海水向两边退开。他的话语穿过所有的声音清晰抵达她。

她看着他。男人拿出一件熨烫过的礼服。她当然也认出了那件礼服——

被她亲手撕毁又缝补——那是她修复的第一件物品。

之后，在马戏团的穹顶下，她缝补过不计其数的物件，包括一张无用的面具。

“爱和痛苦、孤独、破碎、软弱的交织就是共同体，所以我们来到一起，一起挣扎一起疼痛一起生活一起寻找一起爱。”那个男人曾经对她这么说过。

然而她还是从那逃走了。在马戏团，人们称这个男人为恶魔。

“难以忍受。”母亲开口对那个男人说。

“难以忍受，像一本很精彩但特别长的书一样，难以忍受。”男人说着笑了。

母亲本来想忍住，但还是笑了。

她的故事已经太长。

“走吧。”他说。

母亲回头看我。

“和我一起去吗？”她问。

我摇摇头。她已经习惯去哪里都带上我，但是这次，我不会跟她去了。

这就是今天晚上会在水龙会上发生的事。我对母亲说。她躺在我身边，保持着刚才的姿势，一直静静听完我的话。这是个好故事，她说。所以我们会去水龙会对吧，我问。你说的都会发生是吗？她说。是的，会发生，因为我就是那个说故事的人，我说。

我还告诉她，在跟着男人离开这里的时候，她会遇见雅塔，比初次遇见时更年轻的雅塔。她会见到她年轻美好还不懂得伤害谁的模样。她会一一从她身边经过。也许，她最终会选择原谅。我说。

那么你呢，真的不跟我走吗？母亲问。

我会走，等我把故事说完。

什么故事？

这是你们的故事，弱者的歌谣，云层将至的投影。

活在一场大火中——无名的盛宴。

2016.10.8 完稿